クリスティー文庫
45

復讐の女神

アガサ・クリスティー
乾 信一郎訳

Agatha Christie

早 川 書 房

5318

NEMESIS
by
Agatha Christie

Translated by
Shinichiro Inui
Published 2020 in Japan by
HAYAKAWA PUBLISHING, INC.
This book is published in Japan by
arrangement with
AGATHA CHRISTIE LIMITED
through TIMO ASSOCIATES, INC.

ダフニ・ハニーボーンに

目次

復讐の女神

登場人物

ジェーン・マープル……………………………探偵ずきな独身の老婦人
ジェースン・ラフィール………………………マープルの知人。故人
マイクル・ラフィール…………………………ラフィールの息子
エスター・ウォルターズ………………………ラフィールのもと秘書
アーサー・ジャクスン…………………………ラフィールのマッサージ師
J・R・ブロードリブ
シュスター ……………………………ラフィールの顧問弁護士
クロチルド・ブラッドベリースコット
ラヴィニア・グリン
アンシア・ブラッドベリースコット ………〈旧領主邸〉の三人姉妹
ヴェリティ・ハント……………………………殺された娘
ノラ・ブロード…………………………………行方不明の娘
ブラバゾン………………………………………副司教
ライズリー・ポーター夫人
ミス・ジョアナ・クロフォード
ウォーカー大佐夫妻
H・T・バトラー氏夫妻
ミス・エリザベス・テンプル
ワンステッド教授
リチャード・ジェームスン
ミス・ラムリー
ミス・ベンサム
ミス・クック
エムリン・プライス ……………観光バスの乗客

1 序曲

午後になってから二つ目の新聞をひろげるのがミス・マープルのならわしになっている。二つの新聞が毎朝彼女の家へ配達されていた。はじめの一つは早朝の紅茶を飲みながら、読むことにしている。といっても、その時間にちょうど間にあって配達された時の話である。新聞配達の少年は時間についてひどく気まぐれなのだ。その上に、しばしば新規の少年になったり、時には、はじめの少年の臨時代行の少年であったりする。また、それぞれの少年が配達ルートについてそれぞれ独自の地理的見解を持っているらしい。たぶん単調さを避けるためであろう。だが、お客にしてみれば、いつも早朝に読むことにしている新聞からその日のニュース中の目ぼしい記事を拾いあげてから、バスとか電車とかその他の交通機関でその日の勤めに出かける人たちにとっては、新聞が遅れることは困ったことになるのだけれど、セント・メアリ・ミードでおだやかな暮らしをしている中年や老年のご婦人たちとなると、新聞は朝食のテーブルに立てかけて読むようにしている人がかなりある。

今日もミス・マープルは、彼女が〝毎日よろず屋〟とあだ名をつけている日刊新聞の第一面やその他の記事を丹念に読んでいた――このあだ名は、彼女の購読紙《デイリー・ニューズギヴァー》の所有主が変わったことによって、彼女やその友人たちが大いに困惑したように、今や紳士服とか婦人服、女性の感情とか子供コンクールとか婦人からの不満の手紙欄とかいった記事ばかり多くなって、第一面はいうに及ばず、あらゆる隅っこからも、ほんとのニュースというものを追っぱらって、見つけるのが不可能と相なったことを、ちょっと皮肉にほのめかしたしだいなのである。ミス・マープルは、昔気質であるからして、じぶんの取っている新聞はやはり新聞であってほしいし、ニュースを提供してもらいたいのである。

午後、昼食をすましたあと、ミス・マープルは背中のリウマチに適応させるために特別に買い入れた、背もたれのまっすぐなひじかけいすで、二十分間の昼寝をむさぼってから、《タイムズ》紙をひろげた。この新聞はまだゆっくり精読に値する。といっても、昔通りの《タイムズ》ではないのだ。《タイムズ》で最も腹の立つことは、もはや何にも見つけることができないということである。第一面から目を通さなくても、またほかの記事がすべてどこにあるかちゃんとわかっているので、じぶんの興味を持っている何か特別の記事を安心して読んでいられたのだったが、今やこの時代を経て黒光りする手順にもたいへんなじゃまがはいっている。突如として二ページも、イラスト入りのカプリ島旅行記事にとられている。スポーツが、昔にくらべるとえらく目立つ記事になっている。裁判ニュースや死亡記事は少しは昔の型に忠実である。誕生、結婚、死亡記事はかつてたいへん目立つ場所を占領していたので何はさておきミス・マープルの注意をひいたものだったが、《タイムズ》紙面のあちこちへと移転するうち最近では、ミス・マープルが認める通り、ずっと裏のページへほとんど永久的に落ちついているのである。

ミス・マープルは、まず第一面の主要ニュースに注目する。そこにはあまり長いことどまってはいない。というのは、すでに今朝ほど読んだのと同じ記事で、少しばかりもったいをつけた表現になっているだけのことであったからだ。記事内容の目次にずっと目を通してゆく。論説、時事解説、科学、スポーツと。それから、いつも通りのやり方をする――新聞の裏を返して、誕生、結婚、死亡欄にひとわたりすばやく目を通す。そのあと、寄稿に当てられているページへと目を移すのだが、そこにはたいていいつも何かしら楽しめるものが見つかる。そこからこんどは〝宮廷記事〟へと移る。そのページには、〝競売場〟ニュースもある。短い〝科学〟記事がそこによくはいっていることがあるが、彼女はそれを読もうとはしない。彼女にわかるような記事はめったになかった。

いつものように誕生、結婚、死亡欄のページをめくると、ミス・マープルは前にもしばしば考えたことを考える——

〝まったく悲しいことだわ、このごろ人が興味を持つのは死亡のことだけ！〟

赤んぼができた人たちはあるのだが、ミス・マープルには、その赤んぼのできた人たちの名前さえわからないのが多い。孫としての赤んぼの出生を扱う欄でもあれば、知り合いを見つけるうれしいチャンスもあるかもしれないのだが。そして、こんなことでも彼女は考えたかもしれない。〝へえ、メアリー・プレンダガーストには三人目の孫ができたんだわ〟もっともこれとても縁の遠い話なのである。

彼女は〝結婚〟欄に目を通したが、これも別に細かに検分したわけではない。というのは、彼女の旧友の娘や息子のほとんどが、もはや数年前に結婚してしまっていた。

〝死亡〟欄のところへ来ると、彼女も真剣な注意を払う。よくよく注意を払って、名前ひとつでも見落としをしないようにしているのが実際の話である。アロウェイ、アンゴパストロ、アーデン、バートン、ベッドショー、バーゴワイサー（おやたいそうなドイツ姓だけど、これはもとのリード家らしい)、カーペンター、カンパダウン、クレグ。クレグ? さて、これは彼女が知っているクレグ家の人かな? いや、そうではないようだ。ジャネット・クレグ、ヨークシャーのどこかにいる。マクドナルド、マッケンジー、ニコルスンと。ニコルスン? いえ、これまた彼女の知っているニコルスンではない。オグ、オーメロッド……これは叔母の中の一人じゃなかったかな、と彼女は考える。そう、たぶんそうよ。リンダ・オーメロッド。いえ、やっぱり彼女の知らない人だった。クァントリル? おや、これはエリザベス・クァントリルにちがいないわ。八十五歳。まあ、そう! エリザベス・クァントリルはもう何年か前に死んだものとばかり思っていた。よくまあ長生きしたものね! いつもあんなに弱々しかったのに。誰もあの人がこんなに長生きしようなんて思いもしないわ。レース、ラッドリー、ラフィール。ラフィール? 何か感じるものがある。この名におぼえがあった。ラフィール。メイドストーンのベルフォード・パーク。メイドストーンのベルフォード・パークか。いや、こんな住所は彼女にはおぼえがなかった。弔花御辞退。ジェースン・ラフィールか。あ、そうね、あんまり普通にはない名前ね。どこかでたしかに聞いた名前だわ。ロス・パーキンスと。そう、あれかもしれない……いえ、ちがうわ。ライランド? エミリー・ライランド。ちがうな。エミリー・ライランドなんて女はまったく知らない。〝その夫と子供たちに深く愛された〟とある。そう、たいへんけっこう、というかたいへん悲しいことね。どっちにしろ、見方しだいね。

ミス・マープルは新聞をおくと、クロスワードを何となくぼんやりと眺めながら、なぜラフィールという名前におぼえがあるのか、思い起こそうとつとめていた。

「きっと思い出すわ」とミス・マープルは口に出していった。老人の記憶というものがどんなふうに働くものか、長い経験で心得ている。

「きっと思い出せるわ、必ずよ」

彼女は窓の外の庭へ目をやったが、その視線をそらして庭のことは考えないことにした。庭は彼女にとって大きな楽しみの源であるとともに、ミス・マープルにとって長年来のたいへんな骨折り仕事でもあった。しかも、今やお医者さんたちの大げさな心配のおかげで、庭仕事をすることを彼女は禁じられているのである。一度彼女はこの禁制に抵抗を試みたのであったが、結局は申し渡されたようにした方がいいという結論に達したのであった。彼女はじぶんのいすの角度を、何か特別にはっきりと明確に見るため以外には庭を容易にはのぞけないようなふうに配置していた。彼女はため息をついて、編物袋を取り上げると、もう仕上げの段階に来ている小さな子供用毛糸ジャケットを取り出した。背も前もできあがっていた。さてこんどはそでと取り組まなければならない。

そでというのがいつもながら、厄介である。両そでとも、同じように厄介だ。そう、とても厄介。でも、とてもいい色の出ているピンクの毛糸よ。ピンクの毛糸。おや、ちょっと待って、どこかでつながりがありそうじゃない？　そう……そう……彼女がたった今新聞で見た名前とつながりがある。ピンクの毛糸。青い海。カリブ海。砂浜。日光。彼女は編物をしていた、そして……そう、ラフィール氏だった。彼女がカリブ海への旅をした時のことだった。サン・オノレ島。甥のレイモンドからのはなむけであった。そして彼女は義理の姪、つまりレイモンドの妻のジョーンのことばを思い出した――

「もう殺人事件なんかにかかわりあわないでね、ジェーン叔母さま、お身体に毒よ」

彼女はいつだって殺人事件なんかにかかわりあいたくはなかったのだが、たまたまそうなったのに過ぎない。それだけのことであった。あれはあの片目義眼の年寄り少佐がたいへん長たらしい退屈な話を彼女に押しつけて話したからのことに過ぎない。あの少佐は……ええと、何という名前だったかしら？　もう彼女は忘れてしまっていた。ラフィール氏とその秘書の、ウォルターズ夫人、そう、エスター・ウォルターズ、それからラフィール氏付添いのマッサージ師ジャクスン。みんな思い出した。あ、そうお気の毒にラフィールさん。とうとうラフィール氏は死んだんだわ。彼はもうあまり長いことはないといわれているといっていた。そう彼は彼女に実際に話していたくらいだった。医者たちが考えていたよりも長生きしたものらしい。なかなかきつい人であった。がんこな人だった……すごいお金持ちであった。

ミス・マープルはすっかり思いにふけっていた……編針こそ絶えず動かしてはいたが、心は編物の方へはなかった。心は亡くなったラフィール氏に向いていて、彼のことで何か思い出せることを思い出そうとしていた。そう簡単に忘れてしまえるような人でなかったことは事実である。彼女は心の中にはっきり彼の様子を思い浮かべることができる。そう、たいへんはっきりした個性で、気むずかしい人だった。怒りっぽい人で、時にはびっくりするほど無作法でもあった。でも、誰一人その無作法ぶりに文句をいうものもなかった。彼女はそんなことまで思い出した。みんなは彼がすごい金持ちなので、無礼であっても文句をいわないのだ。そう、彼はたいへんお金持ちであった。いっしょに秘書をつれてきていたし、付添いの従僕や資格を持ったマッサージ師もつれていた。人の手を借りなくては起居もあまり思うようにできなかった。

あの付添い看護人はどうも少々あやしげな人柄だった、とミス・マープルは考える。ラフィール氏はときどきあの男にひどくあたっていた。あの男はそれを気にもしていないようだった。そして、それがまた、つまりラフィール氏がたいへんな金持ちだということにあった。

「誰もわたしが支払っているほどのものをあの男に出すものはおらんですよ」とラフィール氏はいっていたことがある。「そしてね、そのことをあの男はよく知っとるんです。いや、仕事はなかなかちゃんとやりますからね」

ミス・マープルは、あのジャクスンだったか……ジョンスンだかがずっとラフィール氏といっしょにいたかどうかな、と思う。いっしょにいたのなら……もう一年ぐらいかな？　一年と三ヵ月か四ヵ月。おそらくそうではなかったろう、と彼女は思う。ラフィールという人は、ものを取り替えるのが好きな人であった。人のことがいやで、人のすることが気にくわず、人の顔さえ気に入らないし、人の声も気にくわなかった。

ミス・マープルにはその気持ちがわかる。彼女はときどき同じようなことを感じる。あのやさしくて気がきいて、ねこなで声をした彼女の世話係の女の腹立たしさ。

「ああ」とミス・マープル。「もっとましなのに替えてからどんなにか……」あ、あの女の名前をもう忘れている……ええと、ミス……ミス・ビショップ？……いえ、ミス・ビショップなんかじゃない。なんでまたビショップなどという名を彼女は考えたのだろう。まあ、なんて厄介なことでしょう。

またラフィール氏のことへ頭がもどったが……いえ、あれはジョンスンじゃなかった。ジャクスンだった、アーサー・ジャクスン。

「おやおや」とミス・マープルはもう一度口へ出していった。「わたし、名前なんてみんなまちがっておぼえてるんだわ。そう、あれは、わたしが考えていたあの人は、いうまでもなく、ミス・ナイトだったわ。ミス・ビショップじゃない。どうして、あの人のことミス・ビショップだなんて思ったんでしょうね？」その解答がわかった。そう、チェスであった。チェスの駒のことだった。ナイト。ビショップ。

「この次あの人のことを考える時には、きっとわたし、ミス・キャッスルなんていうかもしれない、それともミス・ルークとか。もっとも、ほんとは彼女、人をだます（ルークにはだますの意もあり）ような人柄じゃないんだけど。ほんと、そんな人じゃない。それと、あのラフィール氏についていたやさしい秘書の名は何でしたっけね？ あ、そうよ、エスター・ウォルターズよ。そうだったわ。エスター・ウォルターズはどうしてるのかしらね？ 遺産でももらったのかしら？ おそらくもう遺産をもらってるわ、きっと」

ラフィール氏がたしかそんなことを話していたのをおぼえている……いえ、それとも彼女から聞いたのかな……あ、どうも、何か正確に思い出そうとすると、あれこれと混乱してしまって。エスター・ウォルターズ。カリブ海でのことでは、彼女ひどい目に遭ったんだけど、もう立ちなおってるにちがいない。彼女はたしか未亡人だった？ ミス・マープルはエスター・ウォルターズがやさしくて親切で頼りがいのある男性と再婚していればいいんだがと思う。どうも何となくそうなってはいないような気がする。エスター・ウォルターズはどうやら結婚するには適しないような男を好きになる癖があるようだった。

ミス・マープルは、もう一度ラフィール氏のことに考えをもどした。新聞記事には、弔花辞退とあった。別に彼女自身花を贈ろうなどと考えていたわけではないのだが。彼ならそうしようと思えば英国中の花の栽培場を全部買い上げることだってできる。それに第一お互いそんな花を贈るような親密な間柄ではなかった。別に友人という間柄でもなかったし、また愛情ある間柄でもなかった。二人の間柄は……何ということばかな？協力者。そう、二人はごく短い期間、協力者であった。たいへんに危急な時であった。そして彼は協力者としてりっぱであった。彼女はそう理解していた。彼女がカリブ海の暗い熱帯夜の中を駆けぬけて、彼のところへやってきた時のことをそう思っている。そう、彼女はおぼえている……ピンクの毛糸編みを身につけていた……彼女が若かったころに、こういうのを何といっていたっけ？……そう、かぎ編みの頭巾。一種のピンクのショール・スカーフといった感じのもので、それで彼女は頭を包んでいたのだが、それを見ると彼は笑い出した。そしてそのあと彼女がひとことというと……彼女は思い出してにっこりした……彼は笑ったものだったが、しまいには笑わなくなっていた。そう、彼は彼女が頼んだことをちゃんとやってくれたのだ、だから……「ああ！」とミス・マープルはため息をついた、ほんとにあの時は何もかもたいへんに危急なことであった。だから、そのことについては、甥にもかわいいジョーンにも絶対に話さない。というのは、甥や姪が彼女にしてはいけないといったことを、彼女はしていたのだから。ミス・マープルはひとりでうなずいた。それから、そっと小さな声で、つぶやいた。

「お気の毒にラフィールさん、お苦しみにならなかったかしら」

たぶん苦しまれなかったであろう。たぶんすごく診療費をとる医者たちの手で、最期を楽にするため、鎮静剤の処置がされていたであろう。彼はあのカリブ海での数週間もひどく苦しんでいた。ほとんど四六時中痛みに苦しめられていた。勇気ある人であった。

勇気ある人。ミス・マープルは彼の死を残念に思う。というのは、彼は年寄りでもありまた病身で気むずかしくはあったが、彼の死去で世間は何かを失ったと思えるからだった。仕事の上で彼がどんなふうであったかは、彼女にはまったくわからない。情け容赦なしで、無礼でワンマンの横暴さで、攻撃的であったろうと彼女は思う。たいへんなやり手。だが……だが、よき友であった、と彼女は思っている。そして、彼の中のどこかには、決して表面には出さないようにひどく気をつけていた深い親切さがあった。彼女が感服尊敬した男だった。その彼の死去を彼女は残念に思い、また彼があまり悩まず安楽な死であったことを願った。そして今はもう火葬にされ、大きなりっぱな大理石かなんかの納骨室に納められていることであろう。彼が結婚していたかどうかもミス・マープルは知らない。彼は一度も妻のことを口にしたことがなかったし、また子供のことも口にしたことがなかった。孤独な人だったのだろうか？　それとも、あまりにも事の多い人生で、孤独など感じる必要もなかったのか。彼女はあれこれ考えてみた。

彼女はその午後、ラフィール氏のことをあれこれ考えながら長いことすわっていた。英国へ帰ったあと、彼女は再び彼と会おうと思ったこともなかったし、また二度と会ったこともなかった。それなのに、彼とはいつでも緊密な関係が保たれているようなふしぎな感じがあった。もし彼が彼女のところに来るとか、再会を申し出てきていたら、おそらく彼ら二人の間で助けられた一つの生命のきずなか、それともまた別のきずなを感じたことであろう。あるきずな……

「まさか」とミス・マープルはふと頭に浮かんできたある考えにはっとした。「わたしたちの間のきずなが〝冷酷〟なんてことはないわ」彼女、ジェーン・マープルは、かつて冷酷であったことがある？　「ねえ」とミス・マープルはひとりごとをいった。「これまでそんなこと考えたこともなかったのは、ふしぎね。ひょっとしたら、わたし冷酷だったかしら……」

ドアが開いて、カールした黒い頭がのぞいた。それはチェリーで、ミス・ビショップ……いやミス・ナイトの後がまとしてよろこび迎えられたものだった。

「何かおっしゃいましたか？」チェリーがいった。

「ひとりごといってたんですよ」ミス・マープルがいう。「わたし、考えていたんだけど、わたしって、冷酷かしら」

「なんですって、あなたが？」とチェリーがいった。「とんでもありません！　あなたは親切そのものでいらっしゃる」

「それでもやはり」とミス・マープルがいう。「何かそれ相当の理由があったら、わたしだって冷酷になると思うんだけど」

「それ相当の理由とは、どんなことをおっしゃるんでしょうか？」

「正義のためという理由」とミス・マープルがいった。

「でも、あのゲイリー・ホプキンス坊やにはやはりあなた罰を与えなければいけなかったんですわ」とチェリーがいった。「あの日、あの子がネコをいじめているのをあなたが見つけられた時のことでしょう。あんなにあなたがひどく人を叱られたのを見たことがありませんでした。すっかりあの子、ちぢみあがってました。叱られたことを絶対あの子は忘れないでしょうよ」

「あの子、その後二度とネコをいじめたりしてなけりゃいいんだけど」

「もしいじめるにしても、あなたがそこらにいらっしゃらないのを確かめることでしょう」とチェリーがいう。「ほんとのところ、ほかにもびっくりしてちぢみあがった少年たちがいますよ、きっと。手編みのものをいつも召していらして、きれいなものなんかいつも編んでいらっしゃるあなたを見ていれば……誰だって、あなたのことを羊みたいなおとなしい人だと思うにきまってますもの。でも、わたしにいわせていただければ、そういうふうな時は、ライオンみたいにおなりになることですわ」

ミス・マープルはちょっとどっちつかずの顔をしていた。チェリーが今彼女に割り当てている役柄にじぶんが合っているかどうか、じぶんでもわからなかった。いったいこれまでに彼女は……反省を中断して、いろいろな時のことを思い起こしてみた――かつてミス・ビショップ……いや、ミス・ナイト（どうもこんなふうに名前を忘れてはいけないな）との間にひどく腹立たしいことがあった。だが、その腹立たしさを彼女はいささか皮肉なことばで表わしたものだった。ライオンはたぶん皮肉などはいわないだろう。ライオンには皮肉さなどはまったくない。ライオンはとびかかる。ほえる。爪を使い、おそらくその獲物から思いきり大きく肉を食いちぎるにちがいない。

「ほんとね」とミス・マープルがいった。「わたしあんなふうにしたことってほんとうに今までになかったようね」

その夕方、いつもの腹立たしさをおぼえながらミス・マープルはゆっくりと庭を歩いていたが、もう一度問題を考えてみた。たぶんキンギョ草の一株を見たことから思い出すきっかけになったのだろう。彼女はほんとに何度もジョージおやじにくりかえし硫黄色のキンギョ草しかいらないといっておいた——植木屋好みのあのいやな紫色のはだめだって。「硫黄色ですよ」とミス・マープルが大きな声でいった。

家のわきの小道に沿った柵の向こう側に誰かがいて、ふりむくと、こういった。

「失礼ですが、何とおっしゃいました？　何かおっしゃいましたね？」

「いえあの、ひとりごとをいってたんですよ」とミス・マープルは柵の向こうを見るためにふりむいた。

それは彼女の知らない人だった。それに、彼女はセント・メアリ・ミードの人ならたいてい知っている。個人的な知り合いでなくても、顔だけは知っている。その女はがっしりした身体に粗末だが丈夫なツイードのスカートをはき、なかなかいい田園向きの靴をはいていた。エメラルド色をしたプルオーバーを着て、毛糸編みのスカーフをしていた。

「わたしぐらいの年になりますとね、よくひとりごとをいうものなんですよ」とミス・

マープルがつけくわえた。

「けっこうなお庭をお持ちで」と相手の女がいった。

「いえ、今はもうけっこうな庭だなんていえません」とミス・マープルがいった。「わたしがじぶんで庭の世話ができましたころですと……」

「あ、わかりますわ。あなたのお気持ちわかりますわ。たぶんお宅でも……わたし、あいうたいへん無礼な連中のこと、ひどい名で呼んでるんですけど……庭造りのことなら何から何まで心得てるなんていう年寄りを持てあましていらっしゃるんでしょう。この連中は、庭のこと知ってるのもたまにはいますけど、まるで何にも知らないのだってたまにはいますからね。やってくるかと思うとお茶ばかりたっぷり飲んで、することといえば草むしりを少々。この連中にはなかなかいい人間もいますけどね、やはり腹が立ちますよね」と女はそれにつけくわえて、「実はこのわたしが熱心な庭師なもんですからね」

「あなた、こちらにお住まい?」とミス・マープルはだいぶ興味をひかれて、きいた。

「あの、ヘイスティングズ夫人のお宅にご厄介になってるんです。たしかあなたのこと夫人が話してましたっけ。あなた、マープルさんですね？」

「ええ、そうですよ」

「わたしね、いうなれば庭の相談係みたいなことで来てるんですよ。ついでに申しますと、名はバートレット。ミス・バートレットです。あすこのお宅、別にあんまりたいしたお仕事もありませんでね」とミス・バートレットがいう。「奥さんは、一年草にばかり夢中でしてね。ほんとなんにも口出しすることもないんです」と彼女はこういって、口を開けて歯を見せた。「でも、もちろん何やかや雑用はやってます。買物に行くとか何とかそんなことですよね。まあ、もしあなたが庭のこといくらかなさりたけりゃ、わたし、一時間か二時間ならお手伝いしますよ。お宅に今来てるような庭師なんかより、はばかりながら少しはましなつもりです」

「それは気楽なことですね」とミス・マープルがいった。「わたしはお花が一番好きなんです。野菜の方はあまり興味がないの」

「わたしはヘイスティングズさんのお宅で野菜をやってますんですよ。おもしろくないんですけど、でも必要なもんですからね。さてと、じゃもう行かなくちゃ」と女はミス・マープルのことを頭の中にたたみこむみたいに、頭から爪先までじろりと目を走らせ、それからにこにことうなずきながら歩み去った。

ヘイスティングズ夫人ね？　ミス・マープルは、ヘイスティングズなどという名の夫人を思い出すことができなかった。ヘイスティングズ夫人が古い友人でないことは確かである。庭造りの友だちでないことも確かである。あ、そうか、ジブラルタル道路のはずれに新築された家の中の一つかもしれない。何家族かが去年中に移転してきている。ミス・マープルはため息をつくと、もう一度困った顔つきでキンギョ草を眺め、雑草を何本か見つけて引っこぬきたくてしようがなくなり、また吸枝一、二本を見つけると刈り込みばさみで切り取りたくなったが、しまいにため息をつきながら、その誘惑を雄々しくもしりぞけて、小路の方へまわり道をして家へ帰った。考えがまたもやラフィール氏へもどる。彼ら、彼と彼女……彼女が若かったころ、よく引用した本の題名は何だったかしら？　『夜陰の中を去り行く船』それを思い出すと、まさにぴたりの感じだった。夜の中を去って行く船……彼のところへ彼女が救《たす》けを求めに行った……というより、救けを迫ったのが、夜のことだった。一刻も猶予はできないと強くいい張った。そして、彼もそれに同意すると、すぐさま手まわりのものなどをまとめだしたのだ！　あの時の彼女は少々ライオン的であったであろうか？　いやいや、全然ちがう。彼女の感情は怒りではなかったのだ。その場で手をつけなくてはならない絶対のっぴきならないことを強要したのだった。そして、それを彼はわかってくれた。

気の毒にラフィール氏。夜の中を過ぎ去っていった船はおもしろい船であったのに。ひとたび彼の無礼さに慣れてしまえば、なかなか愉快な人ではなかったろうか？　いいえ！　彼女は頭を横にふった。ラフィール氏という人は絶対に愉快な人ではなかったにちがいない。さてと、もうラフィール氏のことは頭からのけることにしなくちゃ。

夜陰に去り行く船、過ぎ行く時互いにことばを交わす、
ただ見ゆるは信号灯ひとつ、暗やみの中に遠き声あり。

おそらく彼女はもう二度と彼のことは考えないであろう。《タイムズ》紙上に彼の死亡者略歴がひょっとしてないかと探すつもりになった。が、どうも彼女にはそんなものがあろうとも思えなかった。彼はよく知られた人物ではなかったように思われる。有名人でなかった。ただたいへんな金持ちだった。もちろん、ただ大金持ちというだけのことで、新聞にその死亡者略歴が掲載される人もたくさんあるが、しかしラフィール氏の富はそうした種類のものではなかったのだろう、と彼女は思う。彼は巨大産業の中の著名人でもなかったし、財政的な天才敏腕家でもなかったし、また世の注目をあびるような銀行家でもなかった。ただ彼は生涯をかけて巨額の金を作った……

2　合いことばはネメシス

I

ラフィール氏死去の一週間ほどあとのことであった。ミス・マープルは朝食の盆から一通の手紙を取り上げて、開封する前にその手紙をちょっと見つめていた。この朝配達された郵便の中で、ほかの二通は請求書かそれとも請求書の受け取りらしかった。どちらにしても、それは特に興味をひくものでない。この手紙は興味がありそうでもあった。

消印はロンドン、タイプした宛名、細長い良質の封筒。ミス・マープルは、いつもお盆の上においているペーパー・ナイフで、その封筒を丁寧に切った。手紙の頭書きには、弁護士・公証人ブロードリブ、シュスター事務所とあって、住所はブルームズベリーだった。適当に丁重に、そして法律用語で、来週中に彼らの事務所において彼女に有利なある提案についてご相談申しあげたいので、ご来訪願いたいとあった。二十四日、木曜日はいかがでしょうと提示してあった。その日がご都合悪ければ、近日中にロンドンへ出向かれる日があればその日をお知らせ願えれば幸いであるともあった。なお、つけくわえて、彼らは故ラフィール氏の弁護士で、彼女もラフィール氏とは旧友のご関係と承知しているともあった。

ミス・マープルはいささか当惑そうに眉根を寄せていた。彼女は受け取った手紙のことを考えながら、いつもよりは少々ゆっくりと起きた。チェリーが階下へと付き添ってくれた。チェリーはたいへん細かく気を配っていてくれて、途中で急角度に折れまがっている旧式な階段をミス・マープルがひとりで降りてけがをしないようにホールで待機していたのである。

「ほんとにあなたは、わたしのことをよくめんどうみてくれますね」とミス・マープルがいった。

「当然ですわ」とチェリーはいつもの口ぐせでいった。「いいお方って少ないんですもの」

「どうもおほめありがとう」とミス・マープルが無事一階へ最後の一歩をおろしながら

いった。

「何かあったんじゃありません？」とチェリーがきいた。「何ですかちょっとごたごたしてらっしゃるようなんで。わたしのいうことおわかりでしょう」

「いいえ、別に何にもありませんよ」ミス・マープルがいった。「ある弁護士事務所からね、ちょっとへんな手紙が来たんですよ」

「誰かがあなたを訴えるとかなんとかいうんじゃないでしょうね？」とチェリーがいった。弁護士からの手紙などというものは、不幸なことに関連しているものと思いこんでいるのである。

「あ、いえね、そうじゃないと思うの」ミス・マープルがいった。「そんなことじゃないわ。来週わたしにロンドンへ来てくれないかっていってきてるだけ」

「じゃ、遺産でも受けられるかもしれないですね」チェリーが頼もしそうにいった。

「そんなことは、まずなさそうね」とミス・マープルがいった。

「でも、何ともわかりませんよ」チェリーがいった。

じぶんのいすに落ちつくと、ミス・マープルは刺しゅうしてある編物袋から編物を取り出して、ラフィール氏が彼女に財産を残す可能性を考えてみた。そんなことはチェリーがいいだした時以上にありそうもないことに思える。ラフィール氏という人はそんな人ではなかったと彼女は思う。

申し入れのあった日には、彼女は出かけることができなかった。〈婦人協会〉の会合へ出席して、小さな部屋を二つほど増築するその費用調達について討議しなければならなかった。だが、彼女は手紙を書いて次の週に日を指定した。折り返し返事が来て、約束が成立した。いったいブロードリブ、シュスターという人たちはどんな人柄なのかと彼女はあれこれ考えた。手紙は、明らかに上位弁護士のJ・R・ブロードリブの署名になっていた。ミス・マープルは考える――ラフィール氏は遺産の中で彼女に何かの覚え書かそれともちょっとした記念品でも残してくれたのかもしれない。たぶん、彼の書斎にあった珍奇な花に関する本で、園芸熱心の老婦人がよろこんでくれると思ったのだろう。それとも、ひょっとすると、彼の大叔母かなにかが持っていたカメオのブローチかなんかかもしれない。彼女はこんな空想を楽しんでいた。これはもうただの空想にすぎないと彼女は思っている。というのは、どちらの場合にしても、それは単に〝遺言執行人〟側の――この弁護士たちが〝遺言執行人〟だとして――問題に過ぎないから、このような物件は何であるにせよ、彼女へ郵送すれば事たりることである。面談を求めることはないはずである。

「まあま」とミス・マープルがいった。「来週の火曜日になればわかることだわ」

II

「どういう女《ひと》だろうな」とブロードリブ氏が時計の方をちらと見ながら、シュスター氏にそういった。

「もう十五分以内には来る約束です」とシュスター氏がいった。「きちんと時間を守る女でしょうかね?」

「うん、そう思えるな。どうやらお年寄りらしいし、お年寄りはこの節の軽々しい若者などよりはるかにきちょうめんだからね」

「肥ってるかやせているか、どっちでしょうな?」シュスター氏がいった。

ブロードリブ氏は首を横にふった。

「ラフィールは彼女のことを全然どんなふうなのか説明したことはないのですか?」シュスター氏がきいた。

「彼女について何かいうとなると彼はひどく用心深かったね」

「どうも全体の話がぼくにはたいへん奇妙に見えますね」とシュスター氏がいった。

「いったいこんどの話はどういう意味なのか、もう少しわれわれとしても知っておれば……」

「こんどの話はたぶん」とブロードリブ氏が慎重な調子でいった。「マイクルに何か関係がありそうだ」

「え？　こんなに年月が経っているのにですか？　そんなことはあり得ない。何でそんなことを考えたんです？　彼が何かそんなことでも口にしたんですか……」

「いや、彼は何もそんなことはいわなかった。いったい彼がどんなことを考えとるのか、全然わたしには手がかりも与えなかったね。ただ、わたしに指図をしただけだ」

「死が近づくにつれて、段々と頭が少しおかしくなったのでは？」

「そんなことはまったくないね。精神的にはずっと明快そのものだった。彼の肉体的な不健康は全然彼の頭脳には影響していなかったよ。生涯の最後の二カ月でも、彼は二十万ポンドももうけている。そんなぐあいだったからね」

「彼には鋭いかんがありましたよ」とシュスター氏が正直に敬意を表して、「まったく、いつも鋭いかんをしてましたね」

「財政的なたいした頭脳だよ」とブロードリブ氏がやはり敬意に情熱をこめた調子でいった。「ああいう人はそう多くはいないね、残念ながら」

テーブルの上のブザーが鳴った。シュスター氏が受話器を取った。女性の声で、

「ミス・ジェーン・マープルがお約束でブロードリブさんにご面会です」

シュスター氏は共同経営者の方を見て、肯定か否定かをただすように眉毛をあげた。ブロードリブ氏がこっくりうなずいてみせた。

「こちらへお通ししてくれ」とシュスター氏がいって、さらにつけくわえた。「さて、いよいよわかりますな」

ミス・マープルがはいってきた部屋には、細身でやせ形、陰気な長い顔をした中年紳士がいて、立ちあがって彼女を迎えてくれた。これがブロードリブ氏であることは明白だったが、その容姿はどうやら名前（ブロードリブにはがっしりした胸の意味がある）と矛盾している。いっしょの少し若い中年紳士の方は、もっと厚味のある身体つきであった。黒い髪をしていて、小さな鋭い目、二重あごになりそうな様相であった。

「わたしの共同経営者、シュスター氏です」とブロードリブ氏が紹介した。

「階段が多くてごめんどうじゃなかったでしょうか」とシュスター氏がいった。〝このおばあさん優に七十は越してるな……いや八十の方に近いんだろう〟頭の中ではそんなことを考えていた。

「どうも階段を上りますと、きっと息ぎれがいたしましてね」

「旧式なビルなもんですから、ここは」とブロードリブ氏が申し訳をするみたいにいった。「エレベーターはありませんし。わたしどもの事務所はたいへん古い創設でして、まあお客様のご期待に添うような現代的な設備器具もあまりありませんでね」

「このお部屋はたいへんぐあいのいい大きさじゃございませんか」とミス・マープルが丁重にいった。

彼女はブロードリブ氏が前へひっぱりだしてくれたいすに腰をおろした。シュスター氏はそっとそれとなく部屋を出ていった。

「そのいす、おかけぐあいがよろしければいいんですが」とブロードリブ氏がいった。「ちょっとあのカーテンを引きましょうか？　日光が少々あなたの目にはいりすぎますようで」

「ありがとう」ミス・マープルが感謝の意を表した。

彼女はいつもの習慣通り、ぴんと背をまっすぐにしてすわっていた。軽いツイードのスーツを着て、真珠の首飾り、縁なしの小さなビロードの帽子をかぶっていた。ブロードリブ氏は心中でいった。〝田舎婦人だな。善良タイプ。気まぐればあさん。頭はよくないかもしれない……でないかもしれない。目はなかなかはしこい。いったいラフィールはどこでこの女と出会ったんだろう。誰かの叔母かなんかで、田舎から出てきたといったとこかな？〝 これらの考えが頭の中を通過している間も、彼は話の前置きとしてお天気のこと、霜が今年は早く来てよくない結果になったことや何か適当と思われる他愛のないことをしゃべっていた。

ミス・マープルは必要な受け答えだけはしながら、この面談の口火が切られるのをおとなしく待っていた。

「いったいなんの話だろうと思っておられることでしょう」とブロードリブ氏が目の前の書類の場所を移したりしながら、適当ににっこりしてみせた。「あなたはもちろんラフィール氏の死去のことはお聞きおよびと思います、たぶん新聞でごらんになったことでしょう」

「新聞で見ました」ミス・マープルがいった。

「ラフィール氏はあなたのご友人と承知しておりますが」

「最初にお会いしたのはちょうど一年ぐらい前のことでした」とミス・マープルがいった。「西インド諸島でした」とつけくわえた。

「あ、わたしもおぼえております。たしか、健康のためということで、あそこへ出かけました。多少はそれがよかったようですが、しかしすでに重症で、ご存じの通り、ひどく身体を害していました」

「ええ」とミス・マープルがいった。

「彼のことは深くご存じだったのでしょうか？」

「いえ」とミス・マープル。「そうとは申せません。わたしたちはあるホテルでいっしょに泊まり合わせた客だったんです。ときどき話などはいたしました。わたしが英国へ帰りましてからは一度もお目にかかっておりません。わたしは田舎の方へひっこんでごく静かに暮らしておりますし、あの方はもうまったくお仕事に没頭しておられました様子で」

「彼はずっと事業を遂行しておりまして……お亡くなりになったその日までもといいたいくらいやっておりました」とブロードリブ氏がいった。「たいへん見事な財政的な才能でした」

「きっとそうだったんでしょうね」とミス・マープルがいった。「わたしも、すぐあの方がたいへんに、その……たいへんなお人柄ということがわかりました」

「わたしがこのたびあなたへ提示するように指示されておりますお申し入れについて……あなたは、かつてラフィール氏から何かそうしたヒントを与えられたようなことがあったかどうか、いかがでしょう？」

「全然わたしには思い当たりませんね」とミス・マープルがいった。「ラフィール氏がこのわたしに何か申し入れをなさるようなことがあろうなんて。まったくありそうもないことに思われますね」

「彼はあなたのことをたいへん高く評価しておりました」

「それはありがたいことですが、でもそれはまったく的はずれです」とミス・マープル。「わたしほんとうにつまらない人間ですから」

「申すまでもなくご承知の通り、氏は大富豪として死去されました。氏の〝遺言〟の条項はどの点から見てもきわめて簡単なものです。氏は死去のかなり以前にすでにじぶんの財産の処分法を作っておりました。管理やその他受益者の取りきめなどです」

「そういうことがこのごろでは、ごく普通の手つづきになっているようですね」とミス・マープルがいった。「といっても、わたし、別に財政問題に詳しいわけでもなんでもありませんけれど」

「今回の面談お約束の目的と申しますのは」とブロードリブ氏がいった。「わたしは次なることをあなたにお話しするようにとの指示を受けておるのであります。それは、ある額の金が別に取ってありまして、一年の終わりには完全にあなたの所有になることになっている。ただし、あなたがある条項を受け入れることという条件がついている。その条項はこれからお知らせ申し上げます」

と、目の前のテーブルの上から細長い封筒を取り上げた。封筒には封印がしてあった。それを彼はテーブル越しに彼女の方へ押しやった。

「これがどういうことになっているか、あなたご自身でお読みになった方がよかろうかと思います。お急ぎになる必要はありません。どうぞ、ごゆっくり」

ミス・マープルはゆっくり時間をかけた。ブロードリブ氏が渡してくれた小さいペーパー・ナイフを使って封筒を開け、中身のタイプされた一枚の紙を取り出して、それを読んだ。それをまたたたんで、それからもう一度読みなおして、ブロードリブ氏の方を見た。

「どうもこれはあまり明確でありませんね。何かほかにもう少しはっきりした説明のようなものはありませんか？」

「わたしの関与する限りでは、ございませんね。わたしとしましては、これをあなたに手渡すこと、そして遺産贈与の額を申し上げることだけです。問題の金額は、遺産贈与税ぬきで、二万ポンドです」

ミス・マープルはじっと彼を見つめてすわっていた。びっくりして物がいえなくなっていた。ブロードリブ氏もしばらくはそれ以上何もいわなかった。じっと彼女をよく観察していた。疑いもなく彼女はびっくりしている。ミス・マープルとしてはまったく思いもよらない話であった。ブロードリブ氏は彼女の最初のことばはどんなものだろうと思っていた。彼女はまともに彼を見つめていた。そのきびしさというものは、彼自身の叔母の一人がやりそうなものだった。彼女が口を開いた時、まるで非難するような調子であった。

「それはたいへんな額のお金ですね」ミス・マープルがいった。

「昔とちがって、そうたいした金額でもありません」とブロードリブ氏がいった（そして――この節、スズメの涙ですよ――といおうとしてやめにした）。

「ほんとにわたし、びっくりしました」とミス・マープルがいった。「正直申しまして、ほんとにびっくり仰天です」

と書類を取り上げて、もう一度念入りに読んだ。

「この条件はあなたもご存じだろうと思いますけど？」彼女がいった。

「ええ。ラフィール氏自身、わたしに直接口述筆記させたものです」

「何かあなたに説明はされなかったのでしょうか？」

「いえ、されませんでした」

「おそらく、あなたから、彼自身でやった方がいいんじゃないか、と意見をいわれたと思いますが」ミス・マープルがいった。今や彼女の声にはちょっととげがあった。

ブロードリブ氏はかすかにほほえみを見せて、

「その通りです。わたしからも申しました。わたしはあなたが、いったい彼が何を意図しているのか理解に苦しまれるにちがいない、といってやりましたがね」

「まったくその通りですよ」ミス・マープルがいった。

「もちろん、しかし」とブロードリブ氏がいった。「今すぐご返事をなさらなくてもけっこうです」

「ええ、よくよくこれは考えてみなければなりません」

「あなたがおっしゃった通り、これは相当多額の金ですから」

「わたしは老人です」ミス・マープルがいった。「わたしたちは年寄りといっておりますけれど、でも老人の方がいいことばです。はっきり老人です。これはあり得ることでもあるし、またおそらくはそうなることでしょうが、なんとも妙な事件でわたしが手に入れることのできるこのお金を、手にするまでの一年間生きていられないかもしれませんからね」

「お金はどんな年齢になっても軽べつすべきものではありません」ブロードリブ氏がいった。

「わたしとしては、関係しているある慈善事業に寄付することもできます」ミス・マープルがいった。「それにまた、いつでも多くの人々がおります。ちょっと何とかしてあげたい人たちですが、じぶんの資金だけでは何ともできない人たちです。それからまた、決してわたし、楽しみや欲求がないようなふりもいたしません……気ままに楽しむことのできなかったことや、お金がなくてできなかったこともあります……おそらくラフィールさんは、そういうことをまったく思いがけなくできるようにしてやれば、一人の年寄りにたいへん楽しみを与えることになる、と充分承知しておられたと思いますね」

「ええまったくですね」とブロードリブ氏。「まあたとえば海外旅行など？　このごろでは、まことにすばらしい旅行がちゃんと準備されておりますからね。劇場、音楽会とか……山ほど」

「わたしの好みはそんなことよりもう少しささやかなものなんですよ」ミス・マープルがいった。「シャコなんです」としみじみ、「このごろシャコはなかなか手にはいりにくいんでしてね、それにまたたいへんお高くて。わたし、シャコを……一羽そっくり、しみじみ味わってみたいんです。また、めったには味わえないマロン・グラッセ一箱のお高い味もね。できれば、オペラにもまいりたいですね。それにはコベント・ガーデンまでの行き帰りの車がいりますし、ホテルに一泊する費用もかかります。でも、こんなよけいなおしゃべりをしてちゃいけませんわね」と彼女がいった。「わたし、これを持って帰りまして、よく考えてみます。ほんとに、いったいどうしてラフィールさんは……どうして彼がこんな特殊な申し入れをする気になったのか、またどうしてこのわたしが彼のお手伝いができると思ったのか、そこのところ、あなたには何かおわかりではありませんか？　彼にわたしが会ったのはもう一年以上、二年近くも前のことですし、そのころよりはずっとわたしの身体も弱り、わたしが持ち合わせている小さな才能だって、これを使うには力がなくなっていることを、彼は充分知っているはずです。いちかばちかわからないことに彼は望みをかけてるんです。こうした性質の捜査をするのにもっと適した資格の人がありませんかね？」

「正直申してそうも考えられます」ブロードリブ氏がいった。「しかしマープルさん、彼はあなたを選んだのです。よけいなせんさくで失礼ですが、あなたは……ええと、何と申したらいいか……何かの犯罪の捜査に関係されたことがおありでしょうか？」

「厳密にいえば、そんなことはなかったと申すべきでしょう」ミス・マープルがいった。「つまり、専門家としては関係したこともありません。保護観察官であったこともありませんし、治安判事として判事席にすわったこともなし、探偵社などにもまったく関係したことはありません。ブロードリブさん、あなたにご説明申した方がわたしとして好ましいことだし、またこれはラフィールさんが当然説明しておかれるべきことだったと思うのですが、とにかくご説明しておくのは、西インド諸島にわたしどもが滞在中、わたしたち二人、ラフィールさんとこのわたしは、そこで起きた犯罪にある関係を持ちました。ちょっと信じられないような、こみいった殺人事件でした」

「で、あなたとラフィール氏はそれを解決されたわけですね？」

「そういうふうには申したくありません」ミス・マープルがいった。「ラフィールさんはあのお人柄の圧力で、またわたしはたまたま目にとまった一つか二つの明白な徴候を考え合わせることで、もうちょっとのところで起きそうになっていた第二の殺人を防止するのに成功したようなわけでした。わたし一人では身体に力がなくて、とてもできることではなかったんです。ラフィールさんも、身体が不自由でしたから、とても一人ではできなかったと思います。しかし、わたしたちは協力者として働いたのです」

「もう一つだけおたずねしたいことがあります、マープルさん。〝ネメシス〟（復讐の女神）ということばはあなたにとって何か意味がありましょうか？」

「ネメシス」とミス・マープルがいった。質問の形ではなかった。たいへんゆっくりと、思いがけない微笑が彼女の顔に現われた。「ええ。わたしにとってある意味がありますね。それはわたしにとってもある意味があるし、ラフィール氏にとってもある意味があります。わたしから氏にそのことばをいったのでした。そしてわたしがじぶんのことをこの名でいったことをたいへんにおもしろがってました」

ブロードリブ氏が予期していたのは、そんなことではなかったのだ。彼は、かつてラフィール氏がカリブ海に臨む寝室で感じたのと同じような、はっとするような驚きを感じながら、ミス・マープルを見つめていた。なかなか洗練された教養のある老婦人だ。だがほんとに……ネメシスだろうか！

「あなたも同じようなことを、きっと感じておられますね」ミス・マープルがいった。「もしまたさらにこの件に関して指示を受けるなり、発見されたことがありましたら、わたしへもお知らせくださいますね、ブロードリブさん。そのような種類の何かがないというのは、わたしには異常に思えます。ほんとにラフィール氏がわたしに何をしてくれと願っておられるのか、やってみてくれと願っておられるのか、まったくわたしには見当もつかないんですから」

「あなたは、氏の家族、氏の友人やなにかとお知り合いではないので……」

「いいえ。さきほど申した通りです。異国の地での、同じ旅行者仲間だったというだけです。わたしたちは、あるたいへんに不可解な事件で、協力者としていくらかの交際がありました。それだけのことです」とドアの方へ行こうとして、突然ふりかえると、きいた。「氏はエスター・ウォルターズという秘書を持っていましたね。こんな質問をしたらエチケットにそむくことになりましょうか――ラフィール氏は彼女に五万ポンドの遺産を残してくれたでしょうか？」

「氏の贈与遺産額は新聞に発表されることになっております」とブロードリブ氏がいった。「あなたのご質問に対しては肯定のご返事をいたします。ちなみに、ウォルターズ夫人の名前ですが、今はアンダースン夫人です。彼女は再婚いたしました」

「それはけっこうなお話をうかがいました。彼女は娘一人を持った未亡人で、なかなか腕のよろしい秘書に思えました。ラフィール氏のことをよく理解していましたしね。りっぱな婦人です。彼女が遺産を受けたのはわたしもうれしいです」

その夜、ミス・マープルはいつもの背もたれのまっすぐないすに腰をおろし、両足は小さなまきの火が燃えている暖炉の方へのばしていた。というのは、よくあることだが英国には突然の冷えこみが勝手な時にやってくるからだが、今朝ほど彼女に渡された書類を細長い封筒からもう一度取り出した。まだなかば信じられない気持ちで、彼女はあちこちでことばをつぶやき、頭の中にたたきこむようにして読んでいった。

セント・メアリ・ミード村在住

ジェーン・マープル殿

これはわたしの死後、わたしの弁護士ジェームス・ブロードリブの適法なる事務所からあなたへ手渡さるべきものである。彼は、わたしの事業活動でなく、わたしの個人的な問題の分野で起きてくる法律的な問題を処理するために雇用されているものである。彼は堅実で信頼できる弁護士である。人類大多数のように彼も好奇の罪に陥りやすい人である。わたしは彼の好奇心を満足させなかった。ある関係でこの事はあなたとわたしだけのことにしておきたい。わたしたちの合いことばは、親愛なるご婦人よ、〝ネメシス〟である。このことばをあなたが初めてわたしにいった時の情況や場所を、あなたが忘れておられるとは思えない。今や長くなってしまったわたしの事業活動の中で、わたしはじぶんが雇用しようと思う人について、一つのことを教訓としている。その人はかんを持っていなければならない。わたしがやってもらいたいと思う仕事についてのかんである。それは知識でもなく、経験でもない。それを表現する唯一つのことばはかんである。あることを遂行するについての天から授けられた生まれつきのものである。

親愛なると呼ばせていただければ、あなたは正義に対する生まれつきのかんを持っておられる。そして、それが犯罪に対する自然のかんへとあなたを導いている。わたしはあなたにある犯罪の捜査をお願いしたい。わたしはある金額を取っておくように命じておき、あなたがこの願いを受け入れ、あなたの捜査の結果この犯罪が正当な解明を得た場合、この金額は完全にあなたのものとなるよう指示してある。あなたがこの仕事に従事されるためにわたしは一年の期間をおいておく。あなたは若くはない、しかしあなたは、わたしにいわせてもらうなら、根強い。わたしはもののわかった運命なら必ずやあなたを少なくとも一年は存命させてくれることを信じている。

これに関連する仕事は決してあなたにとって不快なものではないと考える。あなたは生まれながらの捜査の才能を持っておられる。この捜査のための運転資金とでもいうべき必要経費は、期間中必要な時に応じていつでもあなたへ送金されることになっている。わたしは現在のあなたの生活がどうであろうと、このことを他に方法がないので申し入れる。

わたしはあなたがいすに腰をおろしている姿を想像する。そのいすは快適で、あなたが悩んでいられるかもしれないリウマチがどんな種類でどんな形かは別として、それに対してすわり心地のよいものであろう。あなたぐらいのお年の人はみんな何らかの形のリウマチを患っているようにわたしには思える。この疾患があなたのひざか背中を冒しているとすると、歩きまわるのが容易でないから、あなたはおもに編物をすることで時を過ごしておられるにちがいない。かつてのある夜、あなたから緊急のことで眠りからさまされて起きた時にわたしが見たあなたと同じように、わたしはあなたがピンクの毛糸編みに包まれている姿が見える。

わたしはあなたがジャケットとかスカーフとか、その他わたしが名も知らないいろいろなものを編んでおられる姿を想像する。もしその編物をつづけた方がよいとお考えなら、それはあなたの決心しだいである。もし、正義のために働いてやろうとお考えなら、少なくともこれは興味あることになるとわたしは期待している。

正義を洪水のように
恵みの業を大河のように
尽きることなく流れさせよ。
（アモス書）

3　ミス・マープル活躍を始める

I

ミス・マープルはこの手紙を三度も読んだ……それからわきへおいて、ちょっと眉根を寄せながら、この手紙とその中に含まれているものをじっくり考えてみた。

まず最初に来た考えは、明確な情報がまるで驚くほど欠けているということである。何かもっといろいろな資料情報がブロードリブ氏から彼女へ提供されるというのだろうか？　どうもそのようなものはないらしいことが、まずはっきりと感じられる。それではラフィール氏の計画とは合わないことになるではないか。なのに、いったいラフィール氏は、彼女が何も知らない事柄について活動すること、何かすることを期待できるものかどうか。まったくわけがわからない。それからまた数分よく考えた末に、これはラフィール氏がことさらにわけをわからなくしているのにちがいないと判定をくだした。彼女はラフィール氏と知り合ったわずかな間の彼のことを思い返してみた。彼の身体の障害のこと、かんしゃく持ちであること、才気のひらめき、そして時おりのユーモア。彼は人をからかってよろこぶようなところがあったように思われる。彼はそんなことを楽しんでいた、と彼女には思えるし、この手紙にしても、ブロードリブ氏の当然の好奇心をはぐらかしてしまう意図であることが、まず確かなようだ。

手紙の中には、この仕事がいったいどういうことに関することなのか、彼女に手がかりを与えるようなことはみじんも書かれていない。手紙はまったく何のたしにもなっていない。ラフィール氏は、手紙が何のたしにもならないようにわざとしておいたのだ、と彼女は考える。彼には……何といったらいいか？……考えが別にあったのにちがいない。いずれにしろ、まったく何ひとつ知らずに青空へ向かって出発するようなことはできるものではない。これはまるで、解答の鍵を与えないでクロスワードを解けというにも似ている。何かの手がかりがあるべきである。何をしてもらいたいのか、いったいどこへ行ってもらいたいのか、それとも、安楽いすに腰かけ、よく精神集中できるように編物針はわきへおいて何かの問題を解明してもらいたいというのか。それともラフィール氏のもくろみは、彼女に飛行機か船で西インド諸島へ、あるいは南アメリカか、それとも特に指定した土地へ行ってもらいたいのか？　いったい彼女にしてもらいたいことというのは何なのか、彼女自身で見つけだすかそれとも明確な指示を与えてもらうかである。ラフィール氏は彼女が物事を推測し、物をききだし、発見する才能でもあると思っていたのだろうか？　いや、そんなことは信じられない。

「もしそんなことを彼が考えていたのだったらば」とミス・マープルは声に出していった。「彼はおめでたい。死ぬ前に頭がおかしくなっていたんだわ」

しかし、ラフィール氏がぼけていたとは考えられなかった。

「わたしは指示を受けなくてはならない」ミス・マープルがいった。「でも、どんな指示を、そしていつ？」

まさにその時、彼女は突如として考えついた。それとは気づかずに彼女は指示をはっきり受けていたのにちがいない、と。もう一度あたりの空気へ向かって大きな声で話しかけた。

「わたしは永遠の生命を信じてます」ミス・マープルがいった。「わたしには、ラフィールさん、あなたがはっきりどこにおられるのかはわかりませんが、しかしどこかにあなたがおられることは疑いを持ちません……わたしは最善をつくしてあなたの願いをかなえてあげるようにいたしましょう」

II

ミス・マープルがブロードリブ氏へ手紙を書いたのは、それから三日後のことであった。たいへん短い手紙で、厳密に要点だけにしてあった。

ブロードリブ様

あなたがわたしに対して提案されましたことを熟慮いたしまして、わたしは故ラフィール氏がわたしに対しなされた申し入れを受諾する決心をしましたことをお知らせ申し上げます。わたしは氏の願望に応ずるため最善をつくしますが、成功の確信はありません。実際のところ、わたしはどうしたら成功し得るかさえ見当もつかないのです。氏の手紙の中にはわたしに対する直接の指示はありませんし、また――簡潔指令というのらしい――それもまったくありません。もしあなたがわたしのために留保しておられる何か明確な指示のある伝達事項がありましたら、それをわたしへお届けくだされればありがたいと思いますが、しかしこれまでにお届けがないところからしますと、さようなものはないものと推察いたします。

失礼ながらラフィール氏は死去の際には健全なる精神と意向であられたと推察しますが？　わたしとしては以下の質問をする正当性があるものと考えます——最近、氏の生活中に氏に関係のありそうな、事業上もしくは個人関係で何らかの犯罪事件はなかったでしょうか。かつて氏は何か顕著な正義のあやまりがあって、それをはげしく感じて、不満か怒りをあなたに示されたことはなかったでしょうか？　もしそうであったら、そのことについてお知らせを求める正当性がわたしにはあるものと考えます。何か苦難を受けるとか、最近不正取引か、そのように考えられることの犠牲者にされたとか？

あなたにはわたしがこのような質問をする理由がおわかりのはずです。実際のところ、ラフィール氏自身わたしがこういう質問をすることを予期しておられたのかもしれません。

ブロードリブ氏はこの手紙をシュスター氏に見せ、シュスター氏はいすの背にぐっともたれかかるとヒューと口笛を鳴らした。

「彼女、引き受けるつもりなんですね？　冒険ずきなばあさんですな」といった。それからつけくわえて、「これがどういうことなのか、彼女何か知ってるんじゃないですかね？」

「いや、知らないね、はっきり」ブロードリブ氏がいった。

「われわれとしても知りたいものですね」シュスター氏がいった。「彼、変わりもんでしたね」

「がんこな人だった」ブロードリブ氏がいった。

「ぼくには全然見当もつきませんが」とシュスター氏がいった。「あなたは？」

「いや、わたしには見当がつかん」ブロードリブ氏がいった。つけくわえて、「見当がつかないように彼は望んでいたらしい」

「とすると、彼はますます事をむずかしくしているようなものじゃありませんか。あんな田舎者のばあさんネコみたいなのに死者の頭の中を解釈して、どんな奇妙な考えがあったのかを知るチャンスなどはまずないとしか思えないですね。わざと彼はあのばあさんを迷わせているとは思いませんか？　たぶらかしてる？　一種の冗談ですよ。あのばあさんが村の事件など解決して利口ぶってるのを、こっぴどくこらしめてやろうというような……」

「いや」とブロードリブ氏がいった。「そんなことはまったく考えられない。ラフィールという人は、そんなタイプの人間じゃない」

「時にはたいそう茶目っ気のある人でしたよ」シュスター氏がいった。

「そう。しかし……こんどのことではまじめだとわたしは思っている。何か彼の気にかかることがあったんだね。実際のところ何か彼の気にかかることがあったんだとわたしは信じているよ」

「なのに、それが何なのかあなたにいわなかったというか、まったくヒントも与えなかったというわけですか？」

「そう、そういうわけだ」

「それでいて、いったいどうして彼は期待を――」シュスター氏が途中でことばを切った。

「こんなことから彼は何か結果が出てくるとは期待していなかったと思う」ブロードリブ氏がいった。「つまり、どうやって彼女がこれに手をつけるか？」

「いうなれば、人を困らせてよろこぶいたずらですね」

「二万ポンドは大金だぞ」

「ええ、でも彼女にはできないということがわかっていれば？」

「いや」とブロードリブ氏がいった。「彼はそんなふざけた人じゃない。彼女が何かをやって発見するチャンスを持っていると、彼は思っていたのにちがいないんだ」

「で、われわれとしては、どうします？」

「ま、待つことだな」ブロードリブ氏がいった。「次に何が起きるか待って見ていることにしよう。いずれ、何かの進展があるにちがいない」

「何かまだ封印した指示を、どこかにあなた持ってますね？」

「おいおいシュスター君」ブロードリブ氏がいった。「ラフィール氏はわたしの慎重さと弁護士としての道徳的な行為には絶対の信頼をおいていたのだからね。あの封印のある指示書類はある一定の情況のもとでのみ開封されることになっていて、まだそういう情況には一度もなっていないんだ」

「そして、ずっとそういう情況には絶対なりませんね」シュスター氏がいった。

それでこの話は終わりになった。

Ⅳ

ブロードリブ氏とシュスター氏は、法律家としての生活を全面的に過ごさなくてはならないので、幸運であった。ミス・マープルはそんなに運がよくなかった。編物をしては考え、またときどきチェリーからたしなめられながらも散歩に出かけもした。

「お医者さんのおっしゃったこと、ご存じでしょう。あまり運動をなすってはいけないことになってるんですよ」

「わたしはね、とてもゆっくり歩いているんですよ」ミス・マープルがいった。「それに、わたしは何にもしてはおりませんからね。土を掘ったり、草むしりをしたりということです。わたしはただ……そう、ただ片方の足を片方の足の前へやって、そしていろいろなことを考えているだけです」

「いろいろなことと申しますと?」チェリーが興味をひかれて、きいた。

「それがわたしも知りたいの」とミス・マープルはいって、冷たい風があるからもう一つのスカーフを持ってきてくださいとチェリーに頼んだ。

「何でいらいらしてらっしゃるのか、ちっともわからないわ」とチェリーは、夫の前へ米とキドニーのまぜ合わせ中華料理の皿をおきながら、「中華料理よ」といった。

彼女の夫もそれを認めてこっくりをしてみせ、

「おまえ、毎日料理がうまくなるじゃないか」といった。

「わたしはね、彼女のことが心配なの」チェリーがいった。「何か彼女が心配の様子なんでわたしも心配なの。手紙を受け取られてからというものすっかりいらいらしてしまって」

「それは静かにすわっていてもらうことだな」チェリーの夫がいった。「静かにすわって、気を楽に持って図書館から新しい本でも借りてきてあげるとか、お友だちの一人か二人に会いにきてもらうことだね」

「何か一生けんめい考えてるのよ、彼女」チェリーがいった。「何かの計画らしいの。何かにどうやって取りかかるか、考えてる、わたしはそう見てる」

ここで彼女は会話を打ち切ると、コーヒーの盆を取って、それをミス・マープルのわきへと持っていっておいた。

「あなたね、この村のどこかの新しい家に住んでいる女の人で、ヘイスティングズ夫人というのを知ってる?」ミス・マープルがきいた。「それから、ええと、たしかミス・バートレットといったと思うんだけど、その夫人のところにいっしょに住んでる……」

「何ですか……村はずれにあるあのすっかり修繕してペンキを塗りなおした家のことですか？　あそこの人たちはあまり長いことはおりませんですよ。名前も、わたし知りません。何でそんなこと知りたいんです？　あんまりおもしろい人たちじゃありませんよ。少なくともおもしろい人たちじゃないとわたしは申したいですね」

「その人たち親類なの？」ミス・マープルがきいた。

「いいえ、ただの友だち同士だと思います」

「いったいどうして……」といいかけてミス・マープルは途中でやめた。

「いったい何がどうしたっておっしゃるんですか？」

「いえ何でもないわ」ミス・マープルがいった。「小さな書きもの机の上をかたづけてちょうだい。そして、ペンと便箋を取ってちょうだいね、手紙を一本書きますから」

「どなたへ？」とチェリーが職業柄の当然の好奇心できいた。

「ある牧師さんの妹さんにだけどね」とミス・マープル。「牧師さんの名は、キャノン・プレスコット」

「あなたが外国で、西インド諸島で会われたあの人ですね？　その人の写真、アルバムで見せてもらいました」

「そう」

「身体のぐあいが悪いのとちがいますか、あなた？　ただ牧師さんに手紙書きなさるだけですか？」

「わたしとても身体の調子はよろしいのよ」ミス・マープルがいった。「そしてね、あることをぜひやりたいの。ミス・プレスコットが手伝ってくれたらできることなんだけどね」

親愛なるプレスコット様（とミス・マープルは書いた）わたしのことお忘れになってなければよろしいんですけれど。あなたとあなたのお兄様にわたしが西インド諸島のサン・オノレでお会いしたことをご記憶かと思います。キャノン様のご健康と、昨冬の厳しい寒さにぜんそくであまりお悩みでなかったことを望んでおります。

お手紙をさしあげましたのは、実はウォルターズ夫人――エスター・ウォルターズ――の住所をお教え願えるかと思ってのことなのです。同夫人のことはカリブ海のころ、あなたもご存じのことと思います。ラフィール氏の秘書でした。当時彼女から住所を教わったのですが、残念ながらどこかへまぎれこんでしまったのです。実は当時彼女からわたしの知らない園芸上のことを尋ねられて、返事を書かなければならなかったわけです。先日、わたしはまた聞きで、彼女が再婚したことを聞きましたが、このことをわたしに知らせてくれた人もあまりはっきりとは知らないのです。あなたならわたしよりもっとよくご存じと思います。

このことがあまりあなたのおじゃまにならないことを願っております。どうぞお兄様によろしく。そしてあなたに祝福あらんことを。

敬具

ジェーン・マープル

この書簡を出すと、ミス・マープルは少し気分がよくなった。

「まあこれで少なくとも」と彼女がいった。「何かをするスタートをきりました。こんなことにあまり大きな望みはかけてませんけれど、でもやはり何かのたしにはなるかもしれませんからね」

ミス・プレスコットからは折り返すように返事が来た。彼女はたいへんにてきぱきした人なのだ。気持ちのいい手紙をよこして、問題の住所も同封してあった。

わたしもエスター・ウォルターズについては直接には何も聞いておりません。でも、あなたと同じように、彼女の再婚の公示を見たというお友だちから聞きました。

彼女の名前はたしか、オルダースンかそれともアンダースン夫人です。住所はハンプシャー《ハンツ》、オルトン近郊のウィンスロー・ロッジです。兄からあなたへよろしく申しております。わたしたちこんなに遠く離れて暮らしているのが悲しいですね。わたしたちは英国の北部、あなたはロンドンの南と。そのうちぜひお目にかかれる折のあることを望んでおります。

敬具

ジョーン・プレスコット

「オルトンのウィンスロー・ロッジ」とミス・マープルはいいながら書きとめた。「ここからあまり遠くないわ、ほんと。そう。あまり遠くないわ。わたしにだって……どんな方法が一番いいかしら……そうね、インチのところのタクシーがいいかもね。ちょっとぜいたくだけど、もし何か成果でもあったら、正当な費用として請求できるんですからね。さてあらかじめ彼女へ手紙を出しておくか、それとも運を天に任せるか？　運を天に任せた方がよさそうに思えるわ。かわいそうにエスター。わたしのことを情愛とか親切とかいうこととといっしょに思い出すようなことはまずあり得ないわね」

ミス・マープルは頭に浮かびあがってくる一連の思いにふけっていた。カリブ海での彼女の活動があってこそ、あまり遠くない将来に殺されることになっていたエスター・ウォルターズが命拾いをしたといえる。とにかくミス・マープルはそう信じているのだが、おそらく、エスター・ウォルターズはそんなことなど信じていまい。「いい女《ひと》だった」とミス・マープルは柔らかい調子で口に出していった。「とてもいい女。悪いやつと簡単に結婚してしまうようなタイプの。事実、ちょっとしたチャンスで殺人犯人と結婚しそうになったそんな女。わたし、今でもやはりそう思ってる……」ミス・マープルはさらに声を落として、しみじみつづけた。「おそらく彼女の命を救ったのはわたしだろうって。実際のところ、わたしはたしかにそうだと思ってるけど、この考えには彼女は同意しないかもしれない。たぶん彼女はわたしのことをひどくきらってるでしょう。それが彼女を情報源として使うことをよけい困難にしてる。でも、ただもうやってみることだけ。ここでこうしてすわって、待って待って待ってるよりはいい」

ラフィール氏はあの手紙を書く時にはやはり彼女をからかうつもりだったのだろうか？　彼は決して特にやさしい人間ではなかった……他人の気持ちをひどく無視するようなところがあった。

「とにかく」とミス・マープルは時計をちらとのぞいてみて、今夜は早く寝ようと心にきめた。「何か考えてる時、よく眠ろうとする前にいい考えが浮かんでくるものよ。そういうことになるかもしれない」

「よくおやすみになれました？」とチェリーがミス・マープルのすぐわきのテーブルに早朝のお茶の盆をおきながらいった。

「へんな夢を見ましたよ」ミス・マープルがいった。

「うなされるような悪夢ですか？」

「いいえ、いいえ、そんなのじゃないの。わたし、誰かと話をしてるんだけど、その人あまりよく知ってる人じゃないの。ただお話をしてるのよ。すると、ひょっと見ると、それが今まで話をしていた人とは全然ちがう人なんですよ。誰かほかの人なの。すごくへんでしょう」

「あれこれごちゃごちゃになってるんですね」とチェリーが慰めるようにいった。

「それで実は思い出したことがあるのよ」ミス・マープルがいった。「というか、昔知っていたある人のことといいますかね。インチ・タクシーを呼んでちょうだいね？ここへ十一時半ごろ来るように」

インチは、ミス・マープルの過去の一部であった。もともと貸馬車の持ち主だったミスター・インチが死ぬと、当時四十四歳のその息子〝若いインチ〟があとを継いで、家業を変えてガレージにして、二台の中古車を手に入れた。彼の死去によって、ガレージは新しい持ち主を迎えた。それ以来、ピップ自動車、ジェームス・タクシー、アーサー・ハイヤーなどとなったが……村の古い住人は未だにインチと呼んでいる。

「ロンドンへいらっしゃるんじゃないでしょうね？」

「いいえ、ロンドンへ行くんじゃありませんよ。たぶん、ヘイズルミアで昼食をとることになりましょう」

「いったい何をなさろうっていうんです？」チェリーが不審そうに見ながらいった。

「ある人に偶然出会ったように見せかけようというわけ、そしてそれがほんとに自然に見えるようにね」ミス・マープルがいった。「どうも容易なことじゃないけど、でもきっとやれると思うの」

十一時半になるとタクシーが待っていた。ミス・マープルはチェリーに指図した。

「この番号に電話してね、チェリー？　アンダースン夫人はご在宅でしょうかときくの。アンダースン夫人が電話に出るか、それとも電話のそばへ来るようだったらね、ブロードリブという人が夫人にお話があるというんです。あなたはね」ミス・マープルがいう。

「ブロードリブさんの秘書ってわけ。もし夫人が不在だったら、いつならご在宅か確めてちょうだい」

「それで夫人がうちにいて、話が通じたら、どうしますか？」

「来週、ロンドンのブロードリブ氏の事務所でお会いしたいが、何曜日がご都合よろしいか、きくんです。その日を夫人がいったら、メモを取って、電話を切りなさい」

「何をあなたさま考えてらっしゃるんです！　いったいどういうことなんです？　どうしてわたしにこんなことしろとおっしゃるんです？」

「記憶というものはおかしなものでね」とミス・マープルがいった。「たとえ一年以上も聞かない声でも、ひょいと思い出すことがあるものなんだから」

「でも、その何といいましたっけ夫人が、ひょっとしていつかわたしの声を聞いたことがあるかもしれないじゃありませんか？」

「そんなことはありませんよ」ミス・マープルがいった。「だからあなたに電話かけてもらうわけ」

チェリーはその指図を履行した。アンダースン夫人は買物に出ていて不在だったが、昼食には帰ってきて、午後はずっと在宅のはずとのことだった。

「それで事が容易になります」ミス・マープルがいった。「インチは来てるの？　あ、そうだったね。おはよう、エドワード」とほんとの名前はジョージなのに、アーサー・タクシーの現運転手にそういった。「ところで、これがあなたに行ってもらいたい場所なんですよ。一時間半以上かからないように願いますよ」

さて、探検は始まったのである。

4　エスター・ウォルターズ

エスター・アンダースンはスーパーマーケットから出てくると、じぶんの車を駐車しておいた場所へと向かった。駐車が日に日にむずかしくなってくるわ、と彼女は考えている。その彼女の方へ向かって、少し足をひきずるようにして歩いてきた年寄りの婦人に突き当たってしまった。彼女が失礼を詫びると、相手の女は頓狂《とんきょう》な声をあげた。

「おや、これはなんと……これはこれはウォルターズ夫人じゃありませんか？　エスター・ウォルターズさんでしょう？　わたしのことご記憶じゃありますまいね。ジェーン・マープルですよ。わたしたち、サン・オノレのホテルでお会いしましたね。ええもうえらい前のことで。一年半も」

「ミス・マープル？　あ、そう、そうでしたね。まあ、あなたにお目にかかるなんて、思いもよりませんでしたわ！」

「お目にかかれてほんとにすてき。わたしね、この近くにいるお友だちと昼食をいっしょにすることになってますけれどね、そのあとオルトンを通って帰りますの。あなた、午後はおうちにいらっしゃる？　ぜひあれこれあなたとおしゃべりがしたいんですよ。古いお友だちにお目にかかるのはほんとにうれしくて」

「ほんとに、そうですわね。三時過ぎでしたらいつでも」

協定成立。

「ジェーン・マープルばあさん」エスター・アンダースンはいって、ひとりほほえんだ。「彼女が現われるなんて驚いた。もうずっと前に死んでるものとばかり思ってたのに」

ミス・マープルは三時三十分きっかりウィンスロー・ロッジのベルを鳴らした。エスターがドアを開けて、中へ招き入れてくれた。

ミス・マープルはすすめられたいすに腰をおろすと、落ちつかない様子でちょっとそわそわしていた。これは彼女が少しあわてた時にとることにしている態度であった。というか、とにかく少しあわてていると思われている時にである。この場合、それはまちがいであった、というのは、事は彼女が望んでいた通りに運んだのだから。

「ほんとにお目にかかれてうれしいわ」とエスターにいった。「またお目にかかれるなんてほんとにうれしいですね。ね、やはりこの世間ってほんとにふしぎなものだと思いますね。会いたい人にまた会いたいと願っていると、ほんとに会えるものなんですね。

そうこうしているうちに月日がたって、突然会えるんですからほんとにびっくりしますよね」

「ですから」とエスターがいった。「よくいいますように、世間はせまいっていうじゃありません?」

「ええ、ほんと、そしてわたし思うんですけど、そういうのももっともだと思いますよ。つまり、世間はたいへん広いように見えるし、西インド諸島なんてあなた、英国からはえらいもう遠く離れたところですものね。つまり、わたしがいいたいのは、もちろんわたしはあなたとどこでもお目にかかれたでしょう。ロンドンでも、ハロッズでも。どこかの駅やバスの中で。可能性はたくさんあります」

「ええ、可能性はうんとありますね」エスターがいった。「でも、ここであなたにお目にかかれようなんて、ほんとに全然思いもよらなかったことでした。だって、このあたりは全然あなたのうちのほうとはちがうでしょう?」

「ええ、ええ、そうじゃないんですよね。といっても、わたしの住んでるセント・メアリ・ミード村とはそれほどたいへん離れてはおりませんけれどね。ほんとは、たしか二十五マイルかそこらだと思いますよ。でも、田舎の二十五マイル、それも車も持ってなくてはね……わたし、もちろん車なんか持てる力はありませんしね、どちらにしても、車の運転はできないんですし……まあそんなことはどうでもいいとして、バスのルートにある知り合いか、それとも村からタクシーにでも乗らないと、お目にかかれないってわけなんです」

「あなた、ほんとにすごくお元気そうですわ」エスターがいった。

「あなたこそすばらしくお元気そうだって、わたし今いおうと思ってたところなんですよ、あなた。こんな方にあなたが住んでいらっしゃるなんて、ほんとに思いもよりませんでしたね」

「わたし、ここへ住むようになってからまだ間がありませんの。結婚してからのことなんですから」

「おや、それは存じませんで。それはそれは。きっと見落としてしまったんですね。いつも結婚欄はよく見てるんですけれどね」

「わたし、結婚してからまだ四カ月か五カ月ですの」エスターがいった。「今は名前もアンダースンになってます」

「アンダースン夫人ですか」とミス・マープルがいった。「そう、忘れないようにいたしましょう。で、ご主人は？」

主人のことをきかないのは不自然だと彼女は考えたのであった。老嬢というものは、たいへんせんさく好きということになっている。

「主人は技術者で、タイム・アンド・モーション社の支社をやってますの。主人は……」とエスターはちょっとためらって、「……わたしよりちょっと年下なんです」

「その方がいいわ」とミス・マープルが言下にいった。「その方がけっこうよ、あなた。この節、男は女よりもずっと早く年をとりますからね。こんなことは普通口にしてはいけないことなんですけれどね、でも、これは実際にほんとなんですから。つまり、ぐあいの悪いことが多すぎるんですよ。あんまり心配が多くて働きすぎじゃないかと思いますね。そうしているうちに、高血圧とか低血圧、時にはちょっとした心臓障害などになってしまうんですね。また、胃潰瘍なんかにもなりやすいんですよ。わたしたちの方はあんまり気を使いませんからね。わたしたち女はやはり強いんだと思いますよ」

「そうかもしれませんね」エスターがいった。

彼女は今やミス・マープルにほほえみかけていたので、ミス・マープルは安心した。この前エスターに会った時には、エスターは彼女を憎んでいるような様子であったし、おそらく当時は憎んでいたのだろう。だが今、今は、たぶん少しは感謝の気持ちさえ持っているのかもしれない。彼女はアンダースン氏との幸せな生活の代わりに、どこかの大きな墓地の石碑の下にいることになっていたのかもしれないということがわかったのでもあろうか。

「あなた、たいへんお元気そうで」と彼女がいった。「それにたいへんはつらつとしてらっしゃる」

「あなたもそうですよ、ミス・マープル」

「でも、もう年ですからね。それに年をとりますといろいろ病気が多くてね。いえね、別に重大な病気ではなく、そんなのじゃなくて、でも、たいていリウマチとか何かの痛みをどこかに持ってるものなんです。足が普通の足らしくないとか。また、よく背中とか肩とか、そうでなければ両手が痛むとかですね。ああ、これはどうも、こんな話ばかりしていてはいけませんね。こちら、ほんとにすてきなお宅じゃありませんか」

「ええ、まだ来てからあまり長くなりませんので、四カ月ほど前に引越してきまして」

ミス・マープルはあたりを見まわしてみた。たぶんこんなことであろうと思っていた。また、彼らが移転してきた時には相当りっぱな規模でここへはいったのにちがいないとも思う。家具類は高価なもので、気持ちよかった。気持ちもいいが、ぜいたくに近いものであった。上等のカーテン、上等のいすカバーなど、特に芸術趣味など見せびらかしてなかったけれど、そんなものは彼女も期待していなかった。この豊かな様子のわけが彼女にはわかるような気がした。これは故ラフィール氏のエスターへの相当巨額の遺産の力によるものだと彼女は考える。ラフィール氏が決心を変えなかったことを彼女はうれしく思った。

「ラフィールさんの死亡広告をあなたもごらんになったと思いますけど」とエスターが、まるでミス・マープルの心の中を見すかすようにいった。

「はい、はい見ましたですよ。もうたしかひと月ほども前のことになりますね？　ほんとにお気の毒でした。たいそう苦しんでおられましたからね、もっとも、その……ごじぶんではもうかくごをしておられたようでしたね？　何度か氏はもうあまり長くないからといっておられるのを聞きました。そういうことについてはたいへん勇気のあるお方だったとわたしは思っておりますが、そうでしょう？」

「ええ、あの方はたいへん勇気のあるお方で、また親切なお方でもありました」エスターがいった。

「わたしがあのお方の仕事をすることになった最初の時に、あのお方はわたしにこういわれました――給料はたくさんあげるが、それ以上のことは何もしてもらおうなどとは思ってはいけない。それで給料の中から貯金をしておきなさいと。ですからわたし、給料以外には何も望んでおりませんでした。あのお方は一度いったことは絶対に変えない人だったでしょう？　ところが、はっきりその決心を変えられたのでした」

「そう」ミス・マープルがいった。「そう。それはほんとによかったですね。そうとは思っておりましたが――いいえ、あの人が何かいったんじゃありませんよ、もちろん――でも、どうかなと思ってたんです」

「とても莫大な遺産をくだすったんです」エスターがいった。「驚くような巨額のお金でした。ほんとにびっくりしました。はじめは、とても信じられないくらいでした」

「きっとあなたをびっくりさせてやろうということだったんでしょうね。そんな人でもあったように思います」ミス・マープルがいった。そしてつけくわえて、「あの、ええとあの男の人はなんといいましたっけ？――あの人には、何か残されました――付添いの男の人、付添いの看護人に？」

「あ、ジャクスンのことですね？　いいえ、あのお方はジャクスンには何も残されませんでしたが、でも去年、相当な額のプレゼントをなさったようでした」

「その後ジャクスンとはお会いになったことあります？」

「いいえ。あの西インド諸島以来たしか一度も会ったことはありません。彼はわたしたちが英国へ帰ってからはラフィールさんのところにはいなくなったんです。なんでもジャージーとかガーンジーとかに住んでいる何とか卿のところへ行ったんだと思います」

「ラフィールさんにはもう一度お目にかかりたいと思っておりました」ミス・マープル

がいった。「あんなにわたしたちいろいろかかわりあいがあったあとなのに、おかしなことですわ。あのお方やあなたやわたし、それにその他の人たち。あとで、わたし、うちへ帰って、六カ月も経ってから……ある日ひょいと思いついたんですよ、わたしたち非常の時にはあんなに親しくしていたのに、ほんとはラフィールさんについてはほとんど何も知らないってこと。あのお方の死去の知らせを新聞で見ましたあとで、思いついたんです。もう少しいろいろと知っておけばよかったたって。あのお方、どこの生まれで、両親はなど。その両親はどんな人たちだったか。あの人には子供があったのか。甥とかいとことか親戚があったのか。とても知りたくなりましてね」

エスター・アンダースンがちょっとにこりとした。ミス・マープルの方を見ているその表情はこういっているようだった。〝そうでしょうとも、あなたって会う人みんなについてそういったことを知りたがってるんですものね〟だが、彼女はただこういった。

「いいえ、彼についてみんなが知っていることといえば、ほんとにたったひとつだけですわ」

「それは、彼が大富豪ということでしょ」ミス・マープルがすぐそういった。「あなたがおっしゃりたいのはそれでしょう? 誰かが大富豪だということがわかれば、もうそれ以上のことは人がきかない。いえ、それ以上は知ろうとしない。——あの人はたいへんなお金持ちだ——とか——ものすごく金持ちだ——とか。そして声が小さくなってしまう、というのは、それだけで強い印象を与えますからね、そうでしょう、あなたが大富豪といわれる人に会ったら」

　エスターはちょっと笑った。

「あの方は結婚しておられなかったようですね？」ミス・マープルがきいた。「一度も奥さんのことを口にしたことがありませんでした」

「もうずっと前に奥さんをなくされたんです。結婚してそれほど経たないうちのことらしいです。なんでも奥さんは彼よりずっと若かったようです……がんでなくなられたのだと思います。たいへん悲しいことですね」

「お子さんはあったのでしょうか？」

「ええ、娘さんが二人に、息子さんが一人です。一人の娘さんは結婚してアメリカに住んでます。もう一人の娘さんはまだ若いうちに死んだらしいんですよ。わたしは一度アメリカに住んでいる娘さんとは会ったことがあります。この人はまるでそのお父さんとは似ても似つかぬ人でした。どっちかといえばおとなしい、元気のなさそうな顔つきをした若い女の人でした」彼女がつけくわえる。「ラフィールさんは息子さんのことはまったく口にしたことがありませんでした。たぶん何か問題があるんじゃないかと思います。何か世間に顔むけできないようなことがあったんじゃないでしょうか。何年か前にその息子さんもなくなったようですよ。でも、……父親の彼はひとことも口にしませんでした」

「まあ、ずいぶん悲しいことですね」

「なんでももうずいぶん前のことらしいんですよ。息子さんはどこかへ、外国かもしれませんが、出かけたきり帰ってこないで……そのまま、どこかでなくなったようです」

「ラフィールさんはそのことでひどくがっかりしてたでしょうね？」

「ラフィールさんのことはわかりません」エスターがいった。「あのお方は何でも損なことにはあっさり見切りをつける人でしたから。息子さんが宝でなく重荷で、不満足な人だったとしても、彼はすべてをあっさりとあきらめたにちがいないと思います。必要なこと、たとえば生活費を送るというようなことはしても、二度と息子さんのことはもう考えなかったことでしょう」

「へんな話ですね」ミス・マープルがいった。「息子さんのことでは何もいわず、話もしなかったのですか？」

「ご存じでしょうが、あのお方は個人的な感情やじぶん自身の生活については多くをいわない人でした」

「そうそう、そうでしたね。でも、あなたは……その、長年彼の秘書をしておられたのですから、何か悩みごとをあなたに打ち明けたようなこともあったのではないでしょうか」

「あのお方は、人に悩みを打ち明けるような人ではありませんでした」エスターがいった。「もしそんな悩みがあったとしてもですけど、おそらくそんな悩みなんかなかったと思います。いってみますなら、彼はじぶんの事業と結婚したのです。彼はじぶんの事業の父で、またその事業だけが大切な息子か娘みたいなものだったのだと思います。投資とかお金をもうけること、それを全面的に楽しんでいました。事業は成功してましたし……」

「死ぬまでは、どんな人でも幸せといってはいけない」ミス・マープルがつぶやいた。一種のスローガンでも読みあげるみたいに一語一語を発音した。事実、この節はその通りのようであるし、また彼女もそれがいいたかったのだろう。

「つまり、彼の生前には、何か特別に心配なことは何もなかったというわけですね？」

「ええ。どうしてそうお考えになります？」エスターがびっくりしたようにきいた。

「ほんとはそう考えてはいないんです」ミス・マープルがいった。「わたしは不審に思うんです、といいますのは、人は……年をとってしまったらとは申しません……だってあのお方はまだ年寄りじゃなかったんですからね、でも、家に閉じこもって、今まできたこともできなくなって何事もゆっくりやらなくちゃならないようになりますとね、いろんなことが心配になってくるものなんですよ。すると、心配事が心の中へすっかりはいりこんでしまって、いつもそれが感じられるようになるんです」

「ええ、おっしゃることとわたしにもわかります」エスターがいった。「でも、ラフィールさんがそんなふうだったとは思われません」とそれにつけくわえた。「わたしが秘書をやめましたのはだいぶ前のことなんです。わたしがエドマンドに会ってから、三、四カ月あとでした」

「ああ、あなたのご主人ですね。ラフィールさんはあなたがいなくなるのについては、さぞあれこれうるさかったでしょうね」

「いえ、そうとは思えません」エスターがあっさりいった。「そんなことであれこれさわぎたてるような人ではありませんでした。すぐまた別の秘書を雇われます……事実、そうされました。そして、もしその人が気に入らなければ、たっぷりお金をあげてサヨナラして、誰かまた別の人を雇って、気に入る人が見つかるまでそれをやります。あのお方はたいへんに物わかりのよいお方でした」

「はい、はい、わたしにもよくわかります。もっとも、すぐかんしゃくを起こす人でもありましたね」

「ええ、かんしゃくを起こすことを楽しんでいました」とエスターがいう。「かんしゃくが彼にとっての演劇のようなものだったようです」

「演劇ですか」とミス・マープルがかみしめるようにいった。「あの、あなたは……わたし、ときどき考えたんですけれどね……ラフィールさんは、犯罪学に、その研究に何か特別の興味を持っていたとは思いませんか？　つまり、何というか……」

「つまり、あなたがおっしゃりたいのは、あのカリブ海の出来事があったからなんでしょう？」エスターの声が突然きつい調子になった。

ミス・マープルはこれ以上つづけてもどうかと思ったが、やはり何とか少しは役に立つことをさぐろうとも思う。

「いいえ、そういうわけじゃないんですけれど、あとになって、あのような事件の心理をいろいろ考えられたのではないかと思いましてね。それとも、正当に正義が行なわれなかった事件などに興味を持たれたとか、それとも……」

と彼女は刻々とことばに自信がなくなってきた。

「どうしてそんなことにあのお方が少しでも興味を持たれましょう？　それにもう、あのサン・オノレでのおそろしいことのお話は、もうやめていただきたいわ」

「あ、そうですね、ほんとにおっしゃる通り。ほんとにすみません。わたしね、実はラフィールさんがときどきおっしゃってたことをちょっと考えていたもんですからね。ときどきへんなことば遣いをされたことがありましたが、それでわたし、何かあのお方は、その……犯罪の原因といったことについて、ご意見を持っておられたのではないかと思ったりしましてね？」

「あのお方が興味を持たれることといえば、いつも財政的なことばかりでした」エスターがそっけない調子でいった。「とても巧妙な詐欺などでしたら興味を持たれたかもしれませんが、その他のことなら別に……」

彼女はミス・マープルを冷ややかにじっと見つめていた。

「どうも申し訳ありません」ミス・マープルが詫びるようにいった。「わたし……せっかくうまく過ぎ去ってくれたいやなことを持ち出したりして。それにもうおいとましなければなりません」とつけくわえた。「列車に乗らなくちゃなりませんし、時間がぎりぎりですわ。おや、ハンドバッグはどうしたんでしょう……あ、はい、ここにございました」

ハンドバッグやコーモリ傘やその他かき集めるのにつまらない騒ぎをやって緊迫状態が多少ゆるむのを待った。ドアから出ていきながら、しきりにお茶でもと引きとめるエ

スターの方へふりむくと、

「ありがたいんですが、もう時間がありませんのでね。ほんとに、またお目にかかることができましてうれしゅうございました。心からお祝いを申し上げ、お幸せを祈ってます。何かまたお仕事をなさるようなことは、もうございますまいね？」

「ええ、よくなさる方もありますけど。その方がおもしろいっていいますね。何にもすることがなくて退屈だって。でも、わたしはどちらかといえば暇な生活を楽しみたいですわ。それに、ラフィールさんが残してくだすった遺産も楽しみたいんですもの。とてもご親切がありがたくて、わたし思うんですけど、きっとあのお方、わたしに……たとえそれがつまらない、女らしい使い方であっても、楽しんで使ってほしいと思っていらしたと思うんです！　高価な服とか新しいヘアスタイルとか。あのお方はそんなものはみんなとてもつまらないことだと思っていたようです」と突然、それにつけくわえた。「わたし、あのお方が好きだったんです。ええ、ほんとにあのお方が好きでした。それはあのお方がわたしにとって一種の挑戦だったからなんです。あのお方と親しくおつきあいをすることはむずかしいことだったものですから、わたしは支配することを楽しんだわけなんです」

「あの人を支配できました？」

「完全に支配するというほどではありませんでしたけれど、あのお方に知られているわたしよりは少しはましだったでしょう」

ミス・マープルは道をことことと歩み去っていった。一度ふりかえって手をふった……エスター・アンダースンはまだ玄関口に立っていて、にこにこしながら手をふってそれに答えた。

「どうもこんどのことは彼女と何かの関係がありそう、それとも彼女が知っている何かに関係がありそうだと思ってたけれど」ミス・マープルがひとりごとをいった。「どうやらそれはあやまりだったよう。そう、こんどのことがどんなことであるにせよ、彼女とはまったく関係ないように思える。どうもラフィールさんはこのわたしのことを実際よりもうんと賢い人間だと思いこんでいたらしい。ラフィールさんはわたしにあれこれ話のつじつまを合わせてもらいたいと思っていたのらしい……けど、その話というのは何かしら？　さて次にはいったいどうしたらいいのか、見当もつかないわ」彼女は首を横にふった。

よくよく慎重に事を考える必要がある。こんどの事は、いうなれば、彼女に任せられている。断わることも、受諾することも、そしてまたいったいこれが何のことなのか解釈することも彼女任せである。それとも、何もわからないままに前へ進んで、何かの手引きでも現われるのを待つか。ときどき彼女は目を閉じて、ラフィール氏の顔の様子を描き出してみようとした。西インド諸島のホテルの庭で、熱帯向きの服を着て腰をおろしている。きげんの悪そうなしわを寄せた顔、ときどきひらめかせるユーモア。彼女が知りたいと思うことは、彼が、こんどの計画をたてた時、また事をはっきりさせようと思い立った時、頭の中にどんなことを考えていたかということである。この計画を彼女が引き受けるようにそそのかすためか、説得して引き受けさせるか……それとも、ひょっとすると、おどして引き受けさせるつもりだったのか。三番目のが最もありそうなことに思える、ラフィール氏の人柄を知っていれば。なのに、彼はやはり何かをしてもらいたくて彼女を選び、彼女にやってもらうよう決定しているように思われる。なぜなのか？　突然彼女のことが頭に浮かんできたからだろうか？　だが、いったいなぜ彼女のことが頭に浮かんだのか？

彼女はラフィール氏のことや、サン・オノレで起きたことなどを思い返してみた。彼が死ぬ時に考えをめぐらしていた問題が、彼の頭に西インド諸島へ行った時のことを思い出させてはいなかったろうか？　あそこにいた誰かに関係のある問題ではなかろうか――あの時の事件に関係があったか、それとも傍観者であったかで、それがミス・マープルを思い出させたのだろうか？　そこらに何かのつながりか関連がありはしないか？

ないとすると、いったいどうして彼は突然に彼女のことを考えついたのか？　何か彼にとって彼女が役に立つような様子が彼女のどこかにあったのだろうか。彼女は年をとっていて、どっちかといえば頼りない、まったく普通の人柄で、肉体的にもあまり頑強ではなし、精神的にも昔のように敏活ではなくなっている。何か彼女には特殊な資質でもあったのだろうか？　そんなものは考えられなかった。ひょっとすると、ラフィール氏のちょっとした冗談ではなかろうか？　ラフィール氏は死の瀬戸際にあっても、へんなユーモアの感覚から一種の冗談をしてやろうと思ったのではなかろうか。

ラフィール氏なら臨終にあってもなお、冗談をしそうな人だということを彼女は否定できない。彼の一種皮肉なユーモアがかなえられることになるのだろう。

「わたしにだって」とミス・マープルは胸を張るようにしてひとりごとをいった。「わたしにだって、何かのちょっとした資質はあるにちがいないわ」それにしても、もはやラフィール氏はこの世にいないのだから、直接じぶんの冗談を楽しむわけにはいかない。いったい彼女の持っている資質とは何だろう？　「人のために、何かに役に立つわたしの資質とはどんなものでしょうかね？」ミス・マープルがいった。

彼女はじぶんのことをほんとに謙虚に考えてみた。せんさく好きで、いろいろ物をきく。年ごろといい、タイプといい、物をききたがるような人柄である。これが一つの特長、ありそうな特長である。物をききただすためには私立探偵をさしむけるか、それとも心理調査員をさしむけるものだが、もっとぐあいのいいのは年寄りの婦人をさしむけることである――せんさく好きで、おしゃべりで、何でもほじくりださずにいられない、そんな老婦人をさしむければ、まったく自然に見えるではないか。

「何にでも鼻を突っこむおばあさん」ミス・マープルがひとりごとをいった。「そう、わたしははっきりそれとわかる何にでも鼻を突っこむおばあさんといえるわ。そこらにせんさく好きのおばあさんはいくらもいるし、みんなどれも似たりよったりね。そして、そう、わたしなんかそのごく普通なのよ。ごく普通の、頼りないおばあさん。そして、それがとてもいいカムフラージュになってる。おやおや、これはわたし、本筋のことを考えてるんじゃないかしら。わたしは、ときどき多くの人がどんなだかわかる時がある。つまり、多くの人というものがどういうものなのか、わたしにはわかる。というのは、わたしはじぶんの知っているほかの人たちのことを思い出せるから。人々の欠点や長所などもいくらかわかっている。どんな種類の人間かということもわかる。そこだ」

彼女はふたたびサン・オノレのことや、ゴールデン・パーム・ホテルのことを考えた。彼女はエスター・ウォルターズを訪ねることで、あるつながりの可能性を探求しようと試みた。それは全然なんの結果ももたらされないものだった、とミス・マープルは判断した。そこからはまたそれ以上のつながりへと進みそうにも思えなかった。まだまったくミス・マープルには見当もつかない、ラフィール氏依頼のあることに関連する何ものもないようである。

「まったくね」ミス・マープルがいった。「あなたって、なんていやなお方でしょう、ラフィールさん！」声に出してそういったが、その声にはきつい非難の調子があった。しかし、あとでベッドにはいり、背中のリウマチの一番痛い部分に小さな湯たんぽを当てがいながら、彼女はまたも物をいった……なかばあやまるような口ぶりにもとれる。

「わたし、できるだけのことをしたんですからね」

まるで部屋の中にいる人に向かっていうような調子であった。事実、彼はどこにいるかもわからない、とすれば、心霊術とか電話通信のようなものがあるかもしれない。だったら、はっきりと要点を話しておかなくてはなるまい。

「できることはみんなやりましたよ。わたしの力の限界最高のところまでやりましたからね、あとはもうあなたにおまかせしますよ」

そういうと彼女はもっとぐあいよく身体を落ちつけ、片手をのばすと電灯のスイッチを切って眠りについた。

5　あの世からの指図

I

それから三日か四日ほどあとのことであったが、通信がひとつ、二回目の郵便配達でやってきた。ミス・マープルはその手紙を取り上げると、いつもどの手紙にもするように、裏返し、消印を見、筆跡を見て、請求書でないことを確かめて開封した。手紙はタイプで打ってあった。

マープル殿

あなたがこれを読まれるころにはわたしは死んで、埋葬されていることでしょう。

火葬ではないのがわたしとしてはうれしく思われます。りっぱな青銅の骨つぼ一ぱいの灰の中から起きあがって、思う誰かのところへ亡霊となって現われるなどは、どうもぴったりこないように常々思っていたのです。しかるに、墓から起きあがって誰かのところへ現われるという考え方はまったく充分に可能です。わたしがそういうことを望んでいますかって？ わかりません。あなたと交信したいと思うかもしれません。

これまでわたしの弁護士からあなたへ連絡して、ある申し入れをしているはずです。その申し入れをあなたが受諾されることをわたしは希望しています。受諾されないからといって決して悪いなどと思わないでください。あなたのお好みしだいです。

この手紙は、わたしの弁護士たちがわたしの申しつけ通りのことを行ない、また郵便局が期待通りの業務を遂行した場合、この月の十一日にあなたの手もとへ届くことになっています。これより二日のうちに、あなたはロンドンのある旅行社からの連絡を受け取られるでしょう。その申し入れがあなたにとって不愉快ではないことを望んでいるものです。よけいなことを申す必要はありますまい。どうか心を広く持っていただきたい。お身体をお大事に。あなたならきっと何とかやってくださると思います。あなたはたいへんすばしこいお方だ。あなたの幸運とそれからあなたの守護天使が常にあなたのおそばにいて守ってくださいますように。守護天使が必要になるかもしれません。

愛情をこめてあなたの友
J・B・ラフィール

「二日ですって！」ミス・マープルがいった。
彼女は時間をつぶすのに困った。郵便局はその業務を果たし、また〈大英国の著名邸宅と庭園〉社も業務を果たした。

ジェーン・マープル様
故ラフィール氏のお指図に従い、わたしどもの第三十七号旅行〈大英国の著名邸宅と庭園〉めぐりの委細をお届け申し上げます。本旅行は次週木曜日、十七日にロンドンを出発いたします。
もしあなた様にロンドンのわたしどもの会社へお出かけ願えますものなら、ご旅行のおともをいたしますサンボーン夫人から詳細についてよろこんでご説明申し上げ、またご質問にもお答え申し上げます。

この旅行は二週間から三週間にわたるものでございます。この特別旅行は、ラフィール氏のお考えによりますと、必ずやあなた様におよろこびいただけるもので、と申しますのは、ラフィール氏のご記憶ではあなた様のまだお訪ねになっていない英国の一部で、またたいへんすばらしい景観や庭園がその中に含まれているからでございます。氏はあなた様に最高の待遇と、わたしどもで提供可能なあらゆるぜいたくな物もお手に入りますよう手配されております。

なにとぞバークリー街のわたしどもの会社をお訪ねくださる日取りをお知らせ願い上げます。

ミス・マープルは手紙をたたむとハンドバッグへしまいこんで、二、三知っている友人のことを考えて、電話番号を調べ、そのうちの二人を呼び出したが、一人は〈著名邸宅と庭園〉社の旅行に行ったことのある人で、たいへんにその社のことをほめ、もう一人の方はじぶんではその旅行に行ったことはないが、その友人が同社の手で旅行したことがあるが、万事たいへんによく行き届いていたという。もっとも相当に費用はかかるが、決して年寄りにもそれほど身体にこたえるほどではなかったという。それから彼女はバークリー街に電話して、来週火曜日に社の方へうかがいますと伝えた。

次の日、彼女はそのことについてチェリーに話した。

「わたしね、チェリー、出かけるかもしれないの」と彼女がいった。「旅行に」

「旅行にですか？」チェリーがいった。「例の観光旅行ですか？　パッケージ海外観光旅行というやつですか？」

「いえ、海外じゃないの。この国内」ミス・マープルがいった。「おもに歴史的な建物とか庭園を訪ねてまわるの」

「大丈夫ですか、あなたのようなお年で？　こういうことはたいへん疲れますんですよ。時には何マイルも歩かされたりして」

「わたしの健康はほんとに大丈夫」ミス・マープルがいった。「それに、こういう旅行ではね、あまり丈夫でない人のためにちゃんと休憩時間があけてあるという話ですからね」

「じゃまあ、お身体にお気をつけくださいよ、それだけは申しておきます」チェリーがいった。

「あなたがたとえ豪華な噴水かなんかごらんになっていても、心臓発作などで倒れられたらいやですからね。あなたは、こんなことをなさるにはちょっとばかりお年寄りですよ。たいへん失礼かもしれませんがごめんなさいましよ、こんなことといって、でも、わたし、あなたがご無理をなさるようなことでなくなられるなんて、考えるのいやでございますからね」

「じぶんの身体のことぐらいはじぶんで気をつけられます」ミス・マープルがいささか厳然といった。

「はい、でもとにかくお気をつけくださいましよ」チェリーがいった。

ミス・マープルは適当なバッグひとつに荷物をまとめてロンドンへ出ると、ある目立たないホテルに部屋をとって……（〝ああ、バートラム・ホテル〟と彼女は心の中で考えた。〝あそこはすばらしいホテルだったわ！　あ、でも、あそこのことはみんな忘れなくちゃいけないわ、セント・ジョージはほんとに気持ちのいいところです〟）、約束の時刻に彼女はバークリー街へ、そして三十五歳ぐらいの愛想のいい婦人のいる事務室へと通され、その婦人に立ちあがって迎えられ、名前はサンボーン夫人といい、このたびの特別の旅行で個人的な世話をさせていただくことになっておりますと説明を受けた。

「するとつまり」とミス・マープルがいった。「こんどの旅行では、わたしの場合は、その……」といいよどんだ。

サンボーン夫人はそのちょっとした気まずさに気づくと、いった。

「ああはい、さしあげましたお手紙にそのことをご説明申し上げておくべきでした。ラフィールさんが全費用をお支払いになっております」

「あなたはラフィールさんがなくなられたことは、ちゃんとご存じなのでしょう？」ミス・マープルがいった。

「ええ、はい、でもこんどのことは氏がなくなられます前に手配されたことなんです。氏は申されました――じぶんは健康がすぐれないが、じぶんのたいへん古い友人で希望通りに旅行する機会がなかった婦人に、ひとつご招待をしてあげたいのだ、と――」

II

二日後、ミス・マープルは短期旅行用の小さなバッグを持ち、新しいスマートなスーツケースは運転手に任せ、すごく豪華で気持ちのいい特別バスに乗りこみ、そのバスはロンドンから北西へのルートをとって出ていった。彼女は、りっぱな案内パンフレットの中に入れてあった乗客名簿を調べていた――そのパンフレットには毎日のバスの順路やホテルや食事、見物する場所、それから何日かは臨時のどちらか二者のうち一つを選ぶことになっていることなどの案内がいろいろと記載されていたが、どちらか一方を選ぶといっても決して押しつけるのではなくて、順路の一方の選択は若くて元気な人のためで、もう一方のは特に年寄り向きになっていて、足が痛いとか、関節炎やリウマチに悩んでいて、丘をたくさん登ったり長距離を歩かずに、すわっていた方がいいという人のためなのであった。たいへんうまく、よく手配されていた。

ミス・マープルは乗客名簿を見て、じぶんと同行の乗客たちを観察してみた。観察するのはめんどうでなかった、というのは、他の同行客たちもお互いに同じ観察をやっていたからである。みんなはとりわけ彼女を観察していたが、ミス・マープルが気づいた限りでは、特に彼女に関心を示しているものはなかった。

ライズリー・ポーター夫人
ミス・ジョアナ・クロフォード
ウォーカー大佐夫妻
H・T・バトラー氏夫妻
ミス・エリザベス・テンプル

ワンステッド教授
リチャード・ジェームスン氏
ミス・ラムリー
ミス・ベンサム
キャスパー氏
ミス・クック
ミス・バロー
エムリン・プライス氏
ミス・ジェーン・マープル

年寄りの婦人が四人いた。ミス・マープルはまずその四人に留意して、いうなれば、これは除外することにした。二人がいっしょに旅していた。ミス・マープルはその二人を七十ぐらいと見た。大体のところ彼女と同年代と思われる。そのうちの一人はたいへんな不平屋タイプで、バスの前の方の席がいいというかと思うと、後部の席の方がいいといいだしたりするタイプだ。日の当たる側に腰かけたいといっているくせに、日陰の方でもがまんしましょうという。新鮮な空気がほしいというかと思うと、風が当たらない方がいいという。彼らはじぶんの旅行用ひざ掛けや手編みのスカーフや、いろいろな旅行案内書を持ってきていた。ちょっと軽く足をひきずっていて、しばしば足とか背中とかひざの痛みを訴えているが、それにもかかわらず、命のある限り、年齢も病気も人生を楽しむさまたげにはなっていない様子であった。こうるさい老婦人、だが家に閉じこもってはいないこうるさい老婦人。ミス・マープルは持っている小さな手帳に書きこみをした。

彼女自身やサンボーン夫人は入れないで乗客は十五人。そして、彼女はこのバス旅行へ参加させられたわけであって、少なくとも十五人のうちの一人は、何かの意味で重要でなくてはならない。何かの情報源としてか、それとも法律か法律事件にかかわりのある人物か、それともひょっとすると殺人犯か何かかもしれない。すでに人殺しをしてしまった殺人犯人か、それともこれからの殺しを準備中の殺人犯かもしれない。どんなことだって、ラフィール氏のことだから、あり得る、とミス・マープルは考えた。ともかく、これらの人たちのことをメモしておかなくてはなるまい。

手帳の右側のページには、ラフィール氏の見方でもって注意に値するような人物を書き入れ、左側のページには、彼女のために何か役に立つ情報を提供してくれる興味ある人物を書き入れ、または抹消することにした。情報といっても、彼ら自身じぶんがそんなに情報を持っているとも気づかずにいるような情報かもしれない。それとも、たとえそんな情報を持っていても、それが彼女またはラフィール氏もしくは法律や〝正義〟のためになるとは気づかずにいるかである。その小さな手帳の裏には今夜にでも、過去にセント・メアリ・ミード村やその他で彼女が知っていた人物を思い出させるような人がいるかどうか、その書き入れをしておこうと思う。何かの類似点でもあれば、指針として役に立つだろう。かってほかの時にも役に立ったことがあったのだ。

もう二人の老婦人は、はっきり別々の旅行者である。両方とも六十歳ぐらい。一人の方はまだ容色もあまり衰えていず、身なりもよい婦人で、じぶんでは社交界の重要人物と思っていることが明白だが、他人から見てもそうらしいと思える婦人。声が大きくて、絶対権威的である。引きつれているのは姪らしく、十八か十九の少女で、老婦人のことをゼラルディン叔母さんと呼んでいる。ミス・マープルはこの姪がゼラルディン叔母のボス的支配にすっかり慣れてうまくやっていることがわかる。この少女、なかなか利口で、またかわいい。

通路のミス・マープルの反対側には、四角ばった肩をした、ぶかっこうな身体つきの大男がいた。まるで芸術的野心だらけの子供が大量のれんがをむやみに積みかさねて作ったみたいである。顔は自然が丸く作るつもりであったのに、顔がそれに反逆して、すごく発達したあごができあがり四角な効果を達成している。白髪まじりの大頭に、巨大なもじゃもじゃの眉毛をしていて、何かしゃべる時、相手にわからせようとする時になるとその眉毛を上下に動かすのである。その話し方たるや、まるでキャンキャンほえてる羊の番犬みたいに、ほえ声の連続となって吐き出されることが多い。同じ席には背の高い色の黒い外国人がいて、席に落ちつかないで動いてばかりいて、やたらと身ぶり手ぶりをして話す。たいへんふしぎな英語を話し、時にはフランス語やドイツ語も使う。大男の方はこれらの外国語の猛烈な攻撃にもまったく平気らしく、フランス語かドイツ語へと愛想よくことばを変えてやっていた。ミス・マープルはもう一度彼らの方をちらと見てみて、もじゃもじゃ眉毛がワンステッド教授で、興奮性の外国人はキャスパー氏と判定をくだした。

いったい彼らが何をこうも熱心に話し合っているのかとミス・マープルは疑ったが、何しろキャスパー氏の話し方があまりに早くて力がこもっていて、聞き取れなかった。

この二人の前の席には、もう一人の六十歳ぐらいの婦人がいたが、背の高い婦人で、おそらく六十を越えているだろうが、どんな群衆の中でも目立つことだろう。まだなかなかの美しい婦人で、白髪のまじった黒い髪をきれいな額からうしろへひっつめて、頭の上で高く巻いていた。低音だがはっきりした鋭い声をしている。なかなか個性のある人物、とミス・マープルは思った。ただものではない。そう、たしかにただものではない。彼女は心の中で考える。〝エミリー・ウォルドロン夫人を思い出すわ〟エミリー・ウォルドロン夫人というのは、かつてオクスフォード大学のあるカレッジの学長だった人で、有名な科学者で、ミス・マープルは姪といっしょに一度会ったことがあったが、決して忘れられない婦人であった。

ミス・マープルは乗客調査をつづけた。夫婦連れが二組いて、ひと組はアメリカ人の中年者で、やさしい、おしゃべりの妻に、おだやかなよく気の合った夫だった。明らかに観光旅行に専念している人たちらしかった。それに中年の英国人夫婦がいたが、ミス・マープルはためらうことなく、この夫婦を退役軍人夫妻と書きつけた。名簿のウォーカー大佐夫妻のところに調査済みのチェック印をつけた。

ミス・マープルのうしろの席には背が高くてやせた三十歳見当の男がいたが、技術用語をひどく口にするので、建築家ということが明らかだ。バスのかなり前の方には、いっしょに旅行している二人の中年婦人もいた。二人は案内パンフレットのことであれこれ話し合って、おもしろい呼びものでどんなものがあるのかそれをきめつつあった。一人は髪が黒くやせ形で、もう一人は金髪でがっしりした身体つき。ミス・マープルはこの後者の顔をどこかで見たような気がする。どこで見たのか、それとも会ったのかなと考えてみた。しかし、どういうところであったか思い出せなかった。たぶんどこかのカクテル・パーティで会った誰か、それとも汽車の中などで向かい側にいた人か、そんな人なのだろう。どうも頭に残る特別なものがその婦人にはないのである。

彼女の鑑定に残されたのは、あともう一人だけになった。それは若い男で、おそらく十九か二十ぐらいだろう。この年ごろの男らしい服を着ている。細い黒のジーンズにポロネックの紫色のセーター、それに頭は、黒いもじゃもじゃの超大型モップみたいである。彼はボス的婦人の姪の方に関心があるらしく見ているし、ボス的婦人の姪も、彼の方を関心ありげに見ている、とミス・マープルは思った。老嬢やら中年女性の優勢にもかかわらず、ともかく乗客の中には二人の若い人たちがいた。

一行はある気持ちのいい河畔のホテルに昼食のため立ち寄って、午後はブレナム見物に出かけた。ミス・マープルは以前にもう二度もブレナムには来たことがあるので、屋内見物の量を減らして足を休め、早々に庭園と美しい風景を楽しむために出てきた。

その夜一泊することになったホテルへ着くころには乗客たちもお互いにしだいに知り合うようになっていた。腕ききのサンボーン夫人は見物の指導というじぶんの仕事に飽きることもなくてきぱきと、よくつとめを果たしていた——観光客たちをいくつかの小グループにわけ、みんなから置き去りにされたような人があれば、すぐそれを仲間に入れてやって、「ぜひウォーカー大佐に、大佐のお庭の話をおききになるといいわ。それはすばらしいツリウキ草のコレクションをお持ちなんですよ」などとささやいてやって、みんなを一つにまとめていた。

ミス・マープルは今や乗客全員の名前をつけることができた、もじゃもじゃ眉毛は彼女が思った通りワンステッド教授だということがわかったし、例の外国人はキャスパー氏だった。ボス的婦人はライズリー・ポーター夫人で、その姪はジョアナ・クロフォードという名であった。例のすごい髪の青年はエムリン・プライスといい、彼とジョアナ・クロフォードは、人生のいろいろなことで、経済や芸術、一般的なきらいなこと、政治などで共通の考えを持っていることに気づきはじめているようであった。

一番年をとっている二人の老嬢は、自然と同じ仲間としてミス・マープルに近づいてくることになった。みんなで楽しく関節炎やリウマチや食事療法や新しい医者、売薬や医者の薬、そんなものがみんなだめな時にきく家伝の薬などのことを話し合った。また、ヨーロッパの珍しい土地へ行ったたいくたびかの旅のこと、ホテルや旅行社のこと、そしてしまいにミス・ラムリーとミス・ベンサムが住んでいるサマセット州のこと、そして気のきいた庭師を手に入れる困難さはまったくもって信じられないくらいだというような話もした。

いっしょに連れだって旅行をしている二人の中年婦人はミス・クックとミス・バローということがわかった。ミス・マープルはこの二人のうちの金髪の方がどうも見おぼえがあるような気がしていたが、どこで見かけたのか思い出すことができなかった。たぶんただの思いちがいなのだろう。ただの思いちがいかもしれないが、どうもミス・バローも、ミス・クックも彼女を避けているように思えてしかたがなかった。二人は彼女が近づこうとすると、しきりに遠ざかろうとするようだった。もちろん、これは彼女のまったくの思い過ごしかもしれない。

十五人、その中の少なくとも一人は、何かの意味で重要性があるはずである。その夜、彼女は何げない会話の中でラフィール氏の名を引き合いに出して、誰かが何かの反応を示すかどうか注意した。反応を示すものはまったくなかった。

美人なのは、ある有名女学校の元女校長で、ミス・エリザベス・テンプルということがわかった。誰もミス・マープルには殺人犯らしくは見えなかったが、ただひょっとするとキャスパー氏がそうのような気がしたが、これはおそらく外国人に対する偏見であろう。やせた若い男は建築家でリチャード・ジェームスンとわかった。

「まあ明日になればもう少しはわかるでしょうよ」ミス・マープルはひとりごとをいった。

Ⅲ

ミス・マープルはすっかり疲れきってベッドへはいった。見物はいいものだが、また疲れるものでもある。そしてまた一度に十五人も十六人もの人々を研究して、何か殺人事件にでも関連があるのではないかと気をくばるとなると、さらに疲れることになる。どうも本気には取り組めないような非現実的な感じがする、とミス・マープルは思う。これらの人々はすべて申し分なくいい人たちで、これからもずっと観光旅行をつづけられるような人たちばかりのように見える。それでも彼女はもう一度乗客名簿にざっと目を通してみたが、手帳に書き入れをするようなことはほとんど何もなかった。

ライズリー・ポーター夫人は？　犯罪などとは関連がない。社交的過ぎるし、自己中心。

姪のジョアナ・クロフォードは？　同様かな？　しかしたいへんてきぱきしている。

ライズリー・ポーター夫人はひょっとするとミス・マープルにとって関係のあることについて何かの情報を持っているのかもしれない。ライズリー・ポーター夫人とは親しくしておく必要がありそうだ。

ミス・エリザベス・テンプルは？　なかなかの人物。興味あり。これまでミス・マープルが知っていたどの殺人犯を思い出させもしない。ミス・マープルはひとりごとをいった。「事実、彼女はほんとに誠実さをあたりに放射している。かりに彼女が殺人を犯したとすると、それはごく当たり前の殺人にちがいない。おそらく何か高潔なりっぱな理由のためか、それとも彼女が高潔だと考えている理由のために？」しかし、これではやはり満足でない。ミス・テンプルは常にじぶんのしていることがどんなことか心得ているし、なぜそれをやっているかも心得ていて、罪悪が存在している場合、高潔ということについて愚かにも無分別な考えを持つような人でない、とミス・マープルは考えた。「それはそれとして」とミス・マープルがいった。「彼女はただものではない、それに……彼女こそラフィール氏が何かの理由でわたしに会わせたい人物なのかもしれない」

彼女はこれらのことを手帳の右側の部分に書きこんだ。

彼女は観点を変えてみた。彼女はこれまであり得る殺人犯について考えていた……では、予期される被害者は？　誰がいったい被害者たり得るか？　いかにもそれらしい人はいない。おそらくライズリー・ポーター夫人ならその資格があるかもしれない……金持ちで……あまり気持ちのいい人ではない。あのてきぱき動く姪が遺産を相続するのかもしれない。彼女とあの無政府主義者みたいなエムリン・プライスとが資本主義反対のために手を握るかもしれない。あまり信じられそうもない考えだが、このほかには殺されそうな被害者は見当たらない。

ワンステッド教授は？　この人はおもしろい人にちがいないと彼女は確信する。やさしい人でもある。何かの科学者かな、それとも医師かな？　彼女にはまだはっきりとつかめなかったが、科学の側ということにしておいた。科学のことについては彼女は何も知らないのだが、全然当たっていないとは思えない。

バトラー夫妻は？　彼女はこの二人に抹消のしるしをつけた。善良なアメリカ人。西インド諸島とのつながりも、それからまた彼女が知っている誰とも関連がない。そう、バトラー夫妻は当面の事とはまったく関係あるまいと彼女は思う。

リチャード・ジェームスンは？　つまりあのやせた建築家だ。ミス・マープルには、どうして建築のことがこんどのことにはいりこんでくるのか見当がつかなかったが、しかしあり得ることなのだろうと想像する。ひょっとすると、隠れ部屋かな？　これからみんなが見物に行く家の中に隠れ部屋があって、その中に骸骨などがはいっているのかもしれない。そして、建築家のジェームスン氏にはどこにその隠れ部屋があるのかがわかるのでもあろう。その隠れ部屋を発見する彼女に彼が手伝いをする、それとも彼女の方が手伝って発見すると、そこに死体が見つかる。

「おやおや」ミス・マープルがいった。「なんてばかばかしいことをいったり考えたりしてるもんでしょう」

ミス・クックとミス・バローは？　完璧に普通の二人連れ。でも、彼女は前にたしかにそのうちの一人を見たことがある。少なくともミス・クックの方を以前に見たことがある。まあそのうち思い出せる、と彼女は思っている。

ウォーカー大佐夫妻は？　いい人たち。退役軍人一家。海外勤務がほとんど。話をしても気持ちのいい人たち、だが彼女にとってここには何もあるまいと思われる。

ミス・ベンサムと、ミス・ラムリーは？　老嬢たち。とても犯罪者などではありそうもないが、老嬢であってみれば、いろいろたくさんゴシップの類を知っているかもしれないし、また何か情報も持っているかもしれないし、あるいはまたひょっとしてリウマチや関節炎や売薬の話に関連して啓発的な話が出て来ないものでもない。

キャスパー氏は？　危険な人物たり得る。たいへんに興奮しやすい。目下のところ、注意人物としておく。

エムリン・プライスは？　たぶん学生、学生は極めて過激である。ラフィール氏は一学生の跡を追うため彼女を出張させたのだろうか？　まあ、それはこの学生が何をやりたいのか、それとも何をしようと思っているのか、それともしようとしているのかにかかっていることだろう。おそらく、筋金入りの無政府主義者でもあろう。

「おやまあ」ミス・マープルは急に疲れをおぼえていった。「わたし、もう寝なくちゃ」

足が痛むし、背中も痛い、精神感応も最高でない、と彼女は思った。すぐに眠りについた。その眠りはいくつかの夢で活況を呈した。

一つの夢では、ワンステッド教授のもじゃもじゃ眉毛が落っこちた、というのは、その眉毛はじぶんのものではなくて、つけ眉毛だったからだ。目がさめての第一印象は、よくこうした印象が夢のあとにつづくものだが、問題の夢がすべてを解明してくれたという信念である。「そうですとも」彼女は考える。「もちろんそうですよ！」教授の眉毛はにせものであって、それが万事を解決する。彼こそ犯罪者だ。

遺憾ながら、何ひとつ解明されていないことが彼女にもわかる。ワンステッド教授の眉毛が落ちたなぞはまったく何のたしにもならないことなのだ。

困ったことに、今や彼女はもう眠くなくなってしまった。ある決意のもとにベッドの上へ起きあがった。

ため息をつくと化粧着をひっかけて、ベッドから出て背もたれのまっすぐないすへと移り、スーツケースからちょっと大きめのノートを取り出すと仕事に取りかかった。

〝わたしが引き受けた提案は〟と書いた。〝疑いもなく何らかの犯罪と関連がある。ラフィール氏は手紙の中で明白にそのことを述べている。氏はわたしが正義に関して鋭いかんを持っているといっている。そしてそのことは必然的に犯罪に対するかいかんも含まれていることになる。つまり犯罪がからんでいるということであって、それはおそらくスパイ事件とか詐欺または強盗事件などではないと推定される、というのは、この種のことはかつて一度もわたしは出会ったことがないし、このようなことにはかかわりがないし、またそれらについての知識もなければ、また特別の手腕もない。わたしについてラフィール氏が知っていることといえば、わたしたちがともにサン・オノレにいた期間に氏が知り得たことだけにすぎない。わたしはかの地である殺人事件にかかわりあった。新聞に報道される殺人事件などには、かつて一度もわたしは注意を引かれたことがない。主題として、あるいは興味をもって犯罪学の本などを読んだこともない。ただ偶然にも、普通より数多く殺人の現場近くにいたというに過ぎない。友人や知人がかかわりあっている殺人事件にわたしの注意が向けられるだけだ。ある特別のことにふしぎにも偶然に関連を持つということは、人生において誰にもあることと思われる。わたしの叔母の一人などは五度も船の難破に遭っているし、またわたしの友人の一人は、たしか公式にもいわれている〝事故に遭いやすい人〟である。彼女の友人の中には彼女といっしょにタクシーに乗るのをことわっている人がある。彼女はタクシーの事故が四回、自家用車事故が三回、鉄道事故に二回遭っている。このようなことははっきりした理由なしに、ある人には起きてくるものらしい。わたしはこんなことは書きつけておきたくないのだが、いくつもの殺人事件がわたし自身にではなくて（ありがたいことに）わたしの近くでたまたま起きているようである〟

ミス・マープルは身体の位置を換えて、背にクッションを当てがって、書きつづけた。

〝わたしの引き受けたこの提案については、できる限り観測を論理的にしなければならない。わたしへの指図というか、わたしの海軍の友人のいう〝命令〟なるものは、これまでのところまったく不充分なものである。ほとんど存在しないも同じである。そこでわたし自身に一つの明瞭な質問をしておかなくてはならない。いったい、これは何に関することなのか？　答えなさい。わたしにはわかりません。奇妙でおもしろい。事業や、相場師として成功したラフィール氏のような人が、このようなやり方をするというのは特に変である。氏がわたしに望むところは、わたしに与えられた、というかわたしに示された指示を守り従い、直感を働かせて推測することなのだ。

そこで、要点の一——指示がわたしに与えられるにちがいない。死者からの指示である。要点の二――わたしに関係していることは、正義である。不正をただすことなのか、それとも悪に報復して正義をもたらすことなのか。このことはラフィール氏からわたしに与えられた合いことばの〝ネメシス〟（復讐の女神）と一致する。関係原則の説明後にわたしは最初の指令を受けている。ラフィール氏の死去以前に、わたしが〈著名邸宅と庭園〉の旅第三十七号に出かけるように手配されている。なぜか？ これはじぶん自身にきいてみなければならないことである。何かこれは地理的な、あるいは地域的な理由のためであろうか？ 何かの関連かそれとも手がかりか？ どこかの著名邸宅が問題なのだろうか？ それとも、どこか特定の庭園とか景色に関連する何かなのだろうか？ これはどうもありそうにも思えない。それよりももっとありそうな解釈は、この特別なバス旅行一行の人たちもしくはその人たちの中の一人にあるのではあるまいか。その中の誰もわたしと個人的な知り合いではないが、その中の少なくとも一人はわたしが解かなければならない謎に関連があるはずである。わたしたちのグループの誰かが殺人事件に関係しているか、関心があるか。誰かが情報を持っているか、それともある犯罪の被害者と特別のつながりを持っているか、それとも誰か自身、彼か彼女かが殺人犯人であるか。今のところでは容疑をかけられていない殺人犯人〟

ミス・マープルはここで突然やめた。首をこっくりさせた。これまでのところでは、じぶんの分析に満足であった。

そこでベッドへ。

ミス・マープルはノートにつけくわえた。

〝ここに第一日終了す〟

6 愛

次の朝、一行はアン女王朝時代の小さな荘園領主邸を訪れた。そこまでのドライブはあまり長くもなく疲れもしなかった。邸宅はたいへんチャーミングな構えの家屋で、またおもしろい歴史とともにたいへん美しく非凡な設計の庭園があった。

建築家のリチャード・ジェームスンは家の構造上の美しさにすっかりご満悦で、じぶんの声を聞くのが好きなタイプの青年でもあり、通り抜けるほとんど全部の部屋でいちいち歩をゆるめて、特別なくりがたや暖炉があるごとに指摘して歴史的な年代を述べるのであった。はじめありがたがっていたグループの人たちも、いささか単調な講義ぶりがつづくにつれ、一部の人は気づかれないように用心しながらそっと遠ざかって一行のうしろの方へかくれた。邸宅の管理をしているその土地の係の人は、じぶんの仕事を観光客の一人に横取りされておおいにおもしろくなかった。仕事をわが手へ取りもどそうと、二、三努力してみたが、ジェームスン氏も負けてはいなかった。管理人が最後の努力を試みる。

「みなさま、この〝白の居間〟といわれております部屋、ここで死体が発見されたのでありました。それは若い男で、短剣で刺され、暖炉の前の敷物の上に横たわっていたのであります。一七〇〇年代の昔のことであります。うわさによりますと、当時のモファット夫人には恋人があったといいます。その恋人は小さなわきのドアからはいって急な階段を上り、暖炉の左にありますとりはずしのできる羽目板のところからこの部屋にはいってきたのであります。リチャード・モファット卿すなわち彼女のご主人は、海の向こうのオランダ、ベルギー方面へ行っておられるということだったのです。しかし、ご主人は帰ってこられ、不意にこの部屋へとはいってこられて二人がいっしょにいるところを見つけたのです」

と管理人は得意げに話を切った。見物客からの反応に満足し、無理やりみんなが聞かされていた建築の説明が一時中止になったのがうれしかった。

「ねえヘンリー、ずいぶんとロマンチックじゃない？」バトラー夫人がアメリカ的なよくひびく調子でいった。「ねえ、この部屋にはすごく雰囲気があるじゃない。よくわかる。すごくよくわかるわ」

「メイミーはすごく雰囲気に敏感でしてね」と彼女の夫がまわりの人に得々といった。

「なにしろ、かつてルイジアナの古い家に行った時のことでしたが……」

メイミーの特別な敏感さについての話がたけなわとなってきたので、ミス・マープルその他二、三人たちはチャンスを見て、そっと部屋からぬけだして、繊細優雅に作られた階段を降りて階下へやってきた。

ミス・マープルはちょうどとなりにいたミス・クックとミス・バローに話しかけた。

「わたしの友だちなんか、ほんの二、三年前のことなんですよ、それこそきもがつぶれるような目に遭ってるんです。ある朝のこと、書斎の床の上に死体があったんですからね」

「家族の一人がですか？」ミス・バローがきいた。「てんかんの発作かなにかで？」

「いいえ、殺されてたんですよ。イブニング・ドレスを着た知らない少女で。金髪。でも、それは染めた髪だったんです。ほんとは栗色の髪だったんですよ、それに……ああ……」ミス・マープルは突然話を切って、ミス・クックのスカーフからはみだしている黄色い髪にじっと目を注いだ。

彼女ははっと思い出したのだ。ミス・クックの顔に見おぼえのあるわけがわかった。そして、前に彼女とどこで会ったかもわかってきた。しかし、彼女に会ったそのころはミス・クックの髪は褐色で……ほとんど黒に近かった。それが今は明るい黄色なのだ。

ライズリー・ポーター夫人が階段を降りてきながら、みんなのわきを通り階段を降りきってホールへはいると断固として、

「もうこれ以上階段を上り下りするのはごめんですね」と宣告した。「それにあちこちの部屋で立たされてるのもひどく疲れます。たしかここの庭はあまり広くはないけど、園芸仲間の間では有名らしいんですよ。みなさん、あまり時間をむだにしないで、お庭へ出てみましょうよ。やがてお天気がくずれてきそうですもの。午前中にも雨になりそうに思えます」

ライズリー・ポーター夫人はじぶんのことばをいつものように人に押しつける権威があった。彼女のそばにいた人たちや声の聞こえる範囲にいた人たちは、食堂のフランス窓から庭へとおとなしく彼女へついていった。庭はたしかにライズリー・ポーター夫人がみんなに宣言しただけのことはあった。夫人自身ウォーカー大佐にくっつくようにして足早に出ていった。一部の人たちはそのあとを追い、その人たちは反対側の小道の方へと行った。

ミス・マープル自身は、芸術的価値と同時にすわり心地のよさそうな形の庭園用腰掛けへ決然と一直線に向かっていった。彼女がほっとして腰をおろしてため息をもらすと、それに呼応するように、同じ腰掛けのすぐわきにつづいて腰をおろしたミス・エリザベ

ス・テンプルもため息をもらした。

「邸宅の見物って疲れますね」ミス・テンプルがいった。「ほんとにこんなに疲れることってありませんね。特に、部屋ごとにのべつ講義を聞かされるのはやりきれませんね」

「もちろん、聞かされるお話はたいへんおもしろいんですけれどね」ミス・マープルがちょっとどっちつかずにいった。

「そうお考えでしょうか？」ミス・テンプルがいった。ちょっとこっちを向いて、その目がミス・マープルの目と合った。二人の女性の間にあるものが通じた……ある種の通じ合うもの……よろこびの加味された理解である。

「じゃありません？」ミス・マープルがきいた。

「ええ」ミス・テンプルがいった。

こんどは二人の間に了解が決定的に成立した。二人はだまって仲よく腰かけていた。やがてエリザベス・テンプルが庭の話を始め、特にこの庭のことに及んだ。「ホルマンの設計なんですね」と彼女がいった。「だいたい一八〇〇年か一七九八年ごろのことのようです。この人は若くして死にました。残念なことです。偉大な才能のある人だったのに」

「若くて死ぬことはまったくいたましいですね」ミス・マープルがいった。

「そうでしょうか」エリザベス・テンプルがいった。

何か妙に思いに沈むようないい方だった。

「でも、それで世間はたいへん失うことやものが多いことになりますね」ミス・マープルがいった。

「また、まぬがれることも多いですね」ミス・テンプルがいった。

「今のわたしのように年をとりますとね」ミス・マープルがいった。「早死にはいろんなことを失うものだと考えざるを得ないんですけれどね」

「そしてわたしのようにほとんど一生を若者の中で暮らしてまいりましたものには、人生はある時点で終了しても、それ自体完成されたものだと考えられるのです。T・S・エリオットもいっております——つかの間のバラの時も、つかの間のイチイの木（墓地によく植えて悲しみの表象とする）の時も、同じ長さである——と」

ミス・マープルがいう。「あなたのおっしゃる意味、わたしにもわかります……長さがどのようであれ、人生は完全な経験である、と。でも、……」といいよどんで、「……こんなことを考えられたことはありませんか?……不法に短く断ち切られた人生なら不完全だと」

「ええ、それはその通りですね」

ミス・マープルは近くの花を見ながら、「とてもシャクヤクがきれいですね。花壇のふちどりがずっとこのシャクヤクで……とても誇らしげですけれど、またとても美しくはかなくて」

エリザベス・テンプルは彼女の方へ顔を向けた。

「あなたはこの旅行には、邸宅を見にですか、それともお庭を見にこられたんですか」ときいた。

「ほんとは邸宅を見に出かけてきたつもりなんですけど」ミス・マープルがいった。「もっとも、お庭の方が楽しめますね。でも、邸宅は……わたしにとって新しい見聞なんです。邸宅の多種多様さ、その歴史、そしてまた美しい古い家具や絵など」さらにつけくわえて、「親切な友だちがこんどの旅行をわたしにプレゼントしてくれたんですの。ほんとにありがたいことです。これまであまり大邸宅とか有名な邸宅というものを見たことがありませんのでね」

「それはご親切なことですね」ミス・テンプルがいった。

「あなたはこんな観光旅行によくお出かけになりますの？」ミス・マープルがきいた。

「いいえ。実はこの旅行はわたしにとってはほんとの観光だけではないんです」

ミス・マープルは興味をひかれて彼女を見ていた。何かいおうとして半分口を開いたが、きくのはやめにした。ミス・テンプルが彼女の方へにっこりしてみせて、

「きっとあなたはわたしがなぜここに来ているのか、どんな動機なのか、そのわけをおききになりたいんでしょう。では、ひとつ当ててごらんになってはいかがです？」

「そんなことわたしにはできませんわ」ミス・マープルがいった。

「いえ、ぜひやってごらんになって」とエリザベス・テンプルがすすめた。「わたしにもおもしろいんですから。ええ、ほんとにおもしろいわ。当ててごらんになって」

ミス・マープルはしばらく黙りこんでいた。じっとエリザベス・テンプルを見つめながら、評価するように全身を見まわしていた。彼女がいった。

「これはわたしがあなたについて知っていること、人から聞いた話からではないんですよ。あなたはたいへん有名なお方で、またあなたの学校もたいへん有名なんでしょう。いえ、ほんとの当てずっぽで、あなたのご様子からそういってるだけなんですよ。わたしは……あなたのことを巡礼をしてる人と申したいですね。様子が巡礼の旅をしている人のように見えます」

だんまりになって、やがてエリザベスがいった。

「とてもよく当たってますわ。ええ、わたし、巡礼の旅をしてるんですの」

ミス・マープルはちょっと間をおいてからいった。

「わたしをこの旅行に出して、費用全部を支払ってくれた友人は、もうなくなってるんです。ラフィールという人で、すごいお金持ちだったんです。もしかしてあなた、このお方をご存じではありません？」

「ジェースン・ラフィールでしょう？　名前はもちろん知ってます。個人的にはまったく知りませんし、会ったこともありません。わたしが関係しておりましたある教育事業に、かつてラフィール氏は巨額の寄付をしてくれたことがありました。わたしはたいへんに感謝しております。おっしゃる通りあのお方はたいへんなお金持ちです。何週間か前の新聞で氏の死亡記事が出ているのをわたしも見ました。そうですか、あなたはあのお方の古いお友だちでいらっしゃるんですか？」

「いいえ」ミス・マープルがいった。「一年ほど前に外国で会っただけなんです。西インド諸島でした。氏のことについてはわたしもあまり多くを知りません。氏の生い立ちとか家族とか、氏の個人的な友人たちとか。氏は偉大な金融家でしたが、その他の点では全然別だと人がよくいっておりました、氏はじぶん自身のこととなると、非常に控え目でした。氏の家族とかいった人を、あなたご存じでは……」ミス・マープルはことばを切った。「わたしも常々知りたいと思ってたんですけれど、でも、ものをきいて、せんさく好きと思われるのはいやですからね」

エリザベスは一分ほども黙っていた……やがて、

「わたし、かつて一人の少女を知っておりました……ファローフィールドのわたしの学校の生徒だった少女です。彼女はラフィール氏のほんとの親類ではなかったのですが、一時ラフィール氏の息子と結婚するため婚約をしていたことがありました」

「でも、結婚はしなかったのですか？」ミス・マープルがきいた。

「ええ」

「どうしてしなかったんです？」

ミス・テンプルがいった。

「おそらく、ひとさまはこういうことでしょう……それは彼女が分別がありすぎたのだと。彼は人が好んで結婚させせたがるようなタイプの青年ではなかったのです。彼女はたいへんかわいいきれいな少女で、やさしい少女でした。なぜ彼女が彼と結婚しなかったのか、わたしは知りません。誰もそのことを話してはくれませんでした」とため息をついて、さらにいった。「とにかく、彼女は死にました……」

「どうして死んだんです？」ミス・マープルがいった。

エリザベス・テンプルはシャクヤクをしばらくじっと見つめていた。彼女が口をきいた時それはただひとことだけであった。それは重々しい鐘の音のようにひびいた……まったく驚くばかりのことであった。

「愛です！」彼女がいった。

ミス・マープルはそのことばを鋭く問い返した。「愛ですって？」

「この世の中にある最もおそろしいことばのひとつですね」エリザベス・テンプルがいった。

その声はまたしてもいたましく悲劇的であった。

「愛です……」

7 ある招待

ミス・マープルは午後の見物からはぬけることにした。少々疲れているので、残念ながら昔の教会とその十四世紀出来のステンド・グラスの見物はぬかした方がよさそうだといった。しばらく休んでから、彼女に指示されている大通りに面した喫茶室《ティールーム》でまたみんなと落ちあうことにした。サンボーン夫人もその方がいいでしょうと賛成してくれた。

ミス・マープルは喫茶室のおもてのすわり心地のいいベンチに身体を寄せかけて、この次にはどのような計画でやるか、またそれを実行した方がいいかどうかをよく考えてみた。

みんながお茶の時間に集まってきた時、彼女はそれとなくミス・クックと、ミス・バローにうまく近づいて、四人掛けのテーブルにいっしょについた。四番目のいすには、キャスパー氏が腰かけたが、あまり気にするほど英語に精通していないとミス・マープルは判断した。

テーブルに身を乗り出してスイスロールの一切れをかじりながらミス・マープルはミス・クックにいった。

「あの、わたしたち以前に一度たしか会ってますね。わたし、そのことであれこれずいぶん考えましたよ……昔のように人さまの顔がよくおぼえていられなくなりましたけれどね、でもあなたとはたしかどこかでお目にかかってますね」

ミス・クックはいやな顔はしなかったが、変な顔をしていた。目がその友だちのミス・バローの方へ行った。ミス・マープルの目もそっちへ向く。ミス・バローは秘密をさぐるのに助けになるような表情はまったく見せなかった。

「もしかして、あなたはわたしの近くにおられたことはありませんでしょうね」ミス・マープルがつづけた。「わたしはセント・メアリ・ミードに住んでおります。ほんとに小さな村なんです。もっともこのごろはそれほど小さくもなくなりました、あちこちにたくさん家が建ちましてね。マッチ・ベナムからそれほど遠くないところで、ルーマスの海岸からはわずか十二マイルです」

「ああ」とミス・クックがいった。「ええとちょっと。ルーマスならよく知っています、ひょっとすると……」

突然ミス・マープルがうれしそうな声をあげた。

「ああそうでしたね！　いつだったかセント・メアリ・ミードの庭にいたわたしに、外の小道を通りかかったあなたが話しかけたことがありましたね。たしか、村のお友だちのところに泊まっているといっておられましたね……」

「ほんとにそうでした」ミス・クックがいった。「なんてわたしばかみたい。今、あなたのこと思い出しましたよ。この節、庭仕事をしてくれる人……役に立つ人を見つけるのに苦労するって話なんかしましたっけ」

「そうでしたね。あの村に住んでおられるんじゃないんですね？　どなたかのお宅に泊まっておられたんでしたね」

「ええ、泊まってたんです……その……」とちょっとミス・クックは名前を思い出せないような様子で、いいよどんだ。

「サザランド夫人のお宅じゃなかったかしら？」ミス・マープルがヒントを出した。

「いえ、そうじゃありません、あれは……ええと……」

「ヘイスティングズ夫人ですよ」ミス・バローがチョコレートケーキの一片を取りながら、強い調子でいった。

「ああそう、新築のお宅のひとつですね」ミス・マープルがいった。

「ヘイスティングズ」とキャスパー氏がいきなりいった。得意そうだった。「わたしへイスティングズ行きました……イーストボーンも行きました」とまた得意そうだった。

「たいへんいいです……海のそば」

「ほんとに偶然ですね」ミス・マープルがいった。「こんなに早くまたお会いできたなんて……世間はやっぱりせまいもんですね？」

「あ、ええ、わたしたちみんな庭好きなんですね」とミス・クックが漠然といった。

「花たいへん美しいです」キャスパー氏がいった。「わたしたいへん好き……」またも得意げにした。

「灌木にはずいぶん珍しい美しいものがたくさんありますね」ミス・クックがいった。ミス・マープルは専門用語をまじえて園芸の話をどんどん進めた……ミス・クックはそれに受け答えをした。ミス・バローはときどき口をはさむくらいだった。

キャスパー氏はにこにこしながら沈黙してしまった。

あとで、ミス・マープルはそれがいつものことになっている夕食前の休息をとりながら、集めた情報をよく検討してみた。ミス・クックはセント・メアリ・ミードにいたことを認めた。ミス・マープルの家の前を歩いて通ったことも認めた。まったくの偶然だといっている。偶然だろうか、とミス・マープルは、子供があるキャンデーの風味をきめる時にやるようなあんばいに、口の中でこのことばをくりかえしころばせて、深く考えこんだ。あれは偶然だったのだろうか？　それとも、あそこへ行く何かの理由があったのではあるまいか？　誰かによって派遣されて……何のために？　こんなことを想像するのはばかばかしいことだろうか？

「どんな偶然でも」とミス・マープルはひとりごとをいった。「常に注意してみる価値がありますからね。それがただの偶然であったら、あとで捨てればよろしい」

ミス・クックとミス・バローの二人はこういう観光旅行をするような、完全に普通の友だち同士のように見える。二人によれば毎年このような旅行に出るのだという。去年はギリシャ遊行に出かけたし、その前の年にはオランダに球根の旅に出、そのまた前の年には北アイルランドに行ったという。二人はまったく気持ちのいい普通世間一般の人に見える。だが、ミス・クックはセント・メアリ・ミード村へ行ったことを瞬間否認しそうになったようにも思えた。友だちのミス・バローの方を見て、なんといおうか、指図を求めるような目つきをしたようであった。ミス・バローが、たぶん年上なのであろう……

「そう、これはもちろんみんなわたしの想像なんでしょうよ」ミス・マープルは考える。「二人は別に何の重要な意味もない人なんでしょう」

危険ということばが、ふいと浮かんできた。ラフィール氏の最初の手紙の中に使われていて……また氏の第二の手紙では、彼女の守護天使が必要となってくるなどということばもあった。こんどのことで、彼女は危険の中へとびこむことになるのだろうか？

そして、なぜ？　誰から？

まさかミス・クックやミス・バローからでないことはたしかだ。こんな何でもないふうに見える人たち。

それにしてもミス・クックは髪の色を染め、髪型も変えている。事実、外見をできるだけ変装している。これはどう見てもへんなことだ！　ミス・マープルはもう一度同行の旅行者たちのことを考えてみた。

キャスパー氏だが、こうなると彼こそ危険かもしれないということが容易に想像できる。英語がよくわからないふうを装っているが、実はもっとよくわかるのではあるまいか？　彼女はキャスパー氏のことがだんだん疑わしくなってきた。

ミス・マープルは外国人に対するビクトリア朝的な見解をさっぱりと捨てきれないでいる。どうも外国人はよくわからない。もちろん、こんなふうに感ずるのはばかげている……彼女にはいろんな外国から来た友人たちがあるのだから。それにしても、やはり……？　ミス・クック、ミス・バロー、キャスパー氏、それにあのもじゃもじゃ頭の青年……エムリン何とか……革命論者か……無政府主義実行家か？　バトラー夫妻……まことにいいアメリカ人……だが、ひょっとすると……ほんとにしてはあまりに善良過ぎる？

「ほんとにわたし元気を出さなくちゃ」ミス・マープルがいった。

こんどは一行の旅行日程に注意を向けた。明日はだいぶ奮闘努力が必要になりそうだ、と思う。割と朝早く出発しての午前中の見物ドライブ。午後は長い、健脚向きの海岸沿いの小道徒歩。いくつかの海浜の興味ある花栽培所……これは疲れる。手まわしのいい提案が付記されていた。休息していたい人は、一行のホテルになっている〈ゴールデン・ボア〉に残っていてもけっこう。ホテルにもすばらしい庭園があるし、また、ほんの一時間程度の遠足に出れば、近くにいい風景のところがある。彼女はこれにすることにしようと思った。

ところが、その時まではわからなかったことだったが、彼女の計画は急に変更をよぎなくされることになった。

次の日、ミス・マープルが昼食の前、手を洗って〈ゴールデン・ボア〉の自室から階下へ降りてくると、ツイードの上衣とスカートの婦人がちょっとそわそわした様子で進み出てきて、彼女に話しかけた。

「失礼ですけど、あなたがマープルさんですか……ミス・ジェーン・マープル？」

「ええ、それがわたしの名前ですよ」ミス・マープルがちょっと驚いていった。

「わたしはグリン夫人、ラヴィニア・グリンと申します。わたしと二人の姉妹たちはすぐこの近くに住んでおりまして……その、あなたがこちらへおいでになることを聞きましたので……」

「わたしがここへ来ることを聞かれた？」ミス・マープルはいささかびっくりの様子だった。

「ええ。わたしどものたいへんに古くからのお友だちから手紙がまいりまして……もうだいぶ前のことになります、三週間も前だったと思いますが、この日を書き留めておいてくれとありました。〈著名邸宅と庭園の旅〉の日取りなんです。彼によりますと、たいへん親しい友だち……それとも親類か、どちらですかわたしにははっきりしませんでしたが、その旅行でやってくるというのです」

ミス・マープルは驚き放しであった。

「わたしが申しておりますのは、ラフィールさんという方のことです」グリン夫人がいった。

「ああ！　ラフィールさん」ミス・マープルがいった。「……あなたご存じで、あの方が……」

「なくなられたということでしょう？　ええ知っております。まことに残念なことで。お手紙が来て間もなくのことでした。わたしどもへのお手紙を書かれて直後のことではないかと思われます。ともかくわたしどもとしましては、氏がわたしどもに依頼されましたことを実行するのは特別緊急なことと思っております。氏が提案されていることなんですけれど、わたしどものところへおいで願って二晩ほどお泊まりくださいませんか。観光旅行のこのへんのところは、だいぶ骨が折れます。といいますのは、若いものには大丈夫ですけれど、お年を召したお方にはたいへんきついのです。何マイルも歩くところがありますし、けわしい崖の小道を相当に登らなければならないところや何かもあります。わたしの姉妹たちも、あなたがわたしどもの家へおいでになってお泊まりくださればきっと大よろこびだと思います。このホテルから歩いてわずか十分ほどのところでして、この地方のいろいろなおもしろいものもお目にかけることができると信じております」

ミス・マープルはちょっとためらっていた。グリン夫人の様子が気に入った——小肥りで、人がよさそうで、ちょっとはにかみ屋だが親しみがある。それに……ここにまたラフィール氏の指示があるのにちがいない……次に彼女がどんな手順をとるべきなのか？　そう、きっとそうにちがいない。

なんで不安な気持ちがするのかわからない。おそらく観光旅行の一行といっしょにいると落ちつけるようになっていたからなのだろう。といっても、一行とはまだわずか三日しか知り合ってはいないのだが、グループの一部の感じがしているのだった。

彼女は心配そうに彼女を見上げているグリン夫人の方へ向くと、

「ありがとう……ほんとにご親切に。よろこんでおうかがいいたしますよ」

8 三人姉妹

ミス・マープルは立って窓から外を見ていた。彼女のうしろ、ベッドの上にはスーツケースがおいてあった。別に庭を注意して見るでもなく眺めていた。賞賛気分かそれとも批判気分の時、眺めている庭をよく見ていないことがよくある。この場合はおそらく批判だろう。放置された庭であった。たぶんもう何年も金などかけたことのない庭、ほとんどまったく手入れしてない庭であった。家の方も、手入れがしてなかった。よく釣り合いのとれた家で、家の中の家具類もかつては上等のものであったろうが、近年はほとんど磨きも手当ても加えられていない。この家は、ともかくこの数年、まったくかわいがられていない、と彼女は思った。まさにその名前通り、〈旧領主邸〉である。優雅さと相当な美しさとをもって建てられた家、かつてはいつくしみはぐくむようにして人が住んでいた家である。娘たち息子たちは結婚して去り、今はグリン夫人が住んでいる、ということがミス・マープルを彼女に当てがわれた寝室へと夫人が案内してきたその口から洩れた。夫人はこの家を姉妹たちとともに叔父から相続して、夫人の主人が死去したあと、姉妹たちとここへいっしょに来て住んでいるという。姉妹みんな年をとってしまい、収入は細るが、仕事にはなかなかありつくのがむずかしい。ほかの姉妹は未婚のままらしく、一人はグリン夫人より年上で、もう一人は夫人より若い。二人ともミス・ブラッドベリースコットである。

家の中には子供のものらしいものはまったくかげもなかった。放置されたボールとか、古い乳母車もなかったし、小さないすやテーブルもなかった。この家は三人の姉妹だけの家であった。

「なんだかとてもロシアくさいわ」ミス・マープルが小さな声でひとりごとをいった。その意味は〝三人姉妹〟のことだった。あれは、チェホフだったかな？　それともドストエフスキーだったか？　彼女ははっきり思い出すことができなかった。三人姉妹。だが、これはモスコーへ行くことを思いこがれているような例の三人姉妹とはまったくちがっている。ここの三人姉妹はおそらく、ほとんど確実にと彼女は思う、今のところにいることに満足しているらしい。彼女は他の二人にも紹介された。一人は台所から、もう一人は階段を一つ降りて彼女を迎えに出てきた。二人ともマナーがよく育ちのよさを思わせ、優雅であった。ミス・マープルが若いころには、今でこそすたれたことばになっている〝レディ〟といわれるような二人であった。そしてまた、〝おちぶれたレディ〟ということばもあったことを思い出した。父親が彼女にこういっていた――

「いいかねジェーン、おちぶれたんじゃないんだ。困っている淑女というんだよ」

この節の淑女はなかなかそう困窮するようなことにはならない。政府とか団体とか金持ちの親類などが援護してくれる。それとも、ひょっとすると……誰か、ラフィール氏のような人に。というのは、つまりそれが話のすべてであり、また彼女がここにいるという理由のすべてでもあるわけではなかろうか？　ラフィール氏がこのすべてを手配したのだ。それはずいぶんとめんどうなことであったにちがいない、ミス・マープルは思った。彼は死ぬ四、五週間前に、おそらくその死が多少の違いはあってもいつやって来るか知っていたものと推測される。というのは、医者はたいてい適当に楽観的なもので、その経験からある期間内に死ぬはずの患者が、割と多くの場合案外にも小康を得て生き延び、寿命はもはや尽きているのに、しつこく最終段階に陥らないことを知っているものだからである。それとは反対に、患者の世話をしている病院の看護婦は、ミス・マープルの経験によればたいてい患者は次の日には死ぬものと思っているものであって、死なないとおおいにびっくりする。だが、医者がやって来て、看護婦がその暗い所見を述べると、医者はドアから出ていきながら、その返事として、こっそりいうのである――

「うん大丈夫、もう数週間はもつよ」看護婦は考える——医者が楽観的なのはたいへんけっこうなんだけど、でも医者の方がまちがってるんだわ、と。医者はなかなかそうまちがいをするものではない。医者は知っているのだ——人は苦しみ、助からない、心身の不自由、そして不幸であってもなお生きる方がいいと思い、生きたいと望んでいる。彼らは一夜を過ごす助けとなる錠剤を医者からもらってのむが、その医者の錠剤を少し必要以上にのんで、まだまったく何もしらない別の世界への入口を通ろうなどという気はないものなのだ！

ラフィール氏。これが、ミス・マープルが見るともなく庭を眺めながら考えている人物である。ラフィール氏か？　彼女は彼女に提示された計画、彼女に課せられた仕事のことが、少しはっきりと理解できるような気がしてきた。ラフィール氏はよく計画をたてる人であった。金融上の取引や売買の計画をたてるのと同じようなぐあいにいろいろな計画をたてた。彼女の家政婦チェリーのことばを借りると、彼は困難な問題をかかえていたのだ。チェリーが困難な問題を持っている時には、しばしばミス・マープルにそのことで相談にやってくる。

こんどのことはラフィール氏自身では処理しきれない困難な問題で、ひどく彼は苦しんだのにちがいない、とミス・マープルは考える。というのは、普通彼はどんな問題でも彼自身で処理したし、またあくまでそうするといい張ったものだった。だが、彼は寝たきりで死にかかっていた。財政上の問題なら手配できる、弁護士と話し合うこともできるし、また使用人や友人とか親類などとも話し合える。しかし、彼の手におえない何かが、または何者かがあったのだ。彼が解決することのできなかった問題、解決をつけたがっていた問題、やりとげたいと思っていた計画。そして、それは金銭的な手段や商取引や弁護士の仕事では解決することのできない問題であることも明白である。

「それで、このわたしのことを思いついたわけね」ミス・マープルがいった。

そのことがひどく彼女を驚かせる。ほんとにひどくである。しかし、彼女が今考えていることからしてみると、彼の手紙はまことにはっきりしていた。彼は彼女があることをやれる資格を持っていると思っていたのだ。彼女はまたも考える――それは何かの犯罪の性質を持ったことか、それとも犯罪にかかわることにちがいない。彼がミス・マープルについて知っている他のことといえば、ただ彼女が園芸に没頭しているということだけなのである。まさか彼が園芸上の問題を解決してくれと彼女に望んでいるはずはない。だが、彼女と犯罪とを結びつけて考えていたのかもしれない。西インド諸島での犯罪事件や本国での彼女の近隣での犯罪事件のことなど。

犯罪……どこで？

ラフィール氏はいろいろな手配をしておいたのだ。まず、弁護士たちといっしょに手配をした。弁護士たちはそれぞれの任務を果たした。弁護士たちはちゃんとした時間をおいてから、彼女にラフィール氏の手紙を送り届けた。あの手紙は、彼女が考えたところでは、実によくよく考えられ、考えぬかれた手紙であった。彼女にしてもらいたい彼の願いが何であるのか、またなぜそうしてもらいたいのか率直にいった方がもっと簡単であったろう。彼が死ぬ前に彼女を呼びつけなかったことがむしろ驚きだった——それもおそらくはじぶん勝手なやり方で呼びつけておいて、今はともかく死の床に横たわっていることを彼女に見せつけて、彼女に頼みたいことをおどしてでも承知させるという方法。でも、いやこれはラフィール氏がとる方法ではあるまいと思う。誰にもまして彼なら人をおどしつけることができるだろうが、これは人をおどしつけてできる問題ではないし、彼もそんなことはしたくなかったろうし、また彼女に嘆願し、好意にすがり、不正をただしてくれと懇願するようなこともしたくなかったにちがいないと思う。そう。そういう方法はこれまたラフィール氏のやり方ではない。彼女は考えるのだ——おそらく彼がじぶんの生涯をかけて望んでいたことなのだから、じぶんの望むことのために金を払うことを願っていたのだろう。彼女に金を払うことによって、彼女にある仕事を楽しむ興味を持ってもらおうと願ったのだ、金を支払うことで彼女をさそいこむのではなくて、好奇心をそそろうというのである。彼女の興味を引き起こさせるためだ。彼がこんなひとりごとをいっていたとは思えない——たくさん金を出せば彼女はとびついてくる——と。というのは、彼女がじぶんのことはよく知っている。金はたいへんけっこうだけれど、今さし迫ってお金の必要を感じていない。彼女には愛する甥のレイモンドがいて、どんな種類の金にしろ困っていれば、またもし家の修繕が必要とか、またもし専門医にかかるとか特殊な治療をするとかすれば、必ずそれを用意してくれる。そう。彼が提示した金額はすばらしい。ちょうどそれはアイルランド・スウィープ（総かけ金を一人または数人で独占する仕組みの競馬）の切符を手にした時のすばらしさと、同じようなものであった。運以外の方法ではとうてい手にすることのできない巨額であった。

　ミス・マープルはひとり考える——だがともかく一生けんめい奮闘しなければならないのと同時に運も必要であるし、多量の考えや思案も必要、そしておそらく彼女がしていることには相当な危険も含まれていることであろう。しかし彼女はじぶんで、いったいこんどのことが何なのか、それをさぐりださなくてはならない——彼は話そうとしなかった、というのはおそらく彼女に影響を及ぼして、その考えを左右してはいけないと思ったからだろうか？　人に何事かを話す場合、それについてのじぶんの考えをまったくまじえないで話すことはむずかしい。おそらくラフィール氏はじぶんの考えがまちがっているかもしれないと思っていたのでもあろう。そんなことを考えるのは最も彼らしくないことなのだが、でもあり得ることである。彼はじぶんの判断力が病気のために減退していて、今までのようにりっぱではないと疑念を抱いていたのかもしれない。そこで、ミス・マープル、彼の代理人であり使用人である彼女はじぶん自身で推測を立て、じぶんの結論を引き出さなくてはならない。さて、今やそのいくつかの結論を引き出す時になっている。いいかえれば、もとの古い疑問——いったい、いったい、これはどういうことなのか?——にもどるのである。

彼女はこれまで指図されてきた。このことからまず考えてみよう。今はもう死んでいる人から彼女はこれまで指図されていた。セント・メアリ・ミード村から離れるように指図された。従って、どんな仕事にせよ、あの村から取りかかれることではない。となり近所の問題ではない。新聞切抜きなどを調べたり、聞きこみをしたりで解決できるような問題ではない。といっても、いったい何について聞きこみをすべきかがわかっての話だが。彼女はまず最初に弁護士事務所に行くよう指図され、次には家で手紙（二通）を読むように指図され、それからこんどは気持ちのいい、よく管理された〈大英国の著名邸宅と庭園〉の旅に出るよう指図された。ここから彼女は次の踏石へとやって来たのだ。今の瞬間彼女がいるこの家だ。ジョスリン・セント・メアリの〈旧領主邸〉、そこにはミス・クロチルド・ブラッドベリースコット、グリン夫人、そしてミス・アンシア・ブラッドベリースコットが住んでいる。ラフィールが手配したことだ。あらかじめ手配していたのだ。死ぬ数週間前に。たぶんこれは弁護士たちに指図したあと、彼女の名前で観光旅行のバス席を予約したあとで、やったことであろう。従って、彼女はある意図のもとにこの家にいるということになる。わずか二晩だけの滞在かもしれないし、もっと長くなるかもしれない。何事かが手配されていて、彼女の滞在を長くするようになっているか、それとも、もっと長く滞在するように頼まれるのかもしれない。これで現在の彼女の立場へもどってきたことになる。

グリン夫人とその二人の姉妹たち。こんどのことが何であるにせよ、彼女らはそれに関係があり、何らかのかかわりあいがあるのにちがいない。それが何なのか、彼女は見つけださなくてはならない。時間は短い。これだけが悩みである。ミス・マープルは物事を見つけだす才能を持っていることを瞬時といえども疑ったことがない。彼女はよくあるおしゃべりでおっちょこちょいのおばあさんで、ほかの人もまたおしゃべりをしたり、一見ただのうわさ話の疑問などをきくものだと思いこんでいるそんな人である。彼女はじぶんの子供時代の話でもしようと思う、そうすれば姉妹たちの誰かがそれにさそわれてじぶんの子供時代の話をするかもしれない。かつて食べた食べ物の話、昔いた召使たちのこと、娘たちやいとこたちや親類のこと、旅行、結婚、出産そして……そう……死のことなどを話してみよう。死ぬ話を耳にした時、絶対に特別な興味など持っているような影さえ目に表わさないこと。全然。ほとんど自動的に、「おやまあ、それはそれはお気の毒に！」などというちゃんとした応答ができる自信がある。親族関係やちょっとした出来事や人の生涯の話など引っぱり出して、その中から何かヒントになりそうな出来事が、いうなれば、とび出してくるかどうかを見る。それは近所での何かの出来事で、直接この三人の人に関係したことではないかもしれない。それは三人の人たちが知っていること、話せること、またははっきり話せる何かであろう。ともかく、ここには何かがある、手がかりか、何かを暗示するものが。今から二日後、その時までに観光旅行に再び参加するなという何かの徴候でもない限り、彼女は旅行に再参加する。考えが家からあのバスへ、それからまたそのバスの中にすわっている人たちへと移る。ひょっとすると、彼女が探しているものはあのバスの中にあって、彼女が旅行に再び参加すればまたそこへやって来るものなのかもしれない。一人の人物、何人かの人、罪のない人（まったく罪のない人でもない人）何か長い過去の話のある人。彼女はちょっと額にしわを寄せて、何か思い出そうとしている。かつて考えたことで頭の中にひらめいたこと——絶対、わたしはたしかだと思う……いったい何がたしかだと彼女はいうのだろう？

考えがまた三人の姉妹へともどる。ここにはあまり長いことといてはいけない。荷物の中から二晩だけに必要な少しのもの、今晩の着替え、寝間着、浴用品バッグなど取り出しておいてから、階下へおりて女主人たちといっしょになって何か気持ちのいい話などしなければなるまい。大事な点をはっきりさせなくてはならない。三人姉妹は彼女の味方なのか、それとも三人姉妹は敵なのか？　どちらの部類にでも当てはまりそうである。この点よくよく注意して考えなくてはなるまい。

ドアに軽いノックがあって、グリン夫人がはいってきた。

「このお部屋ほんとにお気に召すとよろしいんですけど。お荷物を解かれるのお手伝いしましょうか？　とてもいい通いの女の人がいるんですけど、午前中だけしかいないものですから。でも、なんでもその人がお手伝いいたします」

「いいえもうけっこうですわ、ありがと」ミス・マープルがいった。「ほんの二つ三つ手まわりのものだけ取り出せばいいんですから」

「階下へまたお降りになる通路をご案内しようと思いましてね。なにしろちょっとだだっ広い家なもんですから。二階へ上る階段が二つありまして、それがめんどうのもとになります。どうかしますと、道に迷ってしまわれる人がありますす」

「ああそれはどうもご親切に」ミス・マープルがいった。

「それでは階下へおいで願って、昼食前のシェリー酒を一ぱいみんなでいただくことにいたしましょう」

ミス・マープルは感謝しながらそれを受けて、夫人の案内で階下へと降りた。グリン夫人は彼女自身よりもずっと若いとミス・マープルは判断した。たぶん、五十くらいだろう。それより多いことはあるまい。ミス・マープルは階段を気をつけて歩いた。左のひざがいつもしっかりしないのだ。だが、階段の片側に手すりがあった。たいへんりっぱな階段だったので、そのことを口にした。

「たいへんごりっぱなお宅ですね。わたしの推測では一七〇〇年代の建築と思いますが、当たってます？」

「一七八〇年です」グリン夫人がいった。

夫人はミス・マープルの評価が気に入ったらしかった。夫人はミス・マープルを応接室へと案内した。広々とした上品な部屋。一つ二つそうとうに美しい造りの家具があった。アン女王朝時代のデスクに、ウィリアム王とメアリ妃朝時代のかきがら塗り大机。それに、少々場所ふさぎなビクトリア朝時代の長いすや飾り棚もあった。カーテンはさらさだが、色があせて、少々すりきれ、じゅうたんはミス・マープルの考えでは、アイルランドものだった。おそらくリマリック・オーブソン型の手織りであろう。ソファは重厚で、そのビロードはひどく手ずれがしていた。他の二人の姉妹がすでにそこへ来て腰をおろしていた。二人はミス・マープルがはいってくると立ちあがって近づいてきた——一人はシェリー酒のグラスを持ち、もう一人はミス・マープルをいすへと案内した。

「高いいすがお好きかどうか存じませんけれど。お好きのお方が多いものですから」

「わたしも好きなんですよ」ミス・マープルがいった。「その方が楽なもんですからね。背中のために」

姉妹たちは背中の悩みのことを心得ているように見えた。姉妹の最年長は背が高くて美人、黒い巻毛の婦人だった。もう一人の方はずっと若いようである。やせていて、かつては金髪だった白髪まじりの髪を肩までばらりと垂らして、どこか幽霊のようなかっこうだった。この人は充分おとなになったオフィリアの役でもつけたら成功する、とミス・マープルは思った。

クロチルドの方は、とミス・マープルは考える、これはまったくオフィリア役ではなくて、クライティムネストラ（ギリシャ神話の中の不貞な妻で、夫アガメムノンを殺す）をやらせたらすばらしいだろう……入浴中の夫を刺殺して大よろこびするような女だ。だが、彼女は結婚したことがないのだから、この解釈は役に立たない。ミス・マープルの考えによれば彼女は夫以外の人を殺すとは思えない……そして、この家の中には全然アガメムノンは存在しないのだ。クロチルド・ブラッドベリースコット、アンシア・ブラッドベリースコット、ラヴィニア・グリン。クロチルドは美人、ラヴィニアは十人並みだが愛嬌がある。アンシアは片方の目ぶたをときどきぴくぴくけいれんさせる。彼女の目は大きくて灰色で、ちらちらと右や左を見てから突然異様な態度で肩越しにじぶんのうしろを見る妙なくせがある。まるで誰かが彼女を四六時中見張っているとでも思っているようだ。へんだ、とミス・マープルは思った。アンシアのことがちょっと気になってきた。

みんなは腰をおろして、それで会話が始まった。グリン夫人は部屋を出ていったがそれはどう見ても台所へ行くためだった。彼女はどうやら三人のうちでは一番家庭的な人らしい。会話はよくある筋道通りに進んだ。クロチルド・ブラッドベリースコットがこの家はずっと一族のものだったと説明した。彼女の大叔父が持っていて、それから彼女の叔父、そしてその叔父が死んだあと彼女とその二人の妹たちに譲られ、二人が来ていっしょに住むことになったのだという。

「叔父には息子が一人しかありませんでした」ミス・ブラッドベリースコットが説明した。「そしてその一人息子は戦死したのです。ですから、ずっと遠縁の甥たちは別として、わたしたちが一家の最後の人間なんです」

「すばらしい見事な造りの家ですね」ミス・マープルがいった。「妹さんから一七八〇年の建造だとうかがいました」

「ええ、そうらしいです。ただ、こんなに大きくてだだっぴろくなければと思います」

「この節、修理となるとまったくたいへんですものね」

「ええ、まったくですわ」とクロチルドがため息をついた。「あれやこれやで、だめになるに任せてます。悲しいことですけど、それが現実ですから、たとえば離れ屋の多くや、温室など、とてもきれいな大きい温室だったんですけれどね」

「とてもすてきなマスカット種のブドウの木があったんですよ」アンシアがいった。「チェリー・パイ（ヘリオトロープの俗称）が内側の壁ぞいにいっぱい生えていたんですよ。ええ、ほんとに残念ですわ、戦争中はもちろん庭師などまったく手にはいりませんでしたしね、うちにはまだうんと若い庭師がいたんですけど、それも兵隊に召集されてしまいました。そんなことはもちろんとやかくいえませんことですけれど、どちらにしても物を修繕するなどということは不可能で、温室全体が崩れ落ちてしまったんです」

「それと、家の近くの小さな草花用の温室もつぶれてしまいました」

二人の姉妹はため息をついた、時の流れと時の移り変わりをよい方には感じていない人のため息であった。

この家の中には、陰気なものがある、ミス・マープルは思った。何となく悲しみをはらんでいるようで……その悲しみはあまりにも深くしみこんでいて、解消することも、取りのぞくこともできない悲しみ、すっかり深く刻みこまれている……彼女は思わず身ぶるいをした。

9　ポリゴナム・バルドシュアニカム

食事は月並みであった。骨つきの小さな羊肉、焼きポテト、それにつづいてプラム・タートが出たが、クリームは少量で作り方もいいかげんだった。食堂のまわりの壁には、家族の肖像らしい――とミス・マープルは思ったことだが――数枚の絵がかけてあった。ビクトリア朝の特に値打ちなどのない肖像画だった。食器戸棚は大きくて重厚で、プラム色のマホガニー材でできたりっぱなものだった。カーテンは暗紅色の紋織り地で、マホガニー製の大食卓には優に十人の人がすわれる。

ミス・マープルはじぶんが経験した観光旅行中のちょっとした出来事などをしゃべった。だが、まだ旅行はたった三日だけなので、おしゃべりするといってもあまり話はなかった。

「ラフィールさんは、あなたのお古いお友だちなんでしょうね？」一番上のミス・ブラッドベリースコットがいった。

「いいえ、そうでもありません」ミス・マープルがいった。「初めてお会いしたのは、西インド諸島への巡航の時でした。たぶんラフィール氏は健康のためにあそこへ行っておられたのだと思います」

「ええ、あのお方はここ何年ももう身体の障害がひどかったんです」アンシアがいった。

「とてもお気の毒で」ミス・マープルがいった。「ほんとにお気の毒なことで。でも、わたしはあのお方の不屈な精神に感心いたしました。ずいぶんたくさんなお仕事を処理しておられたようでした。もう毎日毎日秘書の人に手紙の口述をしておられましたし、次から次に電報も打っておられました。じぶんが身体が不自由であるということに決して易々とは負けないといったふうでした」

「ええ、あのお方、負けてはおられませんでしたね」アンシアがいった。

「わたしたち、この何年かはあまりあのお方にお目にかかっておりませんの」グリン夫人がいった。「忙しいお方だったものですから。クリスマスにはご親切にいつもちゃんとわたしたちのことをおぼえていてくださいました」

「マープルさんは、ロンドンにお住まいなんですか？」アンシアがきいた。

「あ、いいえ」ミス・マープルがいった。「田舎の方に住んでますの。とても小さな村で、ルーマスとマーケット・ベイシングのまん中あたりのところです。ロンドンからは二十五マイルほどですね。たいへん美しい旧時代の村だったんですけど、このごろは何もかもみんなそうですが、いわゆる開発されてきましてね」それにつけくわえて、「ラフィールさんはロンドンにお住まいだったんでしょう？　サン・オノレのホテルの名簿に記載されていたところではたしか住所がイートン地区になっていたと思うんですけれど、それともベルグレイブ地区だったでしょうか？」

「ケントの田舎に屋敷を持っておられましてね」クロチルドがいった。「ときどきそこでお客様のもてなしをしておられたようです。たいていは事業の上のお友だちか、それとも海外からの人ですね。たしかわたしどもは誰もあそこへまいったものはないはずです。めったにはありませんでしたが、わたしたちが偶然顔が合ったりしますと、ロンドンでおもてなしを受けることがまずいつものことでした」

「こんどの旅行の途中でわたしをここへ招待してくださるようにあなたに申されたラフィールさんは、ほんとに親切なお方ですね」ミス・マープルがいった。「たいへん思いやりの行き届いたことです。あのように多忙なお方がこんなに親切に行き届いたことをしてくださるなんて、まったく思いもかけないことでした」

「わたしたち、前にもこの観光旅行においでのあのお方のお友だちをご招待したことがございます。だいたいあのお方たちが物事の手配をなさるやり方はたいへんに思いやり深いやり方でした。でも、どなたのお好みにもぴったり合うようにするのは不可能なことでしてね。お若い方は当然歩いて遠出をなさって、景色を眺めるために山へ登ったりといったようなことを好まれます。そして、そんなことのできないお年寄りはホテルに残るわけですが、このへんのホテルはけっこうなところがほんとにありませんでね。あなた方の今日の旅行日程や明日のセント・ボナベンチュア行きもですが、とてもきついんですよ。明日はたしか島の方へも船で行かれることになってると思いますけど、どうかすると荒れましてね」

「邸宅めぐりだけでも、すごく疲れますからね」グリン夫人がいった。

「ええわかってますわ」ミス・マープルがいった。「うんと歩かされて立たされましたよ。足がすっかり疲れてしまいますね。こんな旅行には出るんじゃないとも思いましたけれどね、でも美しい建物やりっぱな部屋や家具など見るのが魅力なものですから。そのほか何でも。そしてもちろんすばらしい絵なんかもですね」

「それに、お庭もでしょう」アンシアがいった。「お庭もお好きなんでしょう？」

「ええもう」とミス・マープルがいった。「特に庭が好きなんです。わたしね、旅行の説明書の中の記事を見て、これから訪ねる歴史的な邸宅の管理の行き届いた庭を見るのをほんとに楽しみにしてるんですよ」とテーブルのまわりをうれしそうにぐるっとまわった。

何もかもたいへんに気持ちよく、たいへんに自然なのだが、それにもかかわらず、どういうわけで圧迫を感じるのかわからなかった。何か不自然なものがここにはある感じだった。だがいったい不自然とはどういうことなのか？　会話は主として平凡なくだらないことばかりで、ごく普通であった。彼女自身も月並みな話をしていたし、三人姉妹の方もやはりそうであった。

〝三人姉妹〟とまたミス・マープルはこの語句をよくよく考えながら思った。三が組みになるとどうして何か不吉な雰囲気を感じさせることになるのだろう？　〝三人姉妹〟〝マクベスの三妖婦〟。いや、この三妖婦とここの三人姉妹とをくらべようというわけでは決してない。とはいえ、ミス・マープルは劇のプロデューサーが三妖婦を演出するそのやり方がまちがっている、と頭の隅のどこかで常々思っていた。彼女が見たある演出などはまったくばからしいくらいに思えた。妖婦たちはまるで無言劇の人物みたいに羽をひらつかせ、へんなとんがり帽子をかぶっていた。ぴょんぴょんはねたり、するするとすべり歩いたりしていた。ミス・マープルは、このシェイクスピア劇をおごってくれた甥にこんなことをいったことをおぼえている。「ねえレイモンド、もしこのすばらしい劇をわたしが演出するとしたら、あの三妖婦はまったくちがったふうに演出しますね。わたしならあの三人をごく普通の正常な老婦人にしますよ。年とったスコットランド女ね。ぴょんぴょんとびはねるように歩いたりはしません。三人はお互いに盗み見るようにして相手をちらちら見ます。そうすると、観客はその通常普通の様子の裏に恐ろしさを感じることになる」

ミス・マープルはプラム・タートの最後のひと口を食べると、テーブル越しにアンシアを見た。普通で、だらしがなく、ぼんやりした顔つき。なぜこのアンシアが不吉だなどと感じるのだろう？

〝わたし、ありもしないことを想像してるんだわ〟ミス・マープルは心の中でいった。〝こんなことしてはいけないことね〟

昼食のあと庭の散歩に連れだされた。そのおともを任されたのはアンシアであった。どうもこれはちょっと重苦しい散歩だ、とミス・マープルは思った。特にきわだってすばらしい庭ではなかったにしても、かつてここはよく手入れの行き届いた庭であった。普通のビクトリア朝時代庭園の要素を備えていた庭であった。灌木の植え込み、まだら月桂樹の列、また手入れのいい芝生や通路もあったにちがいない。一エーカー半ほどの菜園もあったが、今ここに住んでいる三人姉妹のためには明らかに広すぎる。一部は何も植えられておらず、ほとんど雑草だらけである。雑草が花壇のほとんどをおおい、ミス・マープルは優勢をほこってあちこちへ伸びているつる草を引き抜いてやりたくて困るほどだった。

ミス・アンシアの長い髪が風にあおられて、小道や芝生の上へときどきヘアピンが一つ二つぬけ落ちた。彼女は投げ出すような口のきき方をした。

「あなたのお庭はさぞごりっぱなんでしょうね」

「いいえ、ほんの小さな庭で」ミス・マープルがいった。

二人は芝生の小道に沿って歩いて、塀のはずれに寄りかかるようになっている塚のようなものの前で立ちどまっていた。「これが温室です」ミス・アンシアが悲しげにいった。

「ああ、すてきなブドウのあったとおっしゃった」

「三種類もあったんですよ」アンシアがいった。「黒いハンブルグ種に、白ブドウの小さい粒ですけどとても甘いの。それに三つめのがすてきなマスカット種でした」

「それから、ヘリオトロープもあったっておっしゃいましたね」

「チェリー・パイですね」アンシアがいった。

「あ、そうチェリー・パイ。とてもすてきなにおい。このあたりにも爆撃の被害があったんですか？　温室が……爆弾にやられたとか？」

「いいえ、そういう被害はまったくありません。このあたりは全然空襲を受けませんでしたので。残念ですが、古くなって腐って崩壊してしまったんです。わたしたち、ここにはまだそれほど長くありませんし、それにお金もなくて、修繕することももう一度建てなおすこともできなかったんです。事実またそんなことをしてもむだだろうといいますのは、そんなことしたとしても、あとの管理がわたしたちにはできなかったことでしょう。残念ながら、温室が自然に倒れるのに任せるよりしかたなかったんです。それ以外にわたしたちにできることってなかったんです。そうして今はごらんの通り、すっかり草におおわれてしまいました」

「ああ、すっかりおおいかぶさってしまってますが……あれなんでしょう、花が咲き始めているつる草は？」

「ああ、ええ、あれはごく普通によくあるものですよ」アンシアがいった。「ポで始まる名ですけれどね。ええとなんて名でしたか」とはっきりしない様子で、「ポリなんとか、そんなような名なんですよ」

「あ、そう。わたし、その名なら知ってるようですよ。ポリゴナム・バルドシュアニカム。とても育つのが早いんでしょう？　とてもこれは役に立ちますよね、腐れ落ちた建物とか、何か見苦しいようなものをおおいかくすのに」

彼女の目の前の土の小山は、まさにすっかり緑と白い花の草におおいつくされていた。ミス・マープルは、この草が、何かを育てようとする時の脅威であることをよく知っていた。ポリゴナムは何でもおおいつくし、それも驚くほど短い間におおってしまう。

「温室はずいぶん大きかったんですね」

「ええ……中にはモモの木もありましたしね……それにネクタリンも」とアンシアは情けなさそうな顔をした。

「でも今だってとてもきれいじゃありませんか」とミス・マープルが慰めるような調子でいった。「とても小さなきれいな白い花じゃありませんか」

「この小道の左側にはとてもきれいなモクレンの木があったんですよ」アンシアがいった。「またこのへんにはとてもすてきな生垣があったんですけれどね、これもわたしたちでは手入れが届かなかったんです。とてもやりきれません。何もかもやりきれないんです……もとはこうじゃなかったんですけれど……何もかもだめになりました……どこもかしこも」

アンシアはわき塀に沿った小道から直角にわかれている小道へとどんどん足早に先に歩きだした。歩き方がしだいに早くなった。ミス・マープルはそのあとについていけないくらいであった。ミス・マープルは思う——まるでこれは女主人がじぶんをわざとポリゴナムの小山から引き離そうとしているふうである。何か見苦しいか不快なところから引き離そうとしているようである。女主人は過去の栄光がもはや残っていないことを恥じているのだろうか？　あのポリゴナムはまったく勝手放題に茂るに任せてあった。全然刈り取ったことさえもなく、また程よくまとめることもしてなかった。そこだけが庭の中で花のある荒れ地になっていた。

ミス・マープルは女主人のあとを追いながら、まるで彼女はあの場所から逃げ出しているようなふうだと思った。やがてミス・マープルは壊れた豚小屋に注意をひかれた。まわりにはバラのつるが二、三本からみついていた。

「わたしの大叔父が豚を少し飼っていたことがあるんです」アンシアが説明した。「でも、この節はそんなことしようなどと思う人なんか夢にもありませんよね？　たいへんくさくていやですもの。家の近くにフロリバンダ・バラが少しありますわ。フロリバンダなら困っている時にもよくあいますね」

「ええ」ミス・マープルがいった。

最近のバラ栽培の新種の名を二、三あげてみた。が、ミス・アンシアにはまったくの初耳のようだ、とミス・マープルは思った。

「こんどのような旅行にはたびたびお出かけなんですか？」

突然の質問であった。

「邸宅や庭園めぐりの旅のことでしょうか？」

「ええ。毎年行っている人もありますもの」

「ああ、とてもわたしには望めませんね。なかなか費用がたいへんですもの。お友だちがわたしのこんどの誕生日のお祝いにプレゼントしてくれたんです、親切に。ほんとに親切に」

「ああ、どうもわたし、わからなかったんですよ。なぜあなたが来られたのか。といいますのは……この旅行、相当にきついでしょう？　でも、西インド諸島や何か、そんなようなところへ行ってらっしゃる……」

「あ、あの西インド諸島行きも実は親切の結果なんです。あの時は、甥のおかげでした。なかなかいい子でしてね。この年寄り叔母のことをとてもよく思っていてくれるんですよ」

「あ、なるほど。ええ、そうですか」

「若いものなしではどうにもなりません」とミス・マープル。「とても親切ですもの、そうでしょう？」

「ええまあ……そうのようですね。わたしにはよくわかりませんけど。わたしには……

わたしどもには……若い親類のものがありませんので」

「あなたのお姉さま、グリン夫人にはお子さんはありませんの？　そのことは全然おっしゃらないもんで。おたずねするのもなんですし」

「ありませんの。姉夫婦には全然子供がありませんでした。まあ、なくてよかったかもしれません」

「それは、どういうことなんでしょうか？」ミス・マープルは家の方へ二人で帰りながらふしぎに思った。

10 〝なんと、やさしく！　なんと、美しく！　過ぎし日よ〟

I

次の朝、ドアにてきぱきしたノックがあって、ミス・マープルの〝どうぞ〟に応じてドアが開けられ、中年の婦人が紅茶のポット、カップにミルクつぼ、それにバターとパンの小さい皿をのせた盆を持って、はいってきた。

「朝のお早いお茶でございます」とにこにこしながらいった。「よいお天気でございますね。もうカーテンはお開けになっておりますんですね。よくおやすみになれましたか？」

「ええ、とてもよく」とミス・マープルは読んでいた小型の礼拝書をわきへおいて、いった。

「ほんとにすばらしいお天気なんですよ。みなさん〝ボナベンチュアの岩壁〟へおいでなさるのに絶好でございますよ。でもあなた様はお出かけになりませんで、よろしゅうございます。とてもそれはもう足がたまりませんですよ」

「わたし、ここにいてけっこう楽しいんですから」ミス・マープルがいった。「このご招待をしてくだすったミス・ブラッドベリースコットや、グリン夫人がほんとにご親切で」

「ええ、あのお方たちにもけっこうなことなんですよ。おうちへ少しお客様がみえたほうが元気づけになります。この節、すっかりおうちが重苦しいところになってますのでね」

と窓のカーテンをもっと広々と開けひろげて、いすを一つ押しもどし、陶製洗面台に湯を入れた水さしのかんをおいた。

「浴室は次の階にございますけど」と彼女がいった。「お年を召したお方にはここでお湯をお使いになったほうが、階段を上らなくてもすみますので、よろしいかと思います」

「それはどうもありがとう……あなた、この家のことよく知ってるんですね？」

「娘のころからここに来てるんですよ……そのころは女中だったんです。三人も召使がおりましてね……料理人に女中に……小間使……一時は台所女中もいました。それは大佐だんな様のころのことです。馬も何頭かおりましたし、馬丁もおったんですよ。ああ、それも昔のことになりました。いろんなことが起きて、悲しいことになりました。奥さんが若くしてなくなられました、大佐様の。息子さんは戦死なされ、一人娘のお嬢さんは世界の反対側へ行って暮らされる。ニュージーランドの人と結婚なすったんですよ。赤ちゃんが生まれる時になくなられて、その赤ちゃんも死んだんです。大佐様はすっかり一人ぼっちになって、ここでさびしく暮らしておいででした……家も放りぱなし、昔みたいにきちんとはなさいませんでした。なくなられる時に、実は姪のミス・クロチルドと二人の姉妹に遺産として残されまして、彼女とミス・アンシアがここへ来て住まわれまして……その後、ミス・ラヴィニアがだんな様をなくされて、ここへいっしょになられたのです……」とため息をついて首をふってみせた。「この方々も家にはとんと手入れなどなさいません……それだけのお力がないんです……お庭なんかも同じようなあんばいで放りぱなし……」

「ほんとにおかわいそうなことね」ミス・マープルがいった。

「あんなにみなさんとてもいいお方たちばかりですのにね……ミス・アンシアはちょっ

と頭が弱いんですけど、ミス・クロチルドは大学まで行ってとても頭がいいんです……三カ国語も話されます……それにグリン夫人、このお方はそれはやさしい、いい人です。この方がここへいっしょになられた時に、わたし思いました、これでここも段々よくなるだろうって。でも、先のことって、ほんとにわからないものですよね。ときどきわたし思うんですけど、この家には悪運がついてるんじゃなかろうかって」

ミス・マープルは不審そうな顔をしていた。

「はじめにひとつ何かあると次々にあるんです。恐ろしい飛行機事故が……スペインでありまして……全員死亡しました。飛行機ってこわいですね……わたしは絶対乗りませんですね。ミス・クロチルドのお友だちが二人とも、ご夫婦で、その事故でなくなられました……幸い、その娘さんは学校に行っていて助かったわけですが、その娘さんをミス・クロチルドはここへ連れてこられていっしょに住み、万事お世話をなさいました。海外旅行にもつれていかれました……イタリアやフランスに……まるでじぶんの娘のようにかわいがっておられました。幸せな娘さんでした……それに、とてもやさしい人柄でした。あんな恐ろしいことが起きようなんて、ほんとに誰だって夢にも思いませんでした」

「恐ろしいことって、どういうこと？　ここで起きたこと？」

「いえ、ここではありません、ありがたいことに。もっとも、ある意味ではここで起きたといえるかもしれません。ここで彼女が彼に会ったんですから。彼はこの近所にいたんです……そして、姉妹三人の方々はその男のお父さん……とてもすごいお金持ちのお父さんと知り合いだったものですから、その男もここへやって来たわけです……それが事の始まりだったんですよ……」

「二人は恋に落ちたというわけ？」

「そうなんです、娘さんはたちまちその男にまいってしまったんです。彼は人の心を引きつけるような美しい顔立ちの青年で、話し上手で、人をそらさないところがありました。まさか、こんなこと……こんなことまったく誰だってつゆほども考えませんでした……」と彼女は話をいきなり途中でやめた。

「恋のもつれでもあって？　そして、それがうまくいかなくて？　女が自殺でもしたと？」

「自殺？」と老婦人はびっくりしてミス・マープルを見つめた。

「そんなこと誰がいいました？　殺人ですよ、恥知らずの人殺しですよ。首を絞めた上、頭をめちゃめちゃにたたきつぶしてあったんです。ミス・クロチルドはその娘さんの身元確認に行かれましたが、……それ以来、お人が変わられました。娘さんの死体はここから三十マイルも離れたところで見つかりました……廃棄された採石場の茂みの中にあったんです。そして、これはあの男がやった人殺しの最初じゃないといわれてました。ほかにも女を殺してたんです。六カ月もその女の人は行方不明のままで、警察がずいぶん遠くまで広い地域の捜索をやってるんです。ああ！　ほんとに極悪の悪魔みたいな男……生まれつきの悪人としか思えませんね。この節、頭が普通でなくて……じぶんのやってることをどうしようもない人間がいるけれど、それはその人の責任じゃないっていう人がおりますね。わたし、そんなことは絶対ひとことだって信じません！　人殺しは人殺しですよ。それなのに、この節では絞首刑もなくなってしまって。よく古い家柄には気の狂った筋があるもんで……ダーウェントとかブラシントン家なんか、次々と新しい世代の人が病院で死んでますし……例のポーレット夫人なんか、ダイヤの王冠みたいな頭飾りをつけて、わたしはマリー・アントワネットだなんていいながら歩きまわってましたけれど、これも閉じこめられてしまいましたからね。でも、こんな人だって何も悪いことしたんじゃなくて、……ただバカみたいなだけですからね。でも、この男は。ええ、この男は悪魔そのものですよ」

「その男は、どういうことになりました？」

「死刑はもうそのころ廃止になっておりましたし……それとも、その男がまだ若過ぎたからでしょうか。今、よくおぼえておりません。有罪にはなりました。ボストルでしたかブロードサンドでしたか、何でもBで始まるところへ送られていきましたよ」

「その男の名前は?」

「マイクル……あとの名は思い出せません。なにしろ十年も前のことですから……忘れてしまいますよ、イタリア人みたいな名前で……絵のような。絵を描く人……ラッフルでしたか……」

「マイクル・ラフィールじゃない?」

「それですよ! うわさによりますとね、その男の父親がすごいお金持ちなんで、刑務所から男をうまくごまかして出してやったなんていわれてました。まるで銀行強盗の逃亡みたいな話です。でも、これはわたし、ただのうわさだと思いますよ……」

そう、自殺ではなかった。殺人だった。〝愛!〟ある少女の死の原因をエリザベス・テンプルはこういった。ある意味で正しい。若い女が人殺しと恋に落ちて……愛するが故に何の疑念もなく醜い死へ追いやられる。

ミス・マープルはちょっと身ぶるいした。昨日、村の道を歩いていた時、新聞のびらを見た——エプサム・ダウンズの殺人、第二の女の死体発見、青年、警察の調べを求めらる——

歴史はくりかえしている。一つの古い型……醜悪な型。忘れていた詩の文句が徐々に頭に浮かんできた――

白きバラ色の若者、多情多感に、青白く、
静けき谷間にささやく流れ
おとぎ噺の中の夢の王子
ああ、かくも世に美しくもろきものなし
そは白きバラ色の若者。

苦痛と死から若者を守ってくれるものは誰なのか？　若者はかつて一度もじぶんでじぶんが守れなかったように、じぶんでは守れない。あまりにも若者たちは物事を知らないのか？　それとも、あまりにも多くを知りすぎているのだろうか？　そしてそれ故に、彼らは何もかも知っていると思っている。

II

その朝、ミス・マープルは少し早目に階下へ降りてきたせいか、女主人たちの姿はすぐには見つからなかった。彼女は玄関のドアから出ると、もう一度庭をぶらりとまわってみた。特にこの庭が気に入ったからではない。何か目につくものがありはしないか、何かいい考えを浮かばせるようなものがあるような、漠然とした感じがあったからだ。それとも、彼女だけが持っていない何かの考えが持てるかもしれない……正直いって、いい考えといってもどういうことなのか、それさえ残念ながらはっきりとつかめていない。何か留意しなければならないもの、何かひっかかりのあるもの。

今は三人姉妹の誰とも会いたくなかった。頭の中で、二、三のことをよく考えてみたかった。お手伝いのジャネットの早朝のお茶ばなしから得た新しい事実である。

わき門が開いたままになっていたので、そこから村道へ出て、小さな店屋の並びに沿って、教会と墓地の場所を知らせるように突き出ている尖塔の方へと歩いていった。屋根のある墓地の門を押し開けて、墓の間をぶらぶら歩いた――えらく昔の日付のある墓もあれば、ずっと奥の塀のそばにはもう少し新しいのがあり、その塀の向こうには一つ二つ、明らかに新しい囲いがあった。古い墓には別にたいしておもしろいことがない。どこの村にでもあることだが、ある名前が何度でも出てくる。村で生まれた多くの〝プリンス〝姓が葬られていた。深甚の哀惜をもってジャスパー・プリンス。マージェリー・プリンス、エドガーとウォルター・プリンス、メラニー・プリンス四歳。家系譜。ハイラム・ブロード……エレン・ジェーン・ブロード、エリザ・ブロード、九十一歳。

このあとの方の墓のところを去ろうとした時、墓の間をゴミを掃き集めながらゆっくりと歩いている老人を見かけた。老人は彼女に会釈して〝おはよう〟のあいさつをした。

「おはよう」ミス・マープルがいった。「たいへんけっこうなお天気で」

「あとできっと雨になりますよ」

老人はひどくはっきりとそういった。

「こちらにはずいぶんプリンス姓やブロード姓の人が葬られておりますね」ミス・マープルがいった。

「ああ、そうですよ、ここにはずっとプリンス姓のものがおりましてな。ひところは相当な土地を持っとったもんです。それからブロード姓のものたちも、もう長年住んどりますよ」

「ここには子供が葬られてますね。ほんとに、子供のお墓を見るぐらい悲しいものはありませんね」

「ああ、それはメラニーのでしょう。メリーとわしら呼んでましたです。ハイ、まことに悲しい死に方で。車にひかれちまったんですよ、この女の子は。通りへとびだして、キャンデー屋へキャンデーを買いに行くとこでした。この節よくあるやつで、車がスピードを落とさずに走っていて、よくこんなことになるんです」

「考えると悲しくなりますね」ミス・マープルがいった。「絶えずいつもとてもたくさんの人が死んでると思いますとね。そして、人は墓地の刻銘を見るまでは、そんなことに気がつかずにいるんですからね。病気、老齢、車にひかれた子供、時にはもっとひどいことだってありますよね。若い娘が殺される。犯罪のことですけれど」

「はいはい、まったくそういうのがよくありますな。ばかな娘たちだって、わしはそういう連中のことをいっとるんです。そして、そのおっ母さんたちときたら、この節じぶんの娘のこともよう世話するひまなしですからな……そんなにせっせと働きに出ることたぁありませんよ」

ミス・マープルはこの老人の批判にどっちかといえば賛成であったが、現代風潮について論議をして時間をつぶす気はなかった。

「旧領主の屋敷にお泊まりでしょう、あなた?」老人がきいた。「バス旅行でもってこちらへ来られたの、わしも見ておりました。でも、ちょっとあなたにはきつすぎましょうが。いつも乗ってきたうちの何人かの人はやめちまいまさ」

「ほんと、ちょっとばかりきついですね」ミス・マープルが告白した。「そして、わたしのとても親切な友だちのラフィールさんという人が、こちらにいるその友だちの人に手紙を書いてくれましてね、その人たちがわたしを招待して二晩ほど泊めてくださることになったんです」

ラフィールという名前は、この老庭師にとっては別に何の意味するところもなかった。

「グリン夫人とその二人の姉妹のお方たちはとても親切ですね」ミス・マープルがいった。「あの方たち、ここにはもう長く住んでおられるんでしょうね？」

「いえ、それほど長くはありません。二十年ほどでしょうかね。ブラッドベリースコット大佐様のお宅でしたよ、あの〈旧領主邸〉は。もう七十でしたろうか、大佐がなくなられた時には」

「大佐には子供さんは？」

「息子さんがありましたが戦死されましてね。それで姪の方々にあの家を残されたわけなんですよ。ほかに誰もあの家を譲る人がありませんでね」

老人はまた墓の間へと仕事をしにもどっていった。

ミス・マープルは教会の中へはいっていった。ビクトリア朝の復旧の手が加えられ、窓にはビクトリア時代風な明るいガラスがはいっていた。真鍮の銘板が一つ二つ、額がいくつか壁にかかっているのが昔のなごりのすべてであった。

ミス・マープルはすわりにくい座席の一つに腰をおろして、あれこれ考えをめぐらせてみた。

今、まちがいのない道筋をたどっているのだろうか。いろいろなことが関連しかけてきている……が、その関連は全然明確でない。

一人の若い女が殺されて……（実際には数人の若い女が殺されて）……容疑をかけられた青年たち（この節はよく〝若者〟ということばが使われる）が、〝捜査に協力するため〟警察に追い集められる。よくある型だ。だが、これはすべてもう昔のこと、十年か十二年前のことである。今となっては……何も見つけだすことはなくなっている。解決する疑問もない。悲劇には〝おわり〟のレッテルが貼られている。

いったい彼女に何ができる？　いったいラフィール氏は彼女に何をしてくれというのだろうか？

エリザベス・テンプル……エリザベス・テンプルをつかまえて、もっと話を聞かなくてはならない。エリザベスはマイクル・ラフィールと結婚するため婚約していた若い女のことを話していた。でも、それは実際にそうだったのだろうか？　そんな事実は〈旧領主邸〉の人たちには知られていないようだ。

世間によくある話がミス・マープルの頭に浮かんできた……彼女の住んでいる村でしばしばあったような話だ。始まりはいつだって〝男の子が女の子に会った〟話だ。普通の筋道通りに発展して……

「すると女の子はじぶんのおなかが大きくなってることに気づく」とミス・マープルはじぶんにいう。「そして、そのことを男に話して彼に結婚をしてくれるように求める。だが、彼はおそらく彼女と結婚しようとは思っていない……全然彼女と結婚する気などないのだ。しかし、この場合は彼にとって厄介なことがあったのでもあろう。おそらく彼の父親がそんなことは承知しないにちがいない。彼女の親類などは〝ちゃんとしてもらいたい〟と強く主張する。そしてこのころになると、男はもう女にいや気がさしてきた……おそらくほかに女ができたのであろう。そこで男は手っとりばやい残忍なのがれ道をとることになる……女を絞め殺して、人相確認ができないように顔をめちゃめちゃにたたきつぶしてしまう。これはこの男の前歴――残忍卑劣な犯行――にぴったり合うのだが、忘れられ、ほうむりさられてしまっている」

彼女はじぶんがすわっている教会の中を見まわしてみた。まことに無事平穏に見える。〝悪〟の実在などとても信じられない。悪に対する鋭いかん――ラフィール氏は彼女にそれがあるとした。彼女は立ちあがると教会から出て、もう一度墓地の方を立って見まわしていた。墓石とそれに刻まれてかすんでいる銘、それらの間には彼女に感じられる〝悪〟の感じはまったくない。

昨日〈旧領主邸〉で彼女が感じたあれが〝悪〟であったのだろうか？　引きこまれるような深い絶望、あのどうにもならない悲しみ。アンシア・ブラッドベリースコット、片方の肩越しにこわそうにうしろをじっとふりむくその目、うしろに、いつも彼女のうしろに、立っている何ものかを恐れているようなその目つき。

あの人たち、あの三人姉妹は、何かを知っているのだが、その知っていることとは何だろう？

エリザベス・テンプル、もう一度彼女は考えた。バス一行のほかの人たちといっしょにエリザベス・テンプルが、この瞬間、丘陵地を横ぎり、急な小道を登り、崖の上から海の方を見渡している姿を想像してみる。

明日、再び一行に加わったら、エリザベス・テンプルをつかまえて、もっと話をさせよう。

ミス・マープルはもと来た道を〈旧領主邸〉へともどりはじめた。だいぶゆっくりした足どりなのは疲れているからだった。どう見ても今朝はあまり収穫があったとは思えない。今までのところでは、女中のジャネットから聞いた過去の悲劇以外には特にこの〈旧領主邸〉が他とちがっているところなど感じられないし、また家事手伝いの人たちの記憶の中にはたいてい過去の悲劇などが大切にしまいこまれているもので、たとえばすばらしかった結婚式とか大がかりな招宴とかうまく手術が成功して、あるいは事故から奇蹟的に人が立ちなおったとかいったうれしい事件と同じようにはっきり記憶されているものである。

門に近づいていくと、二人の女性が門のところに立っている姿が目にとまった。その一人が離れて、彼女の方にやってきた。グリン夫人だった。

「ああ、ここにいらしたんですか」彼女がいった。「みんなが心配しておりましたよ。わたしはきっとどこかへ散歩にお出かけになったんだと思ってましたけど、あんまりお疲れにならなければよいがと願ってました。階下へあなたが降りてこられて出かけられるのがわかっていたら、おともして何かお見せするようなものがあれば、案内しましたのに。もっともあまりお見せするようなものもありませんけど」

「いいえ、ただぶらぶらしておりましただけです」ミス・マープルがいった。「墓地や、それから教会のあたりをですね。わたし、常々とても教会に興味がありましてね。ときどき、とてもおもしろい碑文などがあるものです。ま、そういったようなものです。わたし、そういう碑文をだいぶ収集してるんですよ。ここの教会はビクトリア朝時代に修復されたもののようですね？」

「ええ、どうもあまりよくない座席なんか、その時に入れたもののようです。たしかに質のいい材木で、じょうぶかなにか知りませんが、どうもあまり芸術的ではありません」

「何か特別にいいものなど取り去ったわけではないんでしょう」

「ええ、そうではないようです。実際のところそれほど古い教会じゃないんですもの」

「そういえば真鍮の銘板や額などがあまりないと思いました」ミス・マープルも同意見だった。

「教会建築によほど興味がおありなんですね？」

「いえ、研究とか何とかそんなことしたわけではないんですけど、わたしの村のセント・メアリ・ミードでは、物事がだいたい教会を中心に回転しておりますのでね。つまり、昔はみな普通そうでした。わたしの若いころは、そうでした。もちろんこの節はちょっと変わってまいりましたね。あなたはこのあたりでお育ちになったんで？」

「いえ、正しくはそうではありません。それほど遠いところではないんですけど、三十マイルかそこら離れたところに住んでおりました。リトル・ハーズリーというところです。わたしの父は退役軍人で……砲兵少佐でした。ときどきわたしたちはここへ叔父に会いに、その前には大叔父に会いにやってきていたものでした。いえ、近ごろではあまりここへは来ることがなくなっておりました。わたしの二人の姉妹たちは叔父の死後にここへ移転してきたんですが、当時わたしはまだ主人といっしょに海外におりました。主人がなくなりましたのは今からまだ四、五年前のことなんです」

「あ、そうですか」

「姉妹たちはここへ来ていっしょに暮らしましょう、それが一番いいことだとしきりに申します。わたしたち夫婦はインドでかなりの年月暮らしてました。主人はなくなる時までインドに駐留しておりました。この節は、どこにすっかり……その、いうなれば根をおろして暮らしたらいいか、きめるのがなかなかむずかしくなっておりますのでね」

「ええ、ほんと。よくわかります。それで、あなたはあなたの家族の方が長いことここに住んでおられたので、ここに根があるように感じられたわけですね」

「ええ、そうなんです、そんな気がいたしました。もちろんわたしは姉妹たちともずっと仲好くやっておりまして、よく二人のところを訪ねもしておりました。でも、物事というものはこうありたいと考えたようにはまいらないものですね。わたしはロンドン近郊の、ハンプトン・コート近くに小住宅を買いまして、ほとんどそこで過ごしておりまして、ロンドンの慈善施設の一、二でときどきちょっと働いてもおりました」

「つまり充分に時間をよく使っておられたわけですね、けっこうなことです」

「ところが最近、こちらでもっと過ごした方がよさそうに思われてきたんです。姉妹たちのことが少し心配になってきまして」

「健康のことで?」とミス・マープルが思いつきをいった。「この節、どなたも心配されてますね、特に身体が弱ってきたり、何か病気でもあるような人たちの世話をする充分な資格のある人が雇えないような場合ですね。リウマチや関節炎が多いですからね。入浴中に倒れやしないかとか、階段から落ちるような事故を起こしはしないかとか、いつも心配していなけりゃなりませんものね。そういったことなんでしょう」

「クロチルドはずっとたいへんじょうぶなんです」グリン夫人がいった。「頑健といってもいいでしょう。でも、アンシアのことがときどき心配になってきます。あれはあの通りのぼんやりで、ほんとにぼんやりなものですから。それに、ときどきふらっとどこかへ出かけてしまうことがありまして……じぶんでもどこへ行くのかわからないらしいんです」

「ええ、心配なことがあるって悲しいことですね。世の中には心配の種がたくさんありますしね」

「アンシアには心配になることなんかあまりないと思うんです」

「所得税のこととか、何かお金のことが心配じゃないんでしょうか？」ミス・マープルが考えをいった。

「いえ、いえ、そんなことはあまり……でも、彼女がひどく心配しているのは庭のことなんです。昔の庭の様子を彼女はおぼえてましてね、またもとのように、その……お金をかけてちゃんとすることを一生けんめい望んでるわけなんです。クロチルドがとてもこの節そんなお金はないと話して聞かせてるんですが、アンシアは温室のこと、そこに昔あったモモの木のことなんかをいいつづけるんです。ブドウのことや何か」

「それから壁のところにあったチェリー・パイのことなども？」ミス・マープルがそのことばをおぼえていて、いった。

「よくおぼえていらっしゃいますね。ええ、ええ、中でも忘れられないものでしょう。ほんとにいいにおいですものね、ヘリオトロープは。また、やさしい名がついたものですね、チェリー・パイなんて。忘れられるものではありません。それにブドウの木。小さくて甘いけど、早く食べられるブドウでした。でも、あんまり過去のことを忘れずにいるのはよくありませんね」

「それから草花の生垣などもあったのでしょう」ミス・マープルがいった。

「ええ、ええ、アンシアは手入れのよく行き届いた草花の大きな生垣をまた持ちたいらしいんです。そんなこと、とても今ごろ不可能ですわ。せいぜい二週間に一度芝刈りに来てくれる土地の人を手に入れるだけでも精いっぱいなんですから。それも毎年ちがったうちの人を雇わなくてはならない始末です。それからアンシアはパンパス草もまた植えたいらしいです。それからシムキン夫人のナデシコも。これは白です。花壇の石のふち全体に沿って。また温室のすぐそとに生えておりましたイチジクの木も。アンシアはこんなことをみんなよくおぼえていて、そのことを話すんですよ」

「あなたもなかなかたいへんですね」

「ええ、まあ。いつもいいあいになりますけど、どんなにいっても少しもきき目がありません。クロチルドときたら、何事につけ徹底してましてね。頭から聞き入れないで、二度とそんなことといってももう耳にも入れませんよというばかりなんです」

「むずかしいですね」ミス・マープルがいった。「物事をどんなふうに受け入れてやるかということは。堅い態度をとるべきか。命令的な方がいいか。ちょっとばかりきびしくした方がいいか、それとも思いやりのあるやり方がいいかですね。話は聞いてやって、道理でない望みはおさえておく。そう、なかなかむずかしいことですね」

「でも、わたしにとってはそれほど厄介でもありません、といいますのは、わたしはじぶんの家へ帰れます、そしてまたときどきやって来て泊まればいいんですから。それでわたしとしては、そのうちにはいろいろと楽になってきて、何かできるようになるだろうというようなふりをしてみせることもできるんです。でも、いつでしたかここへ来てみますと、アンシアが庭の修復をして温室も再建するために、とても高価につく造園師を頼もうとしていることがわかりました……これがどんなにばからしいことか、たとえブドウの木を植えたにしてもですね、二年も三年もたたなくては実はならないんですもの。クロチルドはなんにも気がつかずにいて、アンシアの机の上に見積書があるのを見つけてひどく怒りました。姉ときたらまったく思いやりなどないんです」

「いろいろとむずかしいですね」ミス・マープルがいった。たびたび使っているように、これはなかなか役に立つことばである。

「明日の朝はわたし、ちょっとばかり早目に出かけなくてはならないんですが」ミス・マープルがいった。「明日の朝バスの一行が集合することになっている〈ゴールデン・ボア〉で調べることがあるものですからね。一行の出発が早くて。たしか九時とかいうことでした」

「おやそれはどうも。あまりお身体にひびかなければよろしいんですけど」

「あ、いえ大丈夫ですよ。わたしどもの行先は、たしか……ええとちょっとお待ちくださいよ、何とかいいましたっけね？……スターリング・セント・メアリですわ。何でもそんなところです。それにあまり遠くもないところのようですしね。途中には見物するおもしろい教会やそれからお城もあるんですよ。午後は、とてもすてきなお庭にまいりますそうで、そんなに何エーカーもあるというのではなくて、何か特殊なお花があるのだそうです。ここでたいへんけっこうな休養をさせていただきましたのでね、すっかり元気になりました。もしこの二日間、わたしが崖道や何か登ったりなどしておりましたら、それこそ今ごろはくたくたになっていたことでしょう」

「ではこの午後は明日のお元気のためによくお休みになることですね」グリン夫人が、家へはいりながらいった。「マープルさんは教会へおいでになってたそうですよ」グリン夫人がクロチルドに向かっていった。

「別に何もごらんになるようなものもあまりございませんでしたでしょう」クロチルドがいった。「ビクトリア朝のガラスなんてほんとにひどいものだと思いますよ、わたし。お金ばかりかかって。わたしの叔父にもいくぶん責任があると思うんです。叔父はあんな野卑な赤とか青のガラスがたいへんに気に入っておりましてね」

「とても野卑ですよ。とても野蛮、わたしはずっとそう思ってます」ラヴィニア・グリンがいった。

ミス・マープルは昼食後くつろいで昼寝をし、夕食近くまで女主人たちとは顔を合わせなかった。夕食後はおおいにおしゃべりをして、寝る時間にまで及んだ。ミス・マープルは思い出話に熱を上げた……娘時代のこと、子供のころのこと、遊びに行った土地のこと、観光や外国旅行、折りにふれ知り合った人たちのことなど。

すっかり疲れ、失敗の感じでベッドへはいった。なんにもさぐりだすことができなかったのだ。おそらくもうこれ以上はさぐり出すことがないせいなのだろう。魚の釣れない釣り行楽……それは魚がそもそもいないからなのでもあろうか。それとも、餌の選び方が適当でなかったせいだろうか？

11 事故

ミス・マープルのお茶は、翌朝七時半に出された、というのは、彼女が起き出して手まわりのものなどまとめたりする時間をたっぷりとるためであった。ちょうど彼女が小さなスーツケースのふたを閉めていると、ドアにちょっとあわただしげなノックがあって、クロチルドがあわてた表情ではいってきた。

「あの、マープルさん、あなたにお目にかかりたいという若い男の人が階下へ来てます。エムリン・プライスという人で。あなたとごいっしょに旅行中の人たちが、この人をよこしたのだそうで」

「はい、その人ならよくおぼえておりますよ。そう、とても若い人?」

「ええ、すごく現代風ななりで、髪をもじゃもじゃにした……その人、何かあなたによくないことを知らせにきたんだそうです。いいにくいんですけれど、事故があったそうです」

「事故ですって？」ミス・マープルが驚いて目を見張った。「あの……バスにですか？　道路での事故でしょうか？　どなたかけがをした人でも？」

「いえ、いえ、バスじゃないんです。バスは何でもないんです。昨日午後の行楽の途中のことです。昨日はだいぶ風があったのをおぼえていらっしゃいましょう、もっとも風が何か事故と関係があったわけではないでしょうけど。きっとみんながばらばらになって歩いてたんじゃないでしょうか。ちゃんときまった小道がありますけど、丘陵地を登って横断して行くこともできますからね。両方の道とも、みんなの行先の、ボナベンチュアの頂上の記念塔へ行けるんです。きっとみんなが離れ離れになって、その世話をする案内係がなくてはならないのに、そんな人がいなかったのではないでしょうか。足の達者な人ばかりとは限りませんし、谷間にさしかかっている坂道はとても急なんです。丘の斜面をたいへんな勢いで転落してくる石や岩があって、その下の小道にいる人に当たったわけなんです」

「まあ」とミス・マープル。「それはそれは、ほんとにお気の毒に。けがをなさったのは、どなたでしょう？」

「ミス・テンプルとかテンダードンとかおっしゃるお方だそうで」

「エリザベス・テンプルですよ」ミス・マープルがいった。「まあ、お気の毒に。あのお方とはよくお話をしたんですよ。バスであのお方のとなりの席にわたしがおりましたのでね。何でもあのお方、引退なすった女学校の校長先生だそうで、たいへん有名だそうですね」

「そうなんですよ」クロチルドがいった。「わたしもよく存じてますの。有名なファローフィールド校の校長先生でした。あのお方がこの旅行に参加してらっしゃるとは思いませんでしたよ。たしか一年か二年前に校長として引退され、そのあとには今、若い進歩的な考えの女校長先生が来てるそうです。でも、ミス・テンプルだって決してまだお年寄りというわけじゃありません、六十ぐらいでしょうか、とても元気で山登りや歩くことやそういったことがお好きなんですよ。こんどのことはほんとに災難ですね。おけががあまりひどくなければよろしいんですけれどね。まだこまかな話はわたしも聞いておりません」

「もうすっかりしたくもできましたので」とミス・マープルはスーツケースのふたをぱちんと閉めて、「すぐ階下へ行ってプライスさんに会いましょう」

クロチルドがそのスーツケースを取って、

「お手伝いしましょう。だいじょうぶ運べます。わたしといっしょにおいでください、階段に気をつけて」

ミス・マープルは階下へ降りてきた。エムリン・プライスが待ち受けていた。髪がいつもよりよけいにもじゃもじゃになっているようだったし、すごくものものしい変わり型のブーツに革のジャケット、それに目のさめるようなエメラルド・グリーンのズボンをはいていた。

「どうもたいへんなことになっちゃって」といって、ミス・マープルの手を取って、「ぼくがじかにあなたのところへ行って事故の話をしようと思ったんだけど。ブラッドベリースコットさんから話は聞いたでしょ。テンプルさんなんだ。あの学校の女先生の。先生が何をやってたのか、どういうことが起きたのか、ぼくはよく知らないんだけど、何でも石っていうか大きな丸石っていうのか、上からころがり落ちてきたんだな。相当けわしい坂だったもんで、そいつが先生をぶっ倒しちゃって、病院に昨夜意識不明のまみんなで運びこんだってわけ。何だかどうも容態が悪いみたい。とにかく旅行の今日の日程は取り消して、今晩はここで泊まることになった」

「おやおや」ミス・マープルがいった。「お気の毒にね、ほんとにお気の毒に」

「今日先へ行かないことになったのは、医者の報告がどんなもんか待たなくちゃわからないってわけ。それでぼくらとしちゃ、ここの〈ゴールデン・ボア〉にもうひと晩泊まって、少々旅行の組みなおしをやらなくちゃね、とすると、明日のグランメリング行きはたぶん中止ってことになるだろうけど、ここはあんまりおもしろくもないところだって、みんなもいってましたよ。サンボーン夫人は今朝早く病院の方へ出かけちゃった、今朝の容態がどんなふうか、見にね。十一時のコーヒーにはぼくたちと〈ゴールデン・ボア〉で会うことになってるんです。あなたも最新ニュースを聞きにいっしょに行った方がいいんじゃないかと思って」

「ええ、ごいっしょにまいりましょう」ミス・マープルがいった。「ええもちろん、今すぐに」

そこにいっしょにいたクロチルドとグリン夫人の方へ向きなおってさよならのあいさつをした。

「ほんとにありがとうございました。すっかりご親切に甘えて、この二晩はほんとに楽しゅうございました。すっかり休養がとれて元気になりました。こんなとんでもないことなんか起きてしまいまして」

「もうひと晩お泊まりくだされればね」グリン夫人がいった。「もっと……」とクロチルドの方を見た。

ミス・マープルは誰にもできないような横目遣いの名人なのだが、ちらと見たクロチルドの表情には不賛成の色が感じられた。それはほとんどわからないほどのわずかな動きではあったが、彼女は首を横にふらんばかりであったのだ。それでグリン夫人がいいだしそうになった申し出をだまらせてしまった、とミス・マープルには考えられた。

「……でも、もちろん、一行のみなさんとごいっしょになられる方がお楽しみでしょうと思いますし……」

「ええ、その方がわたしにもいいんです」ミス・マープルがいった。「そうしましたらあとのプランもわかりましょうし、またどうしたらよろしいかもわかりましょうし、わたしにも何かまたお手伝いできるようなことがあるかもしれませんしね。行ってみなければわかりません。あらためてお礼を申しあげます、ほんとにありがとうございました。〈ゴールデン・ボア〉に部屋をとるのも別に困難はないと思いますし」とエムリンの方を見た。エムリンは安心させるような調子で、

「そんなら大丈夫。今日いく部屋があくことになってるし。いつだって満室になることなんかありゃしないですよ。サンボーン夫人が今夜全員泊まれるように部屋を予約しておいてくれると思うし、明日になりゃ、どういうことになるか……こんどのことがどういうことになるかはっきりするだろうし……」

別れのことば、感謝のことばがくりかえされた。エムリン・プライスがミス・マープルの持ち物を持ってどんどん大またに歩きだした。

「ホテルはその角をまがってすぐなんですよ。それから最初の通りを左へまがったところです」彼がいった。

「はい、たしかホテルの前を昨日通りましたよ。かわいそうにテンプルさん、おけががあまりひどくなければよろしいですがね」

「どうもひどいようなんだ」エムリン・プライスがいった。「もちろん、医者や病院の連中ってのはご存じの通り。いつもきまり文句だ――できるだけのことはいたします――とね。この土地には病院がないもんだから……八マイルばかり離れたキャリスタウンに彼女を運んでいきましたよ。まあとにかく、あなたをホテルの部屋へ落ち着かせるころには、サンボーン夫人がニュースを持って帰ってきますよ」

二人がホテルへ着いてみると、観光の一行は喫茶室に集まっていて、コーヒーに朝の菓子パン、パイなどが出されていた。バトラー夫妻がちょうど話しているところだった。

「いえもうこんどのことはほんとにあんまりひどすぎますよ」とバトラー夫人だった。「こんなにびっくりさせられたことってありませんよね？　みんながとても楽しく愉快にしていたその最中ですものね。おかわいそうにテンプルさん。あのお方はとても足のお達者な方だと思ってたのにね。でも、わからないもんですね、ねえヘンリー？」

「いやまったくだ」ヘンリーがいった。「いやまったくだ。実は考えとるんだがね……

うん、ぼくらそう時間を持っとらんからね……どうしたものかとね……ここでもって旅行を中止するかどうか。旅行をつづけないかどうか。ぼくは思うんだが、事がはっきりしてくるまでは旅行をつづけるのはむずかしいんじゃないかな。もしこれが……その、なんだ……たいへん重大な、命にかかわるようなことにでもなれば、おそらく、その……つまり、検屍審問とか何とかいったようなことがあるだろう」

「ああヘンリー、そんなこわいことというもんじゃないわ！」

「失礼ですけど」ミス・クックがいった。「バトラーさんは事を少し悲観的に見すぎていらっしゃる。そんな重大なことになりっこありませんよ」

外国なまりの調子でキャスパー氏がいった。「しかし、そうです、みなさん重大でした。わたし、昨日聞きました。サンボーン夫人が医者に電話で話しておりました時です。とても、非常に重大です。みんないっていました。あの人ノーシントー起こして、……たいへん悪い。特別のお医者来て彼女見て、手術できるか、できないか見る。そう……これたいへん悪いです」

「おやほんとに」ミス・ラムリーがいった。「もしそんなことなら、ねえミルドレッド、わたしたちはうちへ帰りましょう。列車の時間表を見ておかなくちゃ」とバトラー夫人の方を向くと、「わたしね、うちのネコたちのこと近所の人にお願いしてきたもんですからね、もしかしてわたしの帰りが一日二日おくれることにでもなったら、みなさんにたいへんなごめいわくをかけることになってしまいますのですよ」

「どうもそうみんな興奮してはよくありません」ライズリー・ポーター夫人が重々しい命令するような調子でいった。「ジョアナ、この菓子パンは屑かごへ捨ててちょうだいね？　まったく食べられたものではありません。ひどく気持ち悪いジャムです。とにかくわたしのお皿の上においとかれては困ります。気持ちが悪くなります」

ジョアナが菓子パンを取りのけて、いった。

「エムリンとわたし、ちょっと散歩に出かけてもいいでしょうか？　ちょっと町でも見たいんです。ただここにすわりこんで、何だか暗いお話ばかりしていてはいけないって思うんですけど？　わたしたち、何にもできることないじゃありませんか」

「出かけた方がほんと利口だわ」ミス・クックがいった。

「そう、お出かけなさいよ」ミス・バローがライズリー・ポーター夫人が口をきく前にいった。

ミス・クックとミス・バローは互いに顔を見合わせ、首を横にふりながらため息をついた。

「あそこの芝草はとてもすべりやすくて」ミス・バローがいった。「わたしも一、二度ほんとにすべっちゃったわ、あそこの短い芝草の上で」

「それに石ころもね」ミス・クックがいった。「あすこの小道をまがるところでもって、小石がまるでシャワーみたいに落ちてくるんですものね。ええ、小石の一つがわたしの肩にもこっぴどく当たったのよ」

紅茶、コーヒー、ビスケットやケーキなどいそいですませ、みんなはどうやらつきあいにくくなって、落ちつかずにいた。大きな変動が起きると、それに対処する適当な方法を見つけるのはなかなか困難なことである。誰も彼もじぶんの所見を述べ、驚きと困惑を表わす。今みんなはニュースを待ち望んでいるのと同時に、何かの形の見物もしたい気持ち、午前中を過ごす何かおもしろいことを求めていた。昼食は一時までは出ないことになっているし、ここにすわりこんで同じような話をくりかえしているのはゆううつなこととわかっていた。

ミス・クックとミス・バローはまるで一人の人間みたいに立ちあがって、ちょっとした買物が必要だからとみんなにいった。必要なものが一つ二つあるし、また郵便局へ行って切手も買わなくてはといった。

「はがきを一、二枚出したいもんですからね。それにまた、中国への手紙の料金もききたいもんですから」ミス・バローがいった。

「それにわたしは毛糸の組合わせが少しほしいもんですからね」ミス・クックがいった。

「それから何でもマーケット広場の向こうにはおもしろい建物があるとかいうことですしね」

「みなさんもお出かけになった方がいいんじゃないでしょうか」ミス・バローがいった。

ウォーカー大佐夫妻も立ちあがって、バトラー夫妻に向かって、何か見物するものがあるかどうかいっしょに見に出かけませんかといった。バトラー夫人は骨董屋でもあったらと希望をいった。

「いえ、ほんものの骨董屋でなくていいんですよ。まあ古物商とでもいったところで。どうかするとそんなところでほんとにおもしろいものが見つかる時があるんですよ」

みんなぞろぞろとつながって出かけていった。エムリン・プライスはすでに早く気づかれないようにするするとドアからぬけ出して、出かける説明ぬきでジョアナのあとを追っていた。ライズリー・ポーター夫人は姪を呼びもどすには手遅れながら呼んでみてから、ロビーの方ならもう少しは楽にしていられるでしょうといった。ミス・ラムリーがそれに同調して……キャスパー氏がまるで外国の王室付武官みたいな様子でご婦人たちのおともをしていった。

ワンステッド教授とミス・マープルがあとに残った。

「わたしは思うんですがね」とワンステッド教授がミス・マープルに向かっていった。「ホテルの外へ出て腰をおろしていた方が気持ちよさそうですな。通りの方に小さなテラスがあるんですがね。あなたもいかがでしょうか？」

ミス・マープルはありがたくそれを受けて立ちあがった。これまでワンステッド教授とはほとんど口をきいていなかった。教授は何やらむずかしそうな本を何冊か持っていて、その中の一冊をいつも読みふけっていて、バスの中でさえ一生けんめい読みつづけようと努力していた。

「しかし、あなたも買物などなさるんじゃなかったんですか」教授がいった。「わたしはどうもどこかで静かにサンボーン夫人の帰りを待っておった方がよろしいんで。いったいわたしたちがどういう羽目になっとるのか正確に知ることが大切だと思うんですよ」

「まったく同感ですわ、そのことでしたら」ミス・マープルがいった。「わたしは、昨日町を相当に歩きまわりましたので、今日はもうその必要もないんです。まあここにおりまして、何かわたしにもお手伝いできることがあればと待っております。わたしにできるようなこともないと思うんですけど、でもわかりませんからね」

二人はつれだってホテルの玄関から出ると、建物の角をまわって小さな広場になっているところへと出た――ホテルの壁に接して少し高くなった石の歩道があって、そこにはいろいろな型の籐いすがおかれていた。その時そこにはほかに人影がなく、二人は腰をおろした。ミス・マープルは向かい合ってすわっている相手をしみじみと見た。波のようなしわのある顔、ひどく毛深い眉、白髪まじりのゆたかな髪。ちょっと前かがみの姿勢で歩く。この人はおもしろい顔をしている、ミス・マープルはそう判定した。声は冷ややかできびしく、ある種の専門家らしいと彼女は思った。

「わたしにまちがいはないと思うんだが」ワンステッド教授がいった。「あなたはジェーン・マープルさんですね?」

「ええ、わたしがジェーン・マープルです」

彼女はちょっと驚いたが、別に特別の理由があってのことではなかった。彼らは他の旅行者たちからそれとわかるほど長くはまだいっしょにいたわけではない。彼女はこの二晩は一行の人たちといっしょに過ごしてもいない。それはまったく自然なことだった。

「そう思っておりました」ワンステッド教授がいった。「わたしの持っている人相書からしてですね」

「わたしの人相書?」ミス・マープルは再びちょっとびっくりした。

「ええ、わたしはあなたの人相書を持っとるんですよ……」ちょっとことばを切った。はっきり声を落としたわけではなかったが、ヴォリュームがなくなって、それでも彼女にはよく聞きとれた。

「……ラフィールさんから受け取ったものです」

「ああ」とミス・マープルはほんとにびっくりした。「ラフィールさんから」

「びっくりされましたね？」

「ええ、驚きました、まったく」

「驚かれるとは思っておりませんでした」

「思ってもいないことで……」とミス・マープルはいいかけてやめた。

ワンステッド教授は口をきかない。ただ腰かけてじっと彼女を見ているだけであった。ミス・マープルは心の中で考える――もう一、二分もしたら彼はこういうだろう。〝はっきりどんな徴候があるんです？　物をのみこむ時に不快感があるとか？　よく睡眠がとれないとか？　消化は順調ですか？〟彼女は彼が医者だということにほとんど確信を持った。

「いつ、ラフィールさんはあなたにわたしの人相特徴など示されたんです？　おそらくそれは……」

「だいぶ前……数週間も前のこととおっしゃるんでしょう。そうです……氏がなくなられる前のことでした。あなたがこの旅行に加わってこられる、と氏はわたしにいいました」

「そしてラフィールさんはあなたもこの旅行に出られることを……出かけようとしておられることを知っていたんですね」

「まあそう思ってくだされればいいでしょう」ワンステッド教授がいった。「彼がいうには」とつづけて、「あなたがこの旅行に加わってこられる、事実彼があなたのために、この観光旅行に参加してこられるように手配をしておいたというのでした」

「ほんとに親切なお方です」ミス・マープルがいった。「とてもほんとにご親切で。わたしのために予約をとってくださったとわかった時にはほんとに驚きました。こんなとしていただいて。とてもわたし自身ではこんな旅行などに出られる力はありませんのでね」

「なるほど」とワンステッド教授がいった。「よくおっしゃいました」と生徒のりっぱな実験でもほめる時のようにうなずいてみせた。

「それがこんなようなことでさまたげられるなどとは残念なことで」ミス・マープルがいった。「ほんとに残念なことですわ。みんながせっかく楽しくしている時にです」

「そう」とワンステッド教授。「そう、まことに残念です。そして、思いもかけないことで、と思われますか、それとも思いがけないことではないと？」

「おやワンステッド先生、それはどういうことなんです？」

彼女の挑戦するような目つきに会って、教授は肩をかすかに動かしてちらとほほえみを見せ、「ラフィール氏はですね、あなたのことについて、マープルさん、かなり長い話をしてくれました。彼はわたしにもあなたといっしょに観光旅行に行ってくれというのです。そのうちやがて、まずほとんど確実にあなたと知り合うことになる、といいますのは、観光旅行の一行の人たちはお互いに必然的に知り合いになるものですが、そうとはいっても一行の人たちが同じ趣味や興味によっていくつかのグループに分かれるようになるには普通一日か二日はかかるものです。そしてラフィール氏はさらにわたしにいうのです。失礼なことばだが、あなたを監視してくれと」

「わたしを監視する？」ミス・マープルはちょっと不快さを見せていった。「どういう理由からでしょう？」

「理由は護衛のためと思います。ラフィール氏はあなたに何事もないようにと望んでおられたわけです」

「わたしに何事かある？　何があるというのでしょう、知りたいものですね？」

「おそらくミス・エリザベス・テンプルにあったようなことでしょう」ワンステッド教授がいった。

ジョアナ・クロフォードがホテルの角をまわってやって来た。彼女は買物かごを持っていた。二人のそばを通る時、ちょっと会釈をして、ちょっと不審そうに二人の方を見て、通りの方へ出ていった。ワンステッド教授は彼女の姿が見えなくなるまで口をきかずにいた。

「いい娘さんです」教授がいった。「少なくともわたしはそう思いますね。独裁的な叔母さんに重荷を背負わされた動物のようにされながら現在に満足しているが、もう間もなく反抗の年齢に達するのは確かですからね」

「いったい今おっしゃったことは、どういう意味なんです？」ミス・マープルはジョアナの反抗期の話などに今は興味が持てなかった。

「こんどのことが起きたがためにこの問題を論議しようというわけです」

「事故が起きたからとおっしゃるわけですか？」

「ええ。あれが事故ならですね」

「すると、あなたは事故ではないとお考えなんですか？」

「それもあり得ると考えただけです。それだけのことです」

「わたしはもちろんあのことを何も知ってはおりませんけれど」ミス・マープルはいいよどんだ。

「そう。あなたは現場におられませんでしたからね。あなたは……こう申してはなんですが……あなたはどこかよそで仕事中だったのですか？」

ミス・マープルはしばらくだまっていた。ワンステッド教授を一、二度見てから、いった。

「あなたのおっしゃっていることがわたしにはよくわかりませんけれどね」

「なかなか用心深くていらっしゃる。あなたが用心深いのは当然のことですがね」

「いつもそういうことにしているのです」

「用心深くすることをですか？」

「そういうふうには申したくありませんが、わたしは聞いた話をそのまま信用もしますけれど、同時に信用しないようにもしているのです」

「なるほど、それもまったく道理ですね。あなたはわたしのことは何もご存じない。わたしの名前は乗客名簿から知っておられる。たいへん快適な観光旅行ですね、城とか歴史的な建物とかすばらしい庭園などを歴訪する。たぶん庭園があなたにとっては最も興味がおありですね」

「まあそうです」

「ほかにも庭園に興味を持っている人たちがここにはおりますね」

「と申しましょうか、庭に興味があると口先だけいってる人」

「ああ」ワンステッド教授がいった。「気がついておられましたね」

教授がつづける。「そもそもですね、これがわたしの役目なんです、あなたに注目して、あなたが何をするかを見張り……われわれの方でいう、いわゆるどんな形の汚い手でもありそうな場合には、あなたの身近にいること。ところが事態は今やちょっと変わってきました。わたしがあなたの敵になるかそれとも味方になるか、あなたは決心をしなければならなくなりましたよ」

「まああなたのいう通りでしょう」ミス・マープルがいった。「たいへんはっきりといわれましたがね、でも、あなたはわたしがどちらに判定を下すかあなたに関する資料を少しも提供していない。あなたはラフィールさんの友人のように思われますけれど？」

「いや」ワンステッド教授がいった。「わたしはラフィール氏の友人ではない。彼に会ったのは一度か二度。一度はある病院の委員会で、もう一度は何かの公的な行事の時。わたしは彼のことを知っている。彼もわたしのことは知っていると思う。マープルさん、わたしがじぶんの専門の世界では相当に知られた男だといったら、あなたはおそらくわたしのことをとんでもないうぬぼれ男と思われるでしょうな」

「そうは思いませんね」ミス・マープルがいった。「じぶんのことをあなたがそういわれるんだったら、おそらくあなたはほんとのことをいっているにちがいない。たぶん、あなたは医者でしょう」

「いや、あなたはかんがいい、マープルさん。そう、まさにあなたはかんがいい。医学博士の学位は持っておりますが、専攻もあるのです。病理学者で、心理学者です。わたしは身分証明など身につけて歩いてない。わたしのことばをある程度は信用してもらえると思うが、わたしあての手紙などお見せできるし、また公の文書などお見せすれば納得していただけると思う。わたしのやっている仕事は主として法医学に関する専門的な仕事です。これを平易な日常語でいうと、わたしが興味を持ってるのは犯罪者の頭脳のいろいろな変わったタイプ。これがわたしの長年の研究なんです。この主題について著書もいくつか書いていますが、あるものははげしく批判され、あるものはわたしの考えに強くひきつけられている。最近ではあまり骨の折れる仕事はせず、わたしの研究主題について気に入ったいくつかの点を強調して詳細に書きくわえるようなことをおもにやっています。時には興味をひくようなことにも出会います。もっと綿密に研究してみたいようなことでですね。いやどうもこれは少々退屈なお話になりましたかな」

「いえすこしも」ミス・マープルがいった。「今のあなたのお話から、実はラフィールさんがわたしに説明したくなかったらしいいくつかの事をあなたから説明してくださるのではないかと期待してるんです。ラフィールさんはある計画についてわたしに乗り出してもらいたいと依頼しておきながら、その仕事のもととして役立つような情報資料はまったく提供してくれなかったんですよ。いわば、わたしをまるで暗やみの中に置いてきぼりにして仕事を引き受けさせ、進行させろというようなものです。こんなふうの事態の扱い方はわたしにしてみれば、まことに彼のやり方はまずいとしか思えません」

「しかし、あなたは引き受けられたわけでしょう？」

「引き受けました。あからさまに申しましょう。わたしは金銭的に刺激を受けたのです」

「そんなに金銭のことがあなたを左右したわけですか？」

ミス・マープルはしばらく黙りこんでいたが、やがてゆっくりいった。

「あなたは信じられないかもしれませんが、それに対するわたしの答えは、〝いかにも〟です」

「別に驚きませんね。しかし、あなたは興味をそそられたわけだ。あなたがいいたかったのはそのことでしょう」

「ええ、たしかに興味をそそられました。わたしはラフィールさんをそれほどよく知ってはおりませんが、たまたまある期間……実際には数週間……西インド諸島でごいっしょしただけです。これはあなたも多少はご存じと思いますが」

「知っております、あなたとラフィール氏とが会われたところで、またあなた方二人が……いうなれば、協力しあわれたところですね」

ミス・マープルはちょっと不審そうに教授を見ていたが、「ああ、ラフィールさんがおっしゃったんですね?」としきりに首を横にふった。

「ええ、彼が話してくれました」ワンステッド教授がいった。「彼がいうには、犯罪事件に関してあなたはすばらしいかんを持っておられるのだと」

ミス・マープルは教授の方を見て眉根を上げ、

「そして、あなたは、とてもそうとは思えないと思っておられる」といった。「意外なんでしょう」

「わたしは何かあってもめったに意外などと思ったことがない」ワンステッド教授がいった。

「ラフィール氏はたいへん利口で抜け目のない人でしたし、人を見る目の確かな人でした。彼は、あなたも人を見る目の確かな人だと思っていたのです」

「とてもじぶんのことを人を見る目が確かだなどとは思いもよりません」ミス・マープルがいった。「ただわたしにいえることは、ある人についてわたしはじぶんの知っている別の人のことを思い出して、それでその二人のやり方にある相似点を予想することができるだけのことです。もしわたしがここで何をするつもりなのか何もかもじぶんで知っているとでもお考えだったら、それはあなたのまちがいです」

「故意というより偶然ですな」ワンステッド教授がいった。「こうやって特別ぐあいのよろしいこの場所で、あることを論議するために落ちつけたというのはですね。われわれは監視されてもいないようだし、簡単に盗み聞きもできないし、われわれの近くには窓やドアもないし、頭の上にも窓やバルコニーなどない。つまり、われわれは話ができるというものです」

「わたしもけっこうだと思います」ミス・マープルがいった。「今わたしが強調しておりましたことは、いったいわたしは何をしたらいいのか、何を期待されているのかまったくわからないということです。ラフィールさんはなぜこんな方法を望まれたのかわたしにはわかりませんね」

「わたしには見当がつくような気がするのです。彼はあなたに、ある一連の事実や出来事に、人からまずかたよった話を聞かされない前に、じかに接触してもらいたかったのですね」

「それじゃ、あなたも何も話してはくださらないわけですね？」ミス・マープルはいらいらしていった。「そうですか！　しかし物には限度というものがありますよ！」

「そうです」ワンステッド教授がいった。「あなたのおっしゃる通り。その限度を少しでもわれわれとしては取りのけなくてはいけませんね。わたしからあることをはっきりさせるような事実をいくつかあなたにこれからお話ししましょう。またあなたもいくつかの事実をお話し願えますね」

「どうもそれがあまりないのです」ミス・マープルがいった。「一つ二つちょっとへんな徴候はありますが、でも徴候は事実ではありませんのでね」

「ですから……」といってワンステッド教授は途中でやめた。

「どうぞ、お願いですから何かお話をしてください」ミス・マープルがいった。

12　協　議

「あまり長々とお話しするつもりはありません。こんどのことにわたしがどうして関係するようになったか、簡単に説明しましょう。わたしは内務省のためにときどき機密顧問の仕事をしております。また、ある公共機関とも関係があります。犯罪が起きた場合、ある件について有罪と認められたある一定タイプの犯罪者に対して食事宿泊を提供するある施設があります。彼らは、いうところの囚人として、時にはある一定期間、そしてまたその年齢との関連において拘置されます。もしその人物がある一定以下の年齢であった場合は、ある特別に指定された収容場所に入れられます。おわかりになりますね、もちろん」

「ええ、よくわかります」

「普通、いわゆる犯罪がどんなものでも発生しますと、すぐさまわたしは相談を受けます――こういうことを判断するためです、事件の処理法、可能性、予測有望か否かなど。

これらはあまり重要でなく、わたしは関係しません。しかし、時には今申した施設の責任ある首長から特別な理由で相談を受けることもあります。この事件の場合、内務省を通じてわたしにある役所から連絡がまいりました。わたしはこの施設の首長のところへ出かけていきました。実をいいますと、それは囚人とか患者とかまたその他勝手な名で呼ばれているものたちの責任を持っている所長です。彼はわたしの友人でもありました。ずいぶん長い間のつきあいではありますが、それほど親密な間柄にはなっていなかった。わたしがその問題の施設へ行くと、所長はじぶんの困っている問題をわたしに披露した。ある一人の特別な収容者の話でした。所長はこの収容者のことがどうも納得がいかないというのです。いろいろ疑問があるといいます。それはある若い男というか、若い男だったというか、ともかく少年より少し上といったころに、その施設へ来ていたのでした。それはもう数年前のことです。時がたち、現在の所長が赴任してから(彼はこの囚人が初めに来た時にはまだここにはいなかったのです)気になりだしたのです。彼自身がこの道の専門家だったからというのではなくて、彼が犯罪患者というか囚人についての深い経験のある男だったから気になったわけです。簡単にいいますと、この少年はごく若いころからのまったくの不良児だったのです。何とでも勝手なことばでいえる少年であったのです。非行少年、少年ギャング、悪党、責任を失ってしまった人間。いろいろないい方があります。ぴったりのことばもあれば、当たっていないことばもあり、あるものはまったくわけのわからないものです。彼は犯罪者型の少年でした。それだけは確かでした。ギャング仲間にはいっていたことがあるし、人に暴力をふるったこともあり、泥棒で、物を盗み、人の金を横領しているし、詐欺にも加わったことがあり、じぶんであるぺてんを仕組んだこともある。まったくのところ、どんな父親でもさじを投げるような息子であったのです」

「ああ、なるほどわかりました」ミス・マープルがいった。

「それで、何がおわかりになったとおっしゃるのです、マープルさん？」

「わたしがわかったような気がしておりますことは、あなたのお話しになっているのはラフィールさんの息子のことだろうということです」

「その通りですよ。わたしが話しているのはラフィール氏の息子のことです。彼について何かご存じで？」

「何にも知りません」ミス・マープルがいった。「ただ……それも昨日のことですが……ラフィールさんには不良少年、といいますかもっとやわらかくいえば、不出来な息子がいたということを聞いているだけです。犯罪歴のある息子。彼のことはほとんど何もわたしは知りません。彼はラフィールさんの一人息子なんですか？」

「ええ、ラフィール氏の一人息子です。しかし、娘は二人ありました。その一人は十四の時になくなって、長女は幸せな結婚をしておりますが、子供がないのです」

「それは気の毒なことですね、ラフィールさんにとって」

「とてもね」ワンステッド教授がいった。「ひとにはわからんですよ。彼の妻も若くしてなくなり、彼女の死がひどく悲しかったようですが、決してその悲しみを人に見せようとはしませんでしたね。彼がどれほどその息子や娘のことを心にかけていたか、わからない。何でも与えました。子供のために最善のことをしました。息子のために最善をつくしましたが、彼がどういう気持ちであったかはわかりません。そういう気持ちをなかなか見せない人でした。わたしの考えでは、彼の全生命、興味は金を作るというじぶんの仕事にあったのだと思います。あらゆる大金融家のように、金を作ることに興味があったのですね。現金をつかむことに興味があったわけではないんです。金を、いうならばよき召使のように外へ出して、さらにおもしろい思いもかけないような方法でもっと金を取得する。彼は金融を楽しんでいた。金融を愛していた。その他のことはほとんど考えなかった。

彼は息子のためにできる限りのことをしたのだと思います。学校で窮地に追いこまれていた息子を救ってやったり、裁判ざたになればいつでも優秀な弁護士を雇って釈放させていたが、ついに最後の打撃が来たのは、前にあったことがおそらく悪くひびいたのでしょう。少年は少女暴行の罪で裁判にかけられました。暴行の罪で禁固刑を受けたのですが、年少のため刑の猶予があったということです。しかし、あとで第二の、そしてほんとに重大な罪で告発されたのです」

「彼は少女を殺したのですね」ミス・マープルがいった。「そうなんでしょう？　わたしはそう聞きました」

「彼は少女をそそのかして家からつれだしているのです。それからしばらくあと、その少女の死体が発見されました。絞殺されていたのです。絞殺されたあと、少女の顔や頭は重い石か岩のようなもので損壊されておりました。おそらく彼女の身元が判明するのをさまたげるためでしょう」

「あまりきれいなやり方ではありませんね」ミス・マープルがひどく老貴婦人ぶった調子でいった。

ワンステッド教授はしばらく彼女を見つめていた。

「そんなふうにあなたはおっしゃるわけですね？」

「そういうふうに思われるからです」ミス・マープルがいった。「わたしはそういう種類のことがきらいです。絶対にきらいです。わたしがそれに対して同情や遺憾の念をおぼえたり、不幸せな幼年時代を弁護したり、環境の悪さを非難するとでもお考えでしょうか。彼のために、この年若い殺人犯のためにわたしが涙でも流すことを期待しておられるのでしょうか。とんでもありません。わたしは悪いことをする悪い人間はきらいなのです」

「それを聞いてわたしもうれしい」ワンステッド教授がいった。「わたしがじぶんの仕事の中で、人が泣いたり怒ったり、過去の出来事にすべて罪があるようにいうことで、どんなに悩まされているか、とても信じてはいただけないでしょう。もし人が不親切とか生活困難とかいった悪い環境の中にあっても、その環境から無傷でぬけだせるものだと知っていたら、人々はまず反対の見解は持つまいと思います。不良児は憐むべき存在です、そう、わたしにいわせれば、じぶんではどうすることもできない出生起源のもとに生まれたのですからね。わたしはてんかん患者に同情するのと同じ気持ちで憐みをおぼえるのです。出生起源ということをご存じなら……」

「多少は知っております」ミス・マープルがいった。「今はもう常識です、とはいっても、申すまでもなく科学的といいますか専門的な正確な知識を持っているわけではありませんが」

「所長は経験の深い人なんですが、わたしの判断を熱望している理由を明確に話してくれました。彼はじぶんの経験から、しだいにこの問題の収容者の少年が、平易なことばでいえば、殺し屋ではないと思うようになったというのです。殺し屋タイプではないと思う。これまで彼が見てきた殺し屋とはまったくちがう。彼の意見によりますと、この少年は、どんな処置をしてやっても絶対に正直にならないし、改心するようなこともないような種類の犯罪者だというのです。ある意味ではまったく手のほどこしようのない男で、同時にじぶんに対する裁判所の判決は絶対にまちがっていると思っているようなそんな少年だというのです。しかし、少年が少女の首を絞めてから、溝へその死体を転がしこんでおいて顔をめちゃくちゃにして殺したなどとは信じられない。どうしても信ずる気になれない。で、すべて証拠固めのできていることになっているその事件をもう一度調べてみたのです。この少年は問題の少女と知り合っていて、彼女とは犯行以前にいろいろな場合にいっしょにいたのを人が見かけている。おそらく彼らはすでに肉体関係があったであろうし、まだその他にも問題がある。現場近くに彼の車があったのを見た人がある。彼自身も人から見られているなどです。まったく明白な事件です。しかし、わたしの友人にはどうもぴったりとこない感じだというのです。彼は正義感のたいへん鋭い男なんです。ちがった観点からの意見がほしかった。よくわかっている警察側の意見ではなく、専門医の見解がほしかったのです。これはわたしの分野だ、と彼はいいます。完全にわたしの世界のことだと。彼はわたしにこの若い男と会ってみて話をし、専門的な評価をして意見を出してくれというのでした」

「たいへんおもしろいですね」ミス・マープルがいった。「ええ、ほんとにおもしろいといいたいです。ともかくあなたのご友人……所長さんですか、は経験の深いお方で、正義を愛するお方。あなたもその方のいうことなら、快く聞かれる。とすると、所長の話にあなたは耳を傾けられたわけですね」

「ええ」ワンステッド教授がいった。「わたしはたいへんに興味を持ちました。わたしはその患者に会いまして……彼のことをわたしはこう呼びます……いろいろちがった態度から接してみました。わたしは彼にいってやりました、法律にはいろいろな変化が起こり得るものであること。勅選弁護士を動かして、彼の利得になるような点その他を調べ出してもらうことも可能であること。わたしは友人として彼に接し、また敵としても接してみました。そうすることによって、ちがった面からの接触に彼がどう反応するかを見ることができたし、また最近よく使われている肉体上のテストもいろいろたくさん試みました。これらのことはまったく専門的なことなので詳しくはお話は申しません」

「それで、結果としてどうお考えになったわけです？」

「わたしは考えましたが」ワンステッド教授がいった。「わたしの友人はどうやらまちがっていないようだと。マイクル・ラフィールは殺人犯ではないとわたしは考えます」

「先ほどのお話にありました、その前の事件というのはどうなんです？」

「その事件が彼に不利に働いたのはいうまでもありません。陪審員たちは裁判官の要約した話があるまで事件の話を聞いていないわけですが、もちろん裁判官の頭にはそれがあるわけです。前の事件が彼にとって不利になったわけですが、わたしはあとで自身で調査をしてみました。彼は少女に暴行を加えていました。おそらく強姦したと考えられているわけですが、女の首を絞めるようなことはしていないし……わたしの見解では……わたしは巡回裁判で数多くの事件を見ておりますが……きわめて明白な強姦事件というものは非常に少ないということです。この点をおぼえておいていただきたいが、昔よりも今日は少女たちがはるかに強姦されやすくなっていることです。少女の母親たちが、すぐこれを強姦だと主張するようになっているからです。問題の少女は数人のボーイフレンドを持っていて、友だち以上の仲にまでなっていた。このことは彼に対するあまり大きな不利な証拠として問題になるとは思っていなかった。真の殺人事件……そう、まぎれもない殺人でしたが……わたしはいろいろなテスト、肉体テスト、精神テスト、心理テストなどを通じて探索をつづけたのですが、どのテストもこの特殊な犯罪とは一致しないのです」

「それで、どうなさいました？」

「わたしはラフィール氏に連絡しました。氏の子息に関するあることで、氏と会談したいと申し入れたのです。わたしは氏のところへまいりました。わたしはわたしの考え、所長の考えを氏に話しました――われわれには証拠がないこと、上訴する根拠が現在ではないこと、しかし、われわれは両名とも誤審が行なわれたことを信じていること。わたしの考えるところでは、捜査活動を持つべきであろう、それはたいへんな費用がかかることになるだろう、それによって内務省に提出できるような何らかの事実が明らかにされるだろう、それは成功するかもしれないし、しないかもしれない、こういうことをわたしは話したのです。何かがある、さがせば何らかの証拠が出てくるだろう。証拠をさがすことは高くつくことになるだろうが、彼のような立場にあるものには別に何の影響もないだろう、とわたしはいった。彼が病人で、たいへん不幸な人であることをわたしはその時知ったのです。彼自身もわたしにそう話しました。彼は若死にするものと思っていたともいいました。また二年前には、あと一年の命でそれ以上はもたないと医者からいわれていたのが、後になって、異常な肉体力のおかげでもう少し長くもつだろうといわれたというのです。わたしは彼に、じぶんの息子のことをどう思っているのか、ときいてみました」

「それで、どう思っていたわけですか？」ミス・マープルがいった。

「あなたも知りたいとおっしゃる。わたしも知りたかった。彼は、何もかもたいへん率直に話してくれましたが、ただちょっと……」

「……ちょっと非情だったとおっしゃるのでしょう？」

「そうなんですよ、マープルさん。まさにあなたのことば通り。彼は非情な人ですが、公正な人で、また正直な人です。彼がいいました。——わたしはもう長年息子がどんな人間かちゃんと心得ていた。息子の人物を変えてやろうなどとはわたしはもう考えていなかった、というのは、どんな人でも息子の人間を変えることはできないと信じていたからだ。息子はちゃんと踏むべき道を持っていた。やつは悪党です。不良です。問題ばかり起こしていた。不正直なやつです。誰も、どんなことをしても、やつにまっすぐな道を歩かせることはできない。わたしはよくよくそのことを心得ている。わたしはある意味でやつからは手をひいていた。もっとも、法律上や対外的にではなく、やつが金を要求すればいつでも与えました。息子が問題を起こせば、法律的にあるいはまた別の方法で救けてやった。わたしはいつでもわたしにできる限りのことをした。たとえば、わたしに脳性マヒの子があったとする、病弱な子があったとする、てんかんの息子があったとする、わたしはその息子のためにできるだけのことをするだろう。もし道徳上病的な、というか、そういう息子があって、なおす方法がなくても、やはりわたしはできるだけのことをしたろう。まったく同じことをしてやるだろう。さて今、息子のためにわたしは何がしてやれるだろうか？——それは彼がしてやりたいと思うことしだいだ、とわたしはいってやりました。——そんならむずかしいことはない——と彼がいうのです——わたしは身体が不自由だが、じぶんがやりたいと思うことははっきりとわかっている。わたしは息子のぬれぎぬを晴らしてやりたい。禁固から解放してやりたい。わたしは息子を自由にしてやって、息子が最高だと思う生活をつづけさせてやりたい。もし息子がこれからも不正直な生活を送りたいのなら、そうすればよい。わたしは息子のためにできる限りのあらゆることをして、彼のために準備用意を残しておいてやりたい。わたしは息子が完全に天性のそして不幸なあやまちのために苦しみ、投獄され、じぶんの生活から切り離されてしまうのをのぞまない。もし誰かほかの男、ほかのものが、あの少女を殺したのだったら、その事実を明るみへ出し、正当さを認めさせたい。わたしはマイクルのために正義を認めてもらいたい。しかし、わたしは身体が不自由だ。病気の状態が非常に悪い。わたしの命は今や年や月で計られるのではなく、週で計られる——

わたしは、弁護士をすすめてみました、知っている法律事務所があるからと……すると彼はわたしをさえぎって——あなたの弁護士など役に立つまい。雇うことはできても、ものの役に立つまい。わたしはじぶんの限られた時間の中で、じぶんでできる手配をしておきたい——と彼はわたしに真実探索に着手する巨額の費用を提供して、費用にかまわずあらゆる可能な手段を講じてくれというのでした。——わたしは、わたし自身ではほとんど無に近いことしかできない。今にも死が訪れてくるかもしれない。あなたにわたしの補佐長としての権限を与え、そしてわたしから頼んである人物にあなたを助けてもらうようにする——と彼は一つの名前をわたしに書いてくれました。ミス・ジェーン・マープル。彼がいいます——わたしは彼女の住所をあなたには教えない。わたしが選んだ周囲の状況のもとで彼女に会ってもらいたい——と、この旅行、この無害な、罪のない、美しい歴史的な邸宅、城、庭園の観光旅行のことを話してくれました。その旅行のある日取りの予約をわたしのために取っておくというのです。彼はこういいました——ミス・ジェーン・マープルもこの旅行に加わることになっている。あなたはその旅行で彼女に会うことになる。ふと出会ったことにすれば、よそから見るとまったく偶然の出会いとしか見えない——と。

わたしとしてはあなたにわたしのことを知ってもらう適当な時を選ばなくてはならないわけ、というか、その方がいいと思えばわたしのことをあなたに知られないようにもしなくてはならないわけでした。ところであなたは先ほどきかれましたね、わたしの友人の所長は、問題の殺人を犯したと思われる他の人物を知っているか、疑惑をかける理由のある人物を知っているかということでしたね。わたしの友人の所長は、全然そういったことはほのめかしもしておりませんし、またすでに彼はこの事件を担当していた警察官とともにこの事件を取り扱っているのです。この警察官はこうした事件にたいへん経験の深い腕ききの刑事でした」

「ほかに男は考えられないのですか？　少女のほかの友だちとか？　以前に友だちであった男で、それに代わるべき人物とか？」

「そのような種類の男はいないのです。わたしはあなたのことについて少々話してくれるよう彼に求めました。だが、彼はそれには同意してくれませんでした。彼の話では、あなたはお年寄りだということでした。あなたはよく人のことがわかるお方だというのです。もう一つ別のこともいいました」と話を切った。

「そのもう一つのこととは何です？」ミス・マープルがいった。「わたしには天性の好奇心があります。わたしに何かほかにいいところがあるなどとは考えられないくらいです。わたしはちょっと耳が遠いのです。目も昔のようにはよくございません。わたしはちょっとばかで単純に見えるらしいところがいいところと思っているくらいで、それ以外のいいところなど考えられませんし、もう少し若いころには〝オールド・ミス〟などといわれていたものです。わたしはまさにそのオールド・ミスです。ラフィールさんがいっておられたのもそんなところでしょう？」

「いや」ワンステッド教授がいった。「彼がいったのは、あなたが悪についてりっぱな感覚を持っておられるということでした」

「まあ」ミス・マープルがいった。ひどく驚いた。

ワンステッド教授は彼女をじっと見守っていた。

「ほんとだと思われますか？」彼がきいた。

ミス・マープルは相当長いこと黙りこんでいた。しまいにいった――

「そうかもしれません。ええ、たぶんね。これまでに、わたし、何度か感づいたことがありました――近所に、周囲のものに悪があるということ、誰か悪い人の雰囲気がわたしの近くにあって、これから起きることにつながっているのがわかったことがありました」

彼女は教授をふと見てにっこり笑った。

「そうかもしれませんね、ちょうどにおいについてとても鋭い感覚を持って生まれついた人のようにです。ほかの人にはわからない洩れたガスのにおいがわかるとか。一つの香水のにおいをほかのとまったくわけなくかぎわけるとか。わたしに叔母がおりましたが」とミス・マープルはしみじみとつづけた。「その叔母は、人がうそをつくとそのにおいでわかるといっていました。それはもうとてもはっきりしたにおいがしてくるものだというのです。人の鼻がぴくぴく動いてそのにおいがしてくるのだというのです。こんなことほんとかどうかわたしにはわかりませんでしたが、でも何度も叔母はびっくりするほど正確でした。一度、その叔母が叔父にいっていたことがありました。――ねえジャック、今朝あなたと話をしていたあの若い男、雇わないで。あの男、ずっとあなたと話してる間じゅううそをついてたわ――と。あとで、それがほんとということがわかったんです」

「悪を感ずる感覚ですね」ワンステッド教授がいった。「あなたが悪を感じたら、わたしにお知らせ願いたい。そうしてくだされればありがたい。わたし自身はどうも悪に対する特別な感覚はないらしい。不健康なんですな、ええ、でもここは」と額をたたいて、

「悪くなってはおりませんよ」

「では、こんどはわたしから、どうしてこのことに頭をつっこむようになったかを簡単にお話しした方がよさそうですね」ミス・マープルがいった。「ご存じのようにラフィール氏はなくなられました。氏の弁護士からわたしに来てほしいということで行ってみますと、氏の提案を示されました。わたしは氏からの手紙を一通受け取りましたが、そ

れには何の説明もありませんでした。そのあとしばらくは何の知らせもありません。すると、この観光旅行をやっている会社から手紙が来まして、ラフィール氏がなくなられる以前に、わたしがたいへん旅行好きなことをご存じで、プレゼントとしてこの旅行をわたしのために予約しておいてくださったというのです。わたしはたいへんびっくりしましたが、しかしこれはわたしが手をつけなければならない第一歩の指示だと受け取りました。わたしはこの旅行に出かけなくてはならない。そしてたぶんこの旅行の途中で、何かまた別の指示かヒントか指図があるのだろうと思いました。どうもその指示があったように思われるのです。昨日、いえその前の日です、わたしがここへまいりました時に、この土地の古い領主邸に住んでいる三人の婦人に迎えられまして、たいへん親切に招待されたんです。その話によりますと、ラフィールさんがなくなられる前、手紙をよこして、非常に昔からの友人がこの旅行でやって来ることになっているので、ひとつ親切に二晩か三晩泊めてやっていただきたい、というのは昨日の主な旅程になっていた記念塔のある岬へ登ったりするのはこの婦人には無理だと思うから、というのだったそうです」

「それであなたはそうすることが指示の一つだと思われたわけですね？」

「もちろんです」ミス・マープルがいった。「そう考える以外に理由がありませんもの。

ラフィール氏はなんでもないのに人にただ恩恵を与えるような人ではありませんし、丘を登るのが苦手の老女にただ同情してのことでもないはずです。そう。ラフィール氏はわたしにあの家へ行ってほしかった、、、、のです」

「それで、その家へ行かれたんですね？　それで、どうしました？」

「何事もありません」ミス・マープルがいった。「三人の姉妹だけでした」

「三人のへんな姉妹ですか？」

「そうなるべき人たちだったかもしれません」ミス・マープルがいった。「でもわたしにはそうは思えませんでした。とにかくそうは見えませんでした。よくはわかりません。そうだったのかもしれません……かもですよ。この人たちはまったく当たり前の人たちでした。この人たちはもとからこの家にいたのではないのです。この人たちの叔父の家だったこの家に数年くらい前から来て住んでいるわけです。少々貧しい情況ですが、やさしい人たちで、といっても特におもしろい人たちではありません。三人それぞれ少しずつちがったタイプの人柄です。ラフィール氏とはそれほど親しい間柄ではなさそうでした。この人たちとわたしの会話からは別に何かが出てきたようには思えません」

「つまり、あなたの滞在中には何も得るところがなかったわけですね？」

「今あなたからお話のありました事件のことは知りました。三人の婦人からではありません。年をとった召使の人がそこの叔父時代の古い思い出話を始めましてね。この婦人はラフィール氏のことは名前だけしか知ってはおりませんでしたが、殺人のこととなるとたいへんおしゃべりになって、そもそもの話の始まりというのがラフィール氏の息子の不良少年がここへやって来たこと、そしてあの少女が彼と恋に落ちたこと、彼が少女を絞殺したこと、なんと悲劇的なひどいことかというわけです。〝まるでたくさん鈴をつけたみたい〟でした」とミス・マープルは彼女の若いころによく使ったことばを使った。「たいへん大げさな話しぶりでしたが、とにかくいやな話で、その婦人がいうには、警察では彼が手をくだした人殺しはそれだけではないと思っている様子だというのです」

「そこの三人のへんな姉妹たちと何か関連がありそうには思えませんでしたかね？」

「いいえ。ただ、この三人がその少女の保護者だったということが、関連があるといえばいえましょう……そして、その少女をたいへんにかわいがっていたということです。それはもうたいへんなかわいがりようであったようです」

「その三人は、何か……何か、別のことなど知っているかもしれませんね？」

「ええ……そのことですね、わたしたちが知りたいのは。別の男……残忍性のある男、女を殺したあとでその頭を平気でたたきつぶせるような男ですね。嫉妬に狂ってしまうような男。こういう男がいるものです」

「何かほかにその〈旧領主邸〉でおかしなことはありませんでしたか？」

「これといったほどのことはありませんでした。ただ、たしか三人の中の一番若い妹と思いましたが、実際にはそうではない、といいますのは、草木の名前などあまり知らないのです。一つ二つわたしはわなをかけてみました――特別珍しい灌木を挙げて、ご存じでしょうか、ときいてみました。すると、彼女は、ええというのです、あれはすばらしい草花ですねって。わたしが、これはあまり戸外に植えてはおけないですね、というと彼女はそうですすと同意しました。何にも草木のことなど知らないんですね。それで思い出したんですけど……」

「何を思い出されました？」

「いえ、あなたはわたしが庭のことや草木についてはまるでばかだと思っておられることでしょうが、誰でも少しぐらい庭や草花のことは知っているものですよ。わたしだって、小鳥のことや、庭のことなど少しは知っております」

「ですが、どうやらあなたの気になっているものというのは、その小鳥や庭のことじゃないようですね」

「そうなんですよ。この観光旅行に中年婦人が二人いるのに気づいておられましょうか？　ミス・バローとミス・クック」

「ええ、気がついておりました。いっしょに旅行している二人連れの独身婦人でしょう」

「それです。わたし、あのミス・クックのことですが、どうもおかしなことがあるんです。これが彼女の名前なんでしょうか？　この旅行だけの名前だと思うんです」

「まさか……別の名前でもあるというんですか？」

「あると思うんです。彼女は、わたしの家を訪ねてきた人と同じ人物なんです……正確にはわたしの家を訪ねてきたとはいえませんが、わたしの住んでおります村セント・メアリ・ミードの庭の垣の外へ来たことがあります。わたしの庭を見て彼女はほめてくれて、いろいろ園芸のことでわたしと話を交わしました。彼女は同じ村に住んでいて、村にできた新しい家へ越してきた何とかいう人の庭仕事をやっているのだといっていました。わたし、思うんですけど」ミス・マープルがいった。「ええ、わたし思うんですけど、これはみんなうそなんですよ。ここでもまた園芸のことは何にも知らない人がいたわけです。彼女は知っているようなふりはしておりましたが、ほんとではありませんでしたね」

「彼女が村へやってきたのはどういうわけだとお考えです？」

「その時には別になんとも考えておりませんでした。彼女はじぶんの名前をバートレットといってました……それから、いっしょに住んでいる女の人の名前は、どうも今思い出せませんが、なんでも〝H〟で始まる名でした。彼女は髪型がちがっているばかりでなしに、その髪の色までちがっていますし、着ているものもまるでちがったスタイルです。はじめこの旅行では彼女とはわかりませんでした。どうしてあの顔にどことなく見おぼえがあるのだろうとふしぎな気持ちでした。すると、はっと気がつきましたよ。髪を染めたせいなんだと。わたしは彼女に以前どこで会ったのかを、いってやりました。彼女も村へ行ったことは認めましたが……わたしのことはわからないふりをしているのです。うそばかりです」

「で、こういうことについてあなたはどんな見解をなさいます？」

「そうですね、一つだけ確かなことがあります……ミス・クックは、……今の名でいいますが……セント・メアリ・ミードへわたしを見にきたのですね……こんどまたわたしに会った時にわたしのことが確認できるように……」

「それで、なぜそんなことが必要だったんでしょうね？」

「わかりませんね。二つの可能性があります。そのうちの一つは、わたしあまり気に入らないことですね」

「わたしもやはりあまり気に入るとはいえませんね」ワンステッド教授がいった。

二人は一、二分間黙りこんでいたが、やがて、ワンステッド教授がいった――

「エリザベス・テンプルの身の上に起きたこともわたしは気に入りませんね。この旅行中に彼女と話をされたことがありますか？」

「ええ、あります。彼女がよくなったらもう一度話してみたいと思ってます……あの殺された少女についてのことを、彼女ならわたしに……わたしたちに……話せると思うんです。彼女はこの少女のことをわたしに話してくれました……彼女の学校にいたのだそうです……ラフィールさんの息子と結婚することになっていたのに……結婚しなかった。それどころか、死んでしまった。わたしは、どうしてどんなふうに死んだのかきいてみました……すると彼女は〝愛〟ということばで返事をしました。わたしはそれを自殺という意味にとったんです……が、それは殺害されたのでした。嫉妬の上の殺人というのが当てはまりそうですね。別の男。その別のもう一人の男をわたしたちは見つけなくてはならないわけですね。ミス・テンプルはそれが何者かわたしたちにいうことができるかもしれません」

「ほかにはもう不吉な可能性はありませんか？」

「わたしは思うんですけど、わたしたちに必要なのはふとした何げない情報です。わたしにはバスの乗客たちの誰にも不吉な様子があるなどと思う理由は見つかりません……また同じく、あの〈旧領主邸〉に住んでいる人たちについても不吉な様子など見つけられません。ですけど、あの三人姉妹のうちの誰かが、例の少女かマイクルがかつていったことばを知っているかおぼえているかもしれません。クロチルドはよくあの少女を海外へつれていっていたといいますからね。いつかの海外旅行で何かがあったようなことを彼女が知っているかもしれません。あの少女がある旅行の時にいったこと、ちょっと言及したこと、それとも何かしたことなんかですね。あの少女が会ったどこかの男。この〈旧領主邸〉などとはまったく何の関係もないようなことや何か。これはなかなかむずかしいことだといいますのは、ただ話から、ふとした話からしか手がかりが得られないからです。二番目の妹のグリン夫人は、早く結婚してインドやアフリカで暮らしていたようです。夫人は彼女の主人から、あるいはまた主人の親類を通じて、またこの〈旧領主邸〉とは関係ない人たちから何かを聞いているかもしれません。もっとも彼女はときどき〈旧領主邸〉を訪ねてきてもおりますが。彼女は殺された少女をおそらく知っていたでしょうけれど、ほかの二人の姉妹ほどよくは知っていなかったでしょう。でも、だからといって少女についての何か重要な事実を知っていなかったとはいえますまい。三番目の妹はもっと限られていて、少女のことはよく知らなかったのではないでしょうか。でもやはり、彼女も少女に恋人がありそうだとか……ボーイフレンドがいるらしいとか、見知らぬ男と少女が歩いていたとかいったことを知っているかもしれません。それはそうと、ほらその彼女が今ホテルの前を通ってますよ」

ミス・マープルはどんなにじぶんが密談に夢中になっていても、身についた習慣をやめはしない。公道は常に彼女の観察地点の一つなのである。ぶらついている人、急いでいる人、通行人のすべてを無意識のうちに注意していた。

「あの大きな小包をかかえた……あれがアンシア・ブラッドベリースコットです。どうやら郵便局へ行くところらしいですね。ほら、今角のところをまがるところ」

「ちょっと頭が弱い人のようにわたしには見えますね」とワンステッド教授がいった。

「髪を……それも白髪まじりの髪を長々となびかせて、まるで五十歳になったオフィリアみたいですな」

「わたしもオフィリアを連想しました、彼女に最初に会った時に。さて、次にはどうしたらいいものでしょうね。ここの〈ゴールデン・ボア〉ホテルに一両日泊まっているか、それともバス旅行についていくか。まるで、山積みの干し草の中で一本の針を探すみたいで見当もつきません。長いこと手を突っこんでいれば何かつかめましょう……そうやってるうちに刺されるにしてもですね」

13 黒と赤のチェック

I

サンボーン夫人は観光団一行がちょうど昼食の席についたところへ帰ってきた。彼女のもたらしたニュースはよいものでなかった。ミス・テンプルは未だに意識不明。数日は絶対安静が必要。

報告をすませると、サンボーン夫人は話を実際問題に持っていった。ロンドンへ帰りたい人のためには適当な列車の時刻表を示し、翌日というか次の日から旅行を続行する人には都合のよい計画を提供した。今日の午後のためには、近郊へのちょっとした遠出のリストを用意していた……いくつかの小さなグループに分かれて、ハイヤーで行くように。

ワンステッド教授は食堂から出ると、ミス・マープルをわきへつれていって、

「午後はあなた休まれたいのでしょう。もしそうでなかったら、一時間ほどのうちにわたしからここへおさそいにまいります。あなたもきっとごらんになりたいと思われるような、おもしろい教会がありますので……」

「それはたいへんけっこうで」ミス・マープルがいった。

II

ミス・マープルは迎えにまわされてきた車の中でおとなしくすわっていた。ワンステッド教授がいっていた通りの時間にさそいにきたのであった。

「きっとこの教会はあなたのお気に入ると思いますよ。それに、村もたいへん美しいところなんです」教授が説明した。「できる時に田舎の景色を楽しまない法はありませんからね」

「ほんとにご親切に、どうも」ミス・マープルがいった。

ちょっとそわそわした様子で教授を見ていた。

「ほんとにご親切に」彼女がいった。「でも、なんですか……ちょっとどうも冷淡なように見えはしないかと思いましてね、何のことかおわかりとは思いますが」

「しかしミス・テンプルはあなたの古くからのお友だちといったわけじゃないでしょう。もっとも、この事故は遺憾なことではありますが」

「ええ」とミス・マープルがもう一度いった。「ほんとにご親切ありがとうございます」

ワンステッド教授が車のドアを開けてくれて、ミス・マープルが乗りこんだのだった。車は借りてきたものらしいと彼女は思った。年寄りの婦人を近郊の見物につれていくなどは、やさしい心がけである。もっと若くて、もっとおもしろくて、もっときれいな人をつれていけばいいところなのに。ミス・マープルは車が村の中を通っていく時、一、二度じっと彼の方を見てみた。教授は彼女の方を見なかった。じぶんの側の窓から外を眺めていた。

車が村を抜けて、山腹をうねうねとまわっている二流級の田舎道を走るころになって、教授は彼女の方へ向いて、いった。

「残念ですが、わたしたちは教会へ向かっているのではありません」

「はい、たぶんそんなことだろうと思っておりました」ミス・マープルがいった。

「ええ、あなたもお気づきと思っておりました」

「それで、どこへまいるのでしょうか、わたしたち？」

「病院へまいります、キャリスタウンの」

「ああ、テンプルさんが入院しているところですね」

わざわざ、きくまでもないことだった。

「そうなんです」教授がいった。「彼女に会ったサンボーン夫人が病院当局からの手紙をわたしのところへ持ってきたのです。つい先ほど病院の当局者と電話で話をしたばかりです」

「テンプルさんの容態はよくなってるのでしょうか？」

「いいえ、あまりいい方には向かっていないのです」

「なるほど。いえその……そうでなければよろしいのですが」ミス・マープルがいった。

「回復は非常に疑問ですが、施す方法がないのですね。再び意識を取りもどすことはないかもしれません。一方、ときどきちょっと正気にもどることがあるかもしれないのです」

「それで、このわたしをその病院へつれておいでになる？　どういうことでしょう？

ご存じのようにわたしはあの人の友人でも何でもありません。ただこの旅行で初めて会ったただけなんですからね」

「ええ、それはよくわかっております。あなたをおつれするわけは、彼女が一度ちょっと正気にもどった時に、あなたに来てもらいたいと頼んだからなんです」

「わかりました」ミス・マープルがいった。「でもなぜこのわたしに彼女が来てくれなどと頼んだのかわかりません、なぜわたしのことを……わたしが彼女の何か役に立つか、何かしてあげられると思ったのかわかりませんね。彼女は英明な婦人です。えらい婦人です。ファローフィールド校の校長として教育界でも顕著な地位を獲得していました」

「最高の女学校らしいですね？」

「ええ。彼女はりっぱな人物です。また常識豊かな婦人です。専門は数学ですが、〝何でも〟できる人です……教育者というべきでしょう。教育に興味を持ち、少女たちに何が適合しているか、どう励ませばいいか知っていました。その他いろいろたくさんです。もし彼女が死ぬようなことになれば、ほんとに悲しい痛ましいことです」ミス・マープルがいった。「ほんとに惜しい命です。もうすでに彼女は校長の職から退いてはいるんですけれど、まだずいぶんと活躍していました。こんどの事故は……」と話を切って、「事故のことはお話しなさりたくないのでしょう？」

「いや話し合った方がよさそうに思えますね。大きな丸石が丘の斜面を転落してきたのですね。これは前から予測されていたことですが、ただたいへん長い間隔をおいてたまに起きることだったんです。ところが、ある人がわたしのところへ来まして、そのことについて話をしてくれたのです」ワンステッド教授がいった。

「あなたのところへ事故のことで話をしにきたんですね？　誰です、それは？」

「若い二人の人たちでした。ジョアナ・クロフォードとエムリン・プライス」

「どんな話をしました？」

「ジョアナの話では、丘の斜面に誰かがいたような気がするというのです。相当高いところに。彼女とエムリンは下の本道の小道から登ってきて、丘のまわりをまわっている荒れた道を歩いていたのですね。ひとつ角をまがったところで、彼女は丘の輪郭の線上にシルエットになって見える男か女か、大きな丸石を前方へ押しころがそうとしているのをはっきり見たというのです。丸石は動き出して……やがてころがり始め、最初はのろく、やがてスピードを増して斜面を転落していったといいます。ミス・テンプルは下の本道を歩いていて、ちょうど丸石の落下点に来会わせて、丸石に当たったというわけです。こんなことは故意にやったのでなければもちろん成功するわけがない。彼女に当たるわけがない……が、それがうまく当たっている。下を歩いている婦人に故意の攻撃を加えるつもりであったら、これは見事に成功しているわけです」

「二人が見たというのは、男だったのでしょうか、女だったのでしょうか？」ミス・マープルがきいた。

「残念ながら、それがジョアナ・クロフォードには何ともいえないというのです。とにかくどちらにせよ、そのものはジーンズかそれともズボンをはいていて、赤と黒のはでなチェックのポロネックのプルオーバーを着ていたといいます。その人影はたちまち向こうへ姿を消した。彼女の考えでは、どうもそれは男だったように思うが、確かではないというのです」

「それで、彼女といいますかあなたも、これはミス・テンプルの命をねらった故意の企てとお考えなんでしょうか？」

「いろいろ考えれば考えるほど彼女はまさにそれにちがいないと思うというのです。青年も同感だといいます」

「それが誰なのか、あなたに見当がございましょうか？」

「全然見当などつきません。若者二人も全然わからないといいます。わたしたち旅行仲間の一人で、あの午後散歩に出かけた人かもしれません。それとも全然未知の人間で、バスがここでとまることを知っていて、乗客の一人を襲う場所としてここを選んだのかもしれない。あるいは、暴力のための暴力を好む若者なのかもしれない。それとも恨みを持っている敵かもしれません」

「メロドラマみたいですね、〝かくれた敵〟などといえば」ミス・マープルがいった。

「ええ、そうですね。いったい、引退して尊敬を受けている女校長先生を殺害しようと思うようなものは、どういう人物でしょう？　この疑問に対する答えが、われわれとしてはほしい。ひょっとすると、ほんとにひょっとするとですが、ミス・テンプル自身がそれに答えることができるかもしれません。上の方にいた人物を彼女が認めているかもしれませんし、あるいはまた、彼女に対して何か特別のわけがあって敵意を抱いているものがあることを彼女が気づいているかもしれません」

「それはどうもありそうに思えませんね」

「わたしも同感です」ワンステッド教授がいった。「どう見ても彼女は襲撃を受けるような犠牲者としてふさわしくありませんよ。しかし、よく考えなおしてみると、女校長先生であれば非常にたくさんの人を知っているはずです。非常にたくさんの人、といっていいでしょう、それが彼女の手を通っている」

「あなたがおっしゃるのは、たくさんの若い娘たちが彼女の手を通っているということでしょう」

「ええ、そう、そういうことです。少女たちとその家族です。女校長先生ともなれば、いろんなことを知っていたにちがいありません。たとえば、両親の知らないロマンスにうつつをぬかしていた少女たちのこととかです。よくあることです。まったくよくあることですからね。特にこの十年から二十年の間に多くなりました。少女たちの成熟が早くなったといわれておりますからね。これは肉体的にはそうでしょうが、このことばのほんとの意味からすれば、成熟はまだあとのことです。彼女らは子供っぽさが長くつづいてます。彼女らが好んで着る服の子供っぽさ、長々となびかせている髪の子供っぽさ。彼女らのミニスカートにしてからが子供っぽさの礼賛を表わしておりますよ。お人形さんの着るような寝間着、下着やシャツやショーツ……みな子供のファッションです。彼らはおとなになりたくないのです。わたしたちの考える責任というものを持ちたくないのですね。そのくせ、すべての子供たちのように、おとなとして考えてもらい、おとなのすることなら何でも勝手にやりたいというわけです。そしてそれが時として悲劇へとつながり、時としては悲劇の結末となるのですね」

「何かあなたは特定の事件のことをお考えになっているのでしょうか？」

「いやいや、そんなわけじゃありません。ただ考えているだけで……さてと、何かありそうな話などはわたしの頭から取り去るとしましょう。わたしとしてはエリザベス・テンプルに個人的な敵があったとは信じられません。彼女を殺害する機会をねらっているような、そんな残酷な敵ですね。いかがでしょう……」とミス・マープルの方を見て、「ひとつ提言をしていただけませんでしょうか？」

「その可能性についてですか？　そうですね、あなたが示唆しておられることがわたしにもわかる気がします。あなたが示唆しておられることは、ミス・テンプルが何かを知っていた、何か人に知られては困ること、ひょっとするとその人物にとって危険にさえなるある事実を知っていたか、そういうことがあったことを知っていたのかもしれない、こういうことでしょう」

「そう、まったくその通り、わたしが思っていることも」

「そうしますと」ミス・マープルがいった。「こういうことになるのじゃないでしょうか、わたしたちのバス旅行の中にミス・テンプルの顔を知っているものか、それとも彼女のことを知っているものがいる。しかし、その人物は年月を経たあとなので、ミス・テンプルからはそれとはわからない。とすると、またしてもわたしたちと同行の乗客たちに話がもどりますね？」彼女は話を切った。「あなたのおっしゃったあのプルオーバーのこと……赤と黒のチェック、とおっしゃいましたね？」

「あ、ええ？　プルオーバー……」と教授は不審そうに彼女を見て、「何かそれについて思いつかれたことでも？」

「たいへん目立ちますからね」ミス・マープルがいった。「わたしが推論をしたくなりましたのもそのせいなんです。たいへん口にしやすい。あのジョアナという娘さんが特にそれに言及したのも同様だと思います」

「ええ。で、そのことからどんなことを思いつかれたわけでしょう？」

「旗をひらひらなびかせていること」ミス・マープルが考えこむようにいった。「何か目につくこと、頭に残ること、見られ、認められること」

「なるほど」ワンステッド教授ははげますような目つきで彼女を見ていた。

「すぐ近くでなしに、遠くから見かけた人のことをいう場合、まずいうのはその人の衣服のことでしょう。その人の顔つきでもなし、歩き方でもなし、手や足のことでもありません。赤い大きなベレー帽とか、紫色のオーバーとか、異様な革ジャケットとか、はでな赤と黒のチェックのプルオーバーとか。すぐわかるもの、たいへん目につくものですね。その目的とするところは、その人物がその衣服をぬいで小包にして、どこか百マイルも離れたようなところへ郵送してしまうとか、町のゴミ箱の中へ放りこむとか、焼いてしまうとか、引きさいたり、めちゃめちゃにしてしまうかして、その女か男は、地味などちらかといえばくたびれたような服装をしていれば、とうていその人物と思われることも見られることもないでしょう。あの赤と黒のチェックのジャージーも、そういう意図のものにちがいありません。再びどこかで見られることを意図したものだが、実はもう二度とその人物がそのものを着ることはないわけです」

「たいへんりっぱなお考えです」ワンステッド教授がいった。「前にも申しました通り」とつづける。「ファローフィールドというところはここからあまり遠くないところです。十六マイルくらいかと思います。ですから、ここらはエリザベス・テンプルの世界の一部で、ここに住んでいる人たちからもよく知られ、また彼女の方でもよく知っている人がいたかもしれませんね」

「そうですね。それでさらに可能性がひろがります」ミス・マープルがいった。「わたしもあなたと同じ考えです」そしてすぐ、「攻撃を加えた人物は、女よりも男だったように思われますね。あの丸石、故意に落とされたにしてもたいへん正確なコースを落ちたものです。正確ということは男性の資質であって、女性のものではありませんからね。一方、わたしたちのバスの乗客の誰か、あるいはひょっとするとこの近所の人で、かつて彼女の生徒であったものが、通りでミス・テンプルを見かけたものがあるとも容易に考えられますね。年月が経ったあとのことですから彼女の方からはその人物がわからないわけです。ですが、その少女というか女性は彼女とわかった、というのは、五十歳の時の校長先生にしろ六十歳になってもそう似ても似つかないほどにはならないものです。彼女はすぐそれとわかります。彼女が元校長先生であることがわかり、またその校長がじぶんのことに関して痛手となるような何事かを知っていることがわかっているある女性。じぶんになんらかの危険が及びそうだと思っている何ものかですね」とため息をついて、「わたしはこのあたりのことはまったく何も存じておりません。あなたは何かご存じでしょうか？」

「いや」ワンステッド教授がいった。「この地方のことについて個人的な知識があるとは申せません。わたしはこの土地で起きたいろいろなことについて、いくらかは知ってますが、それはまったくあなたがわたしに話してくださったことによるものです。もしあなたとお知り合いになっていなければ、そしてあなたが話してくださったことがなければ、今よりはるかにわたしは五里霧中の状態であったろうと思うんです。

いったい、あなたご自身ここで実際に何をしておられるのか？　あなたはご存じない。なのに、あなたはここへ送りこまれている。それはラフィール氏によって慎重に手配されたことで、あなたがここへやって来るように、この観光旅行バスへあなたが乗るように、そしてあなたとわたしが出会うようにです。わたしたちがこれまでに通ってきたところ、泊まったところいろいろあるわけなのに、ここに特別の手配がしてあって、あなたが二晩ほど泊まるようなことにしてあった。あなたはラフィール氏の昔の友だちのところに泊まった――その人たちは彼の依頼を拒否できない人だった。そこにわけがあるのじゃないでしょうか？」

「そうすればわたしが知っておかなくてはならないある事実を知ることができるというわけですね」ミス・マープルがいった。

「連続殺人事件が数年前に起きたことがありましたね？」ワンステッド教授がどっちつかずの表情で、「別にこれは異常なことじゃありません。イングランドでもウェールズでもどこでも同じことがいえます。こういうことは連続して起きるものです。まず一人の少女が暴行されて殺されているのが発見される。するともう一人の少女があまり遠くないところでまた発見される。そしてまた同じようなことが二十マイルほど離れたところでもある。同じ殺され方をしている。

二人の少女がジョスリン・セント・メアリ村から行方不明になっていることがわかっていて、その一人は今わたしたちが話をしているもので、何マイルも離れたところで六カ月後にその死体が発見されているもので、その最後の姿を見かけたのはマイクル・ラフィールといっしょにいるところであった……」

「そして、もう一人の方は？」

「それは、ノラ・ブロードという少女で、〝ボーイフレンドなどもいないおとなしい娘〞ではなかった。おそらくたくさんのボーイフレンドがいたらしい。その死体は見つかっていません。いずれは発見されるでしょうが。二十年もたってから見つかった場合もありますからね」ワンステッド教授はいって、車の速度を落とした。「さあ着きましたよ。ここがキャリスタウンで、これが病院です」

ミス・マープルはワンステッド教授に導かれて中へはいっていった。教授は明らかに待ち受けられていた。小さな部屋へ案内されてはいると、デスクから一人の婦人が立ちあがった。

「ああどうぞワンステッド先生」と婦人はいって、「それから……あの、こちらは……」ちょっといいにくそうにいった。

「ミス・ジェーン・マープルです」ワンステッド教授がいった。「バーカー看護婦長に電話で話しておいたんですが」

「ああ、はい。バーカー婦長があなたのおともをすると申しておりました」

「ミス・テンプルのぐあいはどうですか？」

「変わりがないようです。ご報告できるような容態の好転がありませんで、残念です」と立ちあがった。「バーカー婦長のところへご案内いたしましょう」

バーカー婦長は背の高い、やせた人であった。低いがしっかりした声の持ち主で、その深い灰色の目で人をじっと見て、すぐさまわきを見る癖があり、見られた方では非常に短い時間に検閲をされて人物の判定をされたような気持ちがするものである。

「そちらでどういう手配をされているのかわたしにはわからんのですが」ワンステッド教授がいった。

「マープルさんにわたしどものしました手配のことをお話しした方がよろしいと思います。まず最初に、はっきり申しあげておかなければならないことは、患者は……ミス・テンプルはほんの時たまの合間はありますが、未だに昏睡状態にあるということです。ときどき昏睡からさめる様子で、じぶんのまわりのことがわかり、ほんの数語口もきけます。しかし、こちらから刺激して覚醒させる方法はないのです。ただきわめて辛抱強く待つよりしかたがありません。すでにワンステッド先生からお聞き及びのことと思いますが、彼女は意識がもどったある時に、大へんはっきりとこういう発言をしました——ミス・ジェーン・マープル——それから——わたし、あのお方にお話ししたい。ミス・ジェーン・マープルに——そのあと彼女はまた意識のない状態に陥りました。医師はバスのほかの乗客たちに知らせた方がよかろうといいます。ワンステッド先生がこちらへみえまして、いろいろなことをご説明くださいまして、あなたをこちらへおつれしようと申されたわけでした。残念ですけれど、わたしどもに申せますことはミス・テンプルのおります個室ですわっていていただく以外にありません。そして、また彼女が意識をとりもどして何かいった場合、そのノートを取る用意をしていただくことですね。残念ながら病状経過の予測はあまりよろしくありません。率直に申しあげた方がよいと思いますが、あなたが近親のお方でなく、このお話を申しあげても取り乱したりはなさらないと思いますので医師の考えをお伝えしますと、彼女は急速に弱ってきており、意識を回復しないままで死亡するかもしれないというのです。脳震盪を救済する方法はないのです。大事なことは誰かが彼女のいうことを聞いてやること、そして医師の助言ですが、彼女がもし意識を回復した場合、まわりにあまり人が大勢いない方がよいとのことです。ひとりでおられることをミス・マープルが気にさえなさらなければよろしいんですが、と申しましても看護婦だけは一人同じ部屋にいることになっておりますけれど、それははっきりいることがわからないようにしてあります。と申しますのは、看護婦はベッドの方からは目につかないところにいて、申しつけがなければ動かないことになっております。看護婦は部屋の隅のついたての陰にいることにしてあります」そして婦長はつけくわえた。「そこにはまた警察の人もおりまして、何でも書きとめる用意をしているこ とになっております。医師の考えを申しますと、医師もまたミス・テンプルの目につかない方がよかろうというのです。一人だけ、それも彼女が会いたいと願っている人だけにして、彼女に警戒心を起こさせたり、あなたにいおうと思っていたことを忘れさせたりしないようにすべきだというのです。これもあなたにお願いするのにはあんまりむずかしすぎましょうかしら？」

「あ、いいえ」ミス・マープルがいった。「ちゃんと心構えができておりますよ。小さなノートと目立たないボールペンを持っておりますからね。少しの間ならわたしはしっかりものをおぼえていることもできますのでね、彼女のいうことをあからさまにノートに取る必要もありますまい。どうかわたしの記憶力を信頼していただきたいし、それにわたしは耳が遠いというわけでもありません……決して耳が遠くはありません。昔ほどには耳がよくないかもしれませんがね、ベッドのわきにすわっておれば、たとえささやくような声であっても、充分に何でも聞きとれます。病人には慣れておりますしね。若いころにはずいぶん病人の世話もしましたからね」

もう一度バーカー看護婦長の電光のような視線がミス・マープルをなめまわした。こんどはかすかに首をうなずかせたことで、満足を表わした。

「それはありがたいことです」と婦長がいった。「お手伝いいただければ、あなたにお任せいたします。ワンステッド先生には待合室の方でお待ちいただければ、必要の場合すぐにもお呼びすることができますので。では、マープルさん、わたしについてどうぞこちらへ」

ミス・マープルは婦長のあとについて廊下を通り、設備のよい小さな個室へとはいっていった。窓のブラインドが半分閉められて薄暗くしたその部屋のベッドに、エリザベス・テンプルが寝かされていた。彫像のように横たわっているのだが、眠っている人の印象ではない。はっきりしない呼吸が、かすかなあえぎの中から出ていた。バーカー婦長が患者を調べるために前かがみになって、ミス・マープルにベッドわきのいすへ来るよう身ぶりで示した。それから部屋を横ぎって再びドアの方へ行った。ついたての陰からノートを手にした若い男が出てきた。

「医師からの指示です、レキットさん」バーカー婦長がいった。

看護婦も一人姿を見せた。部屋の反対側の隅に腰かけていたのだった。

「エドモンドさん、用があったらわたしを呼んでください」バーカー婦長がいった。

「それから、マープルさんがご入用のものは何でもご用立てして」

ミス・マープルはコートをゆるめた。部屋は暖かかった。看護婦が近づいてそのコートをとってくれた。それから看護婦はもとの場所へもどり、ミス・マープルも腰をおろした。エリザベス・テンプルを見ながら、彼女は前にバスの中で見た時も同じだったが、何というりっぱな形の頭だろう、と考えていた。白髪まじりの髪をうしろへとなでつけ、それがちょうど前びさしつきの帽子のように、顔にぴったり合っていた。美しい女性、そしてりっぱな個性の女性。そう、ほんとに惜しい、とミス・マープルは思う、もしもこのエリザベス・テンプルを世間からなくすようなことにでもなれば、惜しんでも惜しみきれない。

ミス・マープルは背に当たっているクッションを楽なようになおし、ほんのちょっぴりいすを動かして、静かにすわって待った。待ってむだになるものなのか、それとも何かになるのか、見当もつかなかった。時が過ぎる。十分、二十分、三十分、三十五分。すると突然、まったく文字通り、ふいに声がした。低いけれどはっきり、ちょっとかすれた声だった。かつてあったひびきはなくなっていたが。「ミス・マープル」

エリザベス・テンプルの目がこんどは開いた。ミス・マープルをその目が見つめている。英明な、まことにものわかる感じの目であった。じぶんのベッドわきに腰かけている婦人の顔をさぐるように見ていた。まったく何の感情も驚きもなしに見ていた。ただ、いうなら、じっと見つめていた。完全に意識して見つめていた。そして再び声が出た。

「ミス・マープル。あなたジェーン・マープルさんですね？」

「その通りですよ、はい」ミス・マープルがいった。「ジェーン・マープルです」

「ヘンリーが、いつもあなたのことをお話ししておりました。あなたのことをいろいろ話してました」

声がとぎれた。ミス・マープルは弱い問いかけの調子を声に含ませて、

「ヘンリー？」

「ヘンリー・クリザリング、わたしの古くからのお友だちです……ほんとに古いお友だちです」

「わたしの旧友でもあります」ミス・マープルがいった。「ヘンリー・クリザリングは」

ヘンリー・クリザリング卿と知り合ってからの多年のことを彼女は思い出した——彼がいったいろいろなこと、ときどき彼女の援助を頼んだ彼、そして彼女も彼に援助を頼んだこと。たいへんな旧友であった。

「わたし、あなたのお名前を思い出しました。乗客名簿にのっておりました。あなたにちがいないと思いました。あなたなら助けてくださることができる。そういうふうに、彼、ヘンリーは……ここに彼がいたら、いったことでしょう。あなたなら助けていただけるでしょう。見つけてください。大事なことなんです。とても大事なことです……で

も、もうずいぶん前のことなんです……ずいぶん……前の、ことなんですけれど……」

ちょっと口がもつれて、目をなかば閉じた。看護婦が立ちあがって部屋を横ぎってきて、小さなコップを取り上げると、エリザベス・テンプルの唇へつけた。ミス・テンプルはひと口飲むと、もういいといったふうにうなずいてみせた。看護婦はコップをおくとじぶんのいすへもどった。

「わたしにお手伝いすることができれば、いたしますよ」ミス・マープルがいった。それ以上は何もきかなかった。

ミス・テンプルがいった。「よかった」そして一分か二分すると、もう一度、「よかった」
二、三分の間彼女は目を閉じて横たわっていた。眠ったのか、意識を失ったのかもしれない。するとまた突然、彼女は目を開いた。
「どちらでしょう」彼女がいった。「彼らのどちらでしょう？　それがわからなくてはいけません。わたしが何のことを申しているのかおわかりでしょうか？」

「わかっているつもりです。死んだ少女……ノラ・ブロードのこと？」エリザベス・テンプルの額に、さっと渋面が現われた。

「いえいえ、いえ。もう一人の少女。ヴェリティ・ハント」

ちょっと間があって、やがて、「ジェーン・マープル、あなたは年をとった……彼があなたのことを話していた時よりお年寄り。お年寄りですけど、でもやはり物事を明らかにしてくださいますね、え？」

その声が少し高く、さらに念を押すような調子になった。

「できますね？　できるといってください。わたしにはもうあまり時間がない。わたしにはわかってます。よくわかってます。二人のうちの一人、ですが、どちらでしょう？　明らかにしてください。ヘンリーは、あなたならできるといったことでしょう。あなたには危険かもしれません……でも、明らかにしてください、お願い」

「神のお救けによって、わたし、明らかにいたします」ミス・マープルがいった。それは誓いのことばであった。

「ああ」

目を閉じ、また開けた。何か微笑のような影が唇をゆがませたようだった。

「上から大きな石が。死の石」

「あの石を落としたのは何者です？」

「わかりません。そんなことより……ただ……ヴェリティ。ヴェリティのことを明らかにして。真実を。真実の別の名は、ヴェリティ」

ミス・マープルはベッドの上の身体がかすかにぐったりするのを見た。かすかなささやき声だった——「さよなら、できる限りのことをしてください……」

身体がぐったりして、目を閉じた。看護婦がベッドわきへまたやって来た。こんどは脈を取って、ミス・マープルへ合図を送った。ミス・マープルはその合図に従って立ちあがると看護婦のあとについて部屋を出た。

「あれはあのお方にとってたいへんな努力だったと思います」看護婦がいった。「これでしばらくは意識がまたもとへもどることはないと思います。ひょっとすると意識回復はもうないかもしれません。何かおわかりになったことがあったでしょうか？」

「どうもあったとは思えませんね」ミス・マープルがいった。「でも、よくわかりません」

「何かわかりましたかね？」ワンステッド教授が、車の方へ行きながらきいた。

「名前が一つです」ミス・マープルがいった。「ヴェリティ。例の少女の名ですか、これが？」

「そうです、ヴェリティ・ハント」

エリザベス・テンプルはその一時間半後に死んだ。意識を回復しないまま死んだ。

14　ブロードリブ氏の疑念

「今朝の《タイムズ》見ましたかね？」ブロードリブ氏が共同経営者のシュスター氏にいった。

シュスター氏は《タイムズ》を取るだけの余裕がないので、《テレグラフ》を取っているのだ、といった。

「いや、そっちにも出ていたと思うんだが」とブロードリブ氏。「死亡記事の中に、理学博士、ミス・エリザベス・テンプル」

シュスター氏はちょっと何だかわからない顔をしていた。

「ファローフィールド校の女校長の。ファローフィールドのことを聞いたことないんですかね？」

「ありますよ」シュスター氏がいった。「女学校ですね。何でも五十年からの歴史があるとかいう。第一級の、ものすごく金のかかる学校。あそこの女校長だったんですか、あの人が。たしか、だいぶ前に女校長はやめたと思ってましたがね。六カ月ぐらい前に、新聞でたしか見ましたよ。つまり、ちょっと新しい女校長になったというわけですな。結婚している婦人で。割と若く。三十五か四十歳ぐらい。現代的な考えの人。女生徒に化粧法の課業を教え、パンタロン・スーツの着用を許すと、まあそういったような人で」

「フン」ブロードリブ氏がいった。氏ほどの年齢の弁護士が、長い経験にもとづく批判を誘い出すようなことを聞かされた時に、よくこんな音声を発するものである。「とてもエリザベス・テンプルほど有名にゃなれっこないな。彼女は、えらかった。また、あの学校にいたのも長かった」

「そう」シュスター氏がどうでもいい様子でいった。なんでブロードリブ氏が死んだ女校長などにこんなに興味を示すのかわからなかった。

学校などというものはこの二人のどちらの紳士諸公にとってもあまり興味のあるものではなかった。彼ら自身の子供たちはどうやらもうかたがついているのだ。ブロードリブ氏の二人の息子は、それぞれ一人は官庁勤め、一人は石油会社にはいっているし、シュスター氏のちょっとばかり若すぎる子孫はそれぞれちがった大学にはいっていて、学校当局へ一生けんめいめいわくをかけている。彼がいった。

「女校長先生、どうしたってわけですね？」

「バス旅行に出とったんですよ」ブロードリブ氏がいった。

「ああ、あのバス」シュスター氏がいった。「あれには親類の誰にも絶対乗らんようにわたしはいっとります。先週もスイスで崖からバスが落ちとるし、二カ月前には衝突事故を起こして二十人も死んどるんですからね。この節、どういう人間が運転をやっとるんですかね、まったく」

「例の〝田舎の邸宅、庭園その他英国の興味ある見物〟とかなんとかいう旅行ですよ」ブロードリブ氏がいった。「これは正確ないい方じゃないですがね、おわかりでしょう」

「ああ、わかっとります。あ、そうそう……ええと……われわれの方で送り出してやったミス何とかもそのバスに乗っとりますな。例の老ラフィールが席を予約した」

「ミス・ジェーン・マープルが乗っておるんです」

「その人もやっぱり死んだんですかね？」シュスター氏がきいた。

「わたしの知っている限りでは、そうじゃないらしい」ブロードリブ氏がいった。「しかし、ちょっと気になっているところで」

「交通事故だったんですかね？」

「いや。ある眺めの美しいところで。一行は丘を登っておった。歩くのになかなか骨の折れるところで、坂は相当に急だし、丸石などがごろごろしている。そのごろごろした石が山腹をころがり落ちてきたわけだ。ミス・テンプルはその石に当たって、脳震盪を起こして病院へ運ばれたが、死亡した……」

「運が悪かったんですな」シュスター氏がいって、話の先を待ち受けた。

「わたしが気になるというのは」ブロードリブ氏がいった。「わたしはたまたまおぼえていたんだが……あのファローフィールドというのは、あの少女が行っていた学校だからなんですよ」

「あの少女というのは何ですね？　あなたの話は何やらさっぱりわからんな、ブロードリブ」

「例の若いマイクル・ラフィールの手で殺された少女のことですよ。今、わたしは二、三のことを思い出したところだが、どうもこれはラフィールがひどく熱を入れていたことのジェーン・マープルの件といささか関連がありそうに思えてならない。ラフィールがもっと詳しく話をしておいてくれればよかったんだが」

「関連というのは何です？」シュスター氏がいった。

だいぶ興味を持ったらしい様子だった。法律的な知恵が今や磨かれている最中で、ブロードリブ氏が打ち明けようとしている話に対してりっぱな意見を開陳しなければならない。

「あの少女だ。今その姓が思い出せんのだが。洗礼名はホープとかフェイスとか何でもそんな名だった。ヴェリティというのが少女の名だった。ヴェリティ・ハンター……だったと思うんだが。例の連続少女殺しの中の一人だ。彼女が行方不明になったところから三十マイルも離れた溝の中で、その死体が見つかっている。死後六カ月も経過していた。明らかに絞殺で、しかも頭や顔はめちゃめちゃにたたきつぶされていて、警察の考えでは、身元の確認を遅らせるためにしたことだったが、しかし、身元はちゃんと判明した。衣服、ハンドバッグ、宝飾類などが近くにあった……ほくろとか傷の跡など。そう、彼女であることが簡単に立証された……」

「実際に裁判審理になったのは彼女の件だけじゃなかったですかね？」

「そう。過去一年間に他におそらく三人もの少女を殺害しているらしいという容疑をマイクルはかけられていた。しかし、ほかの死者については証拠があまり確かでなかったので……警察はこの一件に全力を挙げた……証拠はたくさんあった……前歴が悪かったのだ。暴行強姦の前歴。この節、誰でも強姦がどのようなことか知っているからね。世の母親方はじぶんの娘に、あの若僧を強姦で訴えなさいという。たとえその青年にそんなチャンスなどなく、母親が働きに出ているとか、父親が休暇で出かけているとかしている間、いつも娘は男を家へ呼びこんでいるのにだね。男をけしかけ挑発するのをとめもしないでおいて、娘が無理に男といっしょに寝させられてしまうことになる。そこで、さっきもいったように母親は娘に強姦されたといいなさい、という。いやしかし、これが今わたしのいいたい問題じゃないんだ」ブロードリブ氏がいった。「どうもあれこれ事がつながっているのじゃあるまいか、そんな気がしてならないんですがね、わたしは。このジェーン・マープルとラフィールの件は、何かマイクルと関係がありそうに思えるんだが」

「マイクルは有罪になったんじゃないですか？　そして、終身刑を受けてる？」

「なにしろだいぶ昔のことで……忘れちまったな。責任遂行の能力なしといった判決でうまくのがれたのだったかな？」

「それと、ヴェリティ・ハンターですかハントですか、これはあの学校で教育を受けていたんでしょう、ミス・テンプルの学校で？　殺された時、彼女はまだ在学中じゃなかったですかね？　いや、はっきりおぼえとるわけじゃないですがね」

「いや、そうじゃない。彼女は十八か十九で、両親の友人か親類か、何でもそういう人のところにいっしょにいたんだ。りっぱな家、りっぱな人たち、どこから見てもりっぱな娘。親類たちがいつもこういってるような娘だ——たいへんおとなしい娘で、どっちかといえば内気な方で、見知らぬ人と出歩くようなこともなし、ボーイフレンドもありません――とね。親類などというものは、娘がどんなボーイフレンドを持っとるか、まるで知っちゃいない。娘どもはそこんとこをよく気をつけているもんだからね。しかもだ、ラフィールの若いのはたいへん女にもてる男だったそうだからね」

「彼が殺しをやったことには絶対疑いなしだったんですかね？」シュスター氏がきいた。

「全然だね。とにかく、証人席でもうそばっかりいっとった。彼の弁護士は、彼に証言させない方がもう少しはうまくやれたろうね。彼の友人多数が彼のためにアリバイを証言してやったが、裏づけがなく役にも立たなかった、という意味はわかるな。彼の友人のすべてが達者なうそつきだってことだ」

「何かの感触でもあるというのかね、ブロードリブ」

「いや、何か感触があるというわけじゃない」ブロードリブがいった。「この婦人の死がからんでいるような気がしてならないだけだがね」

「何にかね？」

「つまりね……崖の斜面をころがり落ちてきて誰かの頭に当たったという丸石のことだ。これは自然の成り行きじゃないね。丸石というものは、やたらと動くものじゃないよ、わたしの経験ではね」

15　ヴェリティ

「ヴェリティ」ミス・マープルがいった。

エリザベス・マーガレット・テンプルは昨夜なくなった。おだやかな死であった。ミス・マープルは再び〈旧領主邸〉応接室の色あせたさらさ模様の中に腰をおろして、前から編んでいた赤ちゃん用のピンクのコートはやめて、その代わりに紫のスカーフをかぎ針で編んでいた。この半分哀悼の意を表したやり方はミス・マープルが悲劇に直面してのビクトリア女王初期的な機転であった。

検屍審問が次の日に開かれることになっていた。教区牧師を頼んで、準備ができしだい教会で簡単な追悼式が開かれる相談がまとまっていた。場合にふさわしい装いをし、適当に悲しそうな顔をした葬儀屋が、警察と連絡しながら全般的な仕事をしていた。検屍審問は明朝十一時に開かれることになっている。バス旅行一行の人たちも検屍審問に出席することを承諾している。そして、その中の何人かは残って教会の追悼式に参列することになっていた。

グリン夫人が〈ゴールデン・ボア〉にやって来て、最後に旅行一行にもどるまでは〈旧領主邸〉へ帰っていてほしいとしきりにミス・マープルを説得してやまなかった。

「新聞記者連中からのがれられますからね」

ミス・マープルは三人姉妹にありがたく感謝して、申し入れを受けた。

バス旅行は追悼式のあと、またつづけられることになっており、まず三十五マイル先のサウスベデストンへ行く。そこには、もともとここで泊まることになっていた上級のホテルがある。その後の旅行は予定通りである。

だが、これはミス・マープルも同じようなことを考えたものだったが、予約を取り消して家へ帰るとか、この旅行の続行をやめて他の方面へ行くという人たちもあった。どちら側の決定にもいい分があった。いやな思い出の旅行になったから離れるか、それとも、すでに支払いをすませてあるし、どんな観光旅行でも起きるかもしれないいやな事故にただちょっとじゃまをされただけだから観光旅行をつづけるというのと。検屍審問の結果まかせだとミス・マープルは考えた。

ミス・マープルは三人の女主人たちとこういう場合によく交わされる月並みないろいろな話をしたあと、紫色の毛糸編みに没頭しながら、次の捜査はどうしたものかと考えていた。そして、忙しく指の方は動かしながら発した一語が〝ヴェリティ〟だったのだ。その一語を、ちょうど小川の中へ小石を投げこんで、その結果（があるとすれば）がどうなるかをじっと観測しているように見ていた。この家の女主人たちにとって、これは何かを意味するだろうか？　かもしれないし、そうでないかもしれない。それとも、用意されていた今晩のホテルの夕食の時、旅行の一行といっしょになった際に、その効果を試しておくべきだったかもしれない。ミス・マープルは考える――あの一語は、エリザベス・テンプルの口から出た最後のことばというか、最後のことばに近いことばだった。それで、だからこそ、とミス・マープルは考える（指はしきりに忙しく動いていた、というのは、かぎ針編みの方は見ていなくても彼女は本を読んだり会話をしたりしながら、指の方はちょっとリウマチでぎこちないが、ちゃんと動くべきところへ正確に進んでいる）、それで、だからこそ、〝ヴェリティ〟だった。

ちょうど小石を池へ投げこんだように、さざ波が立つか、ぽちゃんと水がはねるか、何かが起こるだろうか？　それとも、何も起こらないか。何かしら反応の一つか二つはあるにちがいない。そう、彼女の見当ははずれていなかった。顔にこそ何も表われてはいなかったが、眼鏡の奥の鋭い目は同時に三人の人をちゃんと見守っていた――これは彼女多年の修練の結果であって、セント・メアリ・ミード村の教会や母親集会その他公共の場所で、何かおもしろいニュースとかゴシップをさぐっている時、じぶんの隣近所の人たちを観察するための方法であったのだ。

グリン夫人が持っていた本をぱたんとおいて、ちょっと驚いた様子でミス・マープルの方を見た。それはミス・マープルの発した特殊なことばに驚いた様子であって、その語の意味を解して驚いたのではなかったようだ。

クロチルドは、ちがった反応を示した。ぱっと頭をもたげると、少し前へ乗り出すようにして、ミス・マープルの方ではなく、部屋の向こうの窓の方を見た。ぐっと両手を握りしめて、身動きひとつしなかった。ミス・マープルは頭を少しうなだれて、もうそっちを見ていないようなふりをしていたが、ちゃんとクロチルドの目に涙がいっぱいたまっているのを見てとっていた。クロチルドはじっと身動きもせず腰かけたまま、涙がほほを流れ落ちるにまかせていた。ハンカチを取り出そうともしないし、ものもいわなかった。ミス・マープルはクロチルドから発している深い悲しみのにおいのようなものに深い感銘をおぼえていた。

アンシアの反応もまたちがっていた。反応が早く、興奮して、まるでうれしそうでさえあった。

「ヴェリティ？　ヴェリティっておっしゃったんじゃない？　あの人あなたご存じな

の？　知らなかったわ。あなたのおっしゃるの、ヴェリティ・ハントのことなんでしょう？」

ラヴィニア・グリン夫人は、「それは洗礼名なんですの？」といった。

「わたし、その名の人を知ってるわけじゃないんです」ミス・マープルがいった。「でも、今申しましたのはある洗礼名なんです。そう、ちょっと珍しい名と思いますね。ヴェリティなんて」と考えこむように、くりかえしていった。

彼女は紫色の毛糸の玉がころげおちるのもそのままにして、何か重大な無作法なことをしてしまって、そのわけがわからないで、ばつが悪く、あやまるようなふうにまわりを見まわして、

「ど、どうも、すみません。何かいってはいけないことでも申しましたでしょうか？　わたしはただその……」

「いいえ、そんなことはありませんよ」グリン夫人がいった。「ただ、実はその……その名前はわたしたちが、知ってる名なんです、……わたしたちと、ちょっと関係のある名なもんですからね」

「ちょっと思い出したものですから」とミス・マープルはまだあやまるような調子で、「といいますのは、この名を口に出されたのがあのおかわいそうなテンプルさんだった

ものですからね。あの、わたし、昨日あのお方のところへまいりましたの。ワンステッド先生に連れていかれましてね。先生は、ひょっとしてこのわたしが、あの人の目をさまさせることができるとでも……これが適当なことばか何かわかりませんけれど……そういうふうにお考えになったらしいんです。あの人は昏睡状態で、……わたしはあの人のお友だちでもなんでもないんですけれど、でも、みなさんはわたしがあの人と旅行の途中でよくおしゃべりをしたり、座席が隣合わせで話したりしていたものですから、そのことを知ってましてね。そんなわけで、先生はわたしが何かのお役に立つとでもお考えになったのでしょうね。でも、わたしには残念ながらお役に立てるとは思えませんでした。全然ね。ただわたし腰をおろして待っているだけで、そうしましたら、あの人は一言二言何かいいましたけれど、何のことだかわからないんです。でも、しまいに、わたしがもう帰るころになりましてね、あの人が目を開けるとわたしを見まして……わたしのことを誰かほかの人と思いちがいをしていたのかもしれませんけれど……そのことばをいったんです。ヴェリティって！　で、それがすっかりわたしの頭に残ってしまいましてね、昨晩あの人がなくなられたものですから、よけいなんです。あの人は、誰かのことか、何かのことが頭にあったのにちがいありません。でも、申すまでもありませんけれど、ただこれは……そのことば通り〝真実〟を意味するだけのことかもしれませんしね。ヴェリティといえば、たしか〝真実〟の意味がございましたね？」

彼女はクロチルドからラヴィニア、それからアンシアへと視線を移した。

「それはわたしどもが知っておりますある若い娘の洗礼名なんですよ」ラヴィニア・グリンがいった。「わたしたちがびっくりしたのはそういうわけだったからなんですよ」

「あの人があんなひどい死に方をされたんで、よけいですわ」アンシアがいった。

クロチルドはその重々しい声で、「アンシア！ こまかなお話なんかする必要はありませんからね」といった。

「でも、もう彼女のこと誰でもみんなよく知ってるじゃない」アンシアがいった。ミス・マープルの方を見て、「あなたも彼女のことはご存じだと思ってましたわ。だって、あなたラフィールさんをご存じなんでしょう？ つまりその、ラフィールさんからあなたのことを書いた手紙をわたしたちもらったんですもの、あなたもラフィールさんをご存じにちがいないわ。それでわたし思ったの、たぶん……ラフィールさんから何もかもお聞きになってるんだろうって」

「たいへん申し訳ありませんけれど」ミス・マープルがいった。「あなたがなんのことをいってらっしゃるのか、わたし全然わかりませんの」

「彼女の死体は溝の中から見つかったんですよ」アンシアがいった。

アンシアがいったんしゃべり出したら止めようがない、ミス・マープルは思っていた。だが、アンシアのけたたましいような話し声に、クロチルドはよけいに緊張しているように思われた。今はもうハンカチを静かに、気づかれないように取り出していた。目の涙を払うとまっすぐにきちんとすわりなおした——背をぐっとまっすぐにして、目は深い憂いを含んでいた。

「ヴェリティは」彼女がいった。「わたしたちがたいへんにかわいがっていた娘さんなんです。しばらくここにも住んでおりました。わたしは彼女がとても好きで……」

「そして、彼女もあなたが大好きだったわね」ラヴィニアがいった。

「彼女の両親がわたしの友人だったものですから」クロチルドがいった。「両親は飛行機事故でなくなりました」

「彼女はファローフィールド校にいたんです」ラヴィニアが説明した。「それでテンプルさんが彼女のことを思い出したんじゃないでしょうか」

「ああそうですか」ミス・マープルがいった。「ミス・テンプルが校長をしていた学校でしょう?」

「そうなんです」クロチルドがいった。「ヴェリティはそこの生徒だったんです。両親がなくなったあとしばらく、彼女は将来どうするかをきめる間、わたしたちのところへ来て滞在しておりました。十八か十九歳でした。とてもかわいらしい、そして情愛の深い、親しめる娘さんでした。彼女は看護婦の訓練でも受けようと思っていたらしいんですが、ミス・テンプルは、彼女はとても頭がいいからぜひ大学へ行くようにと強く申されました。そんなわけで、彼女は勉強をして、大学へ行く指導を受けてたんですが、……そんな時に、あんなひどいことが起きたんです」

と顔をそむけた。

「わたし……もうこれ以上今はこのことでお話ししたくありません、失礼ですけど」

「あ、いえ、どうぞ」ミス・マープルがいった。「ほんとにわたしこそすみません、悲しいお話を引き出すようなことになってしまって。気がつかなかったものですから。わたし、そんなことうかがってなくて……ただその……」とよけいにしどろもどろになるばかりであった。

その夜、ミス・マープルはもう少し話を聞いた。彼女が服を着替えて、ホテルの一行のところへ行こうとしているところへ、グリン夫人が寝室へやって来た。

「少しあなたにご説明しておかなくてはと思いましてね、まいったんですけど」グリン夫人がいった。「あの、ヴェリティ・ハントという娘のことで。もちろんあなたにはおわかりにならなかったのが当然ですけれど、わたしたちの姉のクロチルドは特別にあの娘のことが好きだったものですから、あの娘のあんなむごい死に方が姉にとってはすごくショックだったんです。わたしたちはできるだけ姉の前ではそのことに触れないようにしてるんですけど……でも、事実をみんなお話しして、ご了解いただいた方がご安心かと思いますので。ヴェリティは、わたしどもが知らない間に、友だちを作っていたんです——それも好ましくない、というより好ましくない以上の……危険な、前科のある青年だったんです。いつか、ここへ通りがかりに立ち寄ったことがありました。その青年の父親をわたしたちはよく知っていたんです」ちょっとことばを切って、「もしご存じなければ……ご存じないように思いますので、何もかも全部事実を申し上げた方がいいと思います。その青年は、ラフィール氏の息子のマイクルだったんです……」

「おやまあ」ミス・マープルがいった。「まさか……いえ、名前はおぼえておりませんでしたが、たしか息子さんがあるとは聞いておりました……あまり出来のよくない人だとか」

「出来がよくないどころの話じゃないんです」グリン夫人がいった。「年中、問題ばかり起こしてたんです。いろんなことで裁判にも一度や二度はかかったことがありました。一度はティーンエイジの女に暴行を働いて……そのほかにも同じようなことがあったんです。この種のことに裁判官はあんまり寛大すぎるとわたしは思ったことでした。青年のせっかくの大学生活をめちゃめちゃにしたくないということらしいです。そんなわけで、釈放されたんですよ……忘れましたけど、何とかいうことで……刑を受けるのを延期するとかいうようなことで。こういう青年はすぐ刑務所へ入れてしまうといいんですね、そうすればこうしたことをする連中に警告になって、やめさせることができます。それにまた、彼は泥棒もやってたんですよ。小切手を偽造したり、いろいろ物を盗んだり。まったくの不良だったんです。わたしは彼の母親の友だちでした。彼女にとっては幸せだったと思うんですよ、じぶんの息子があんなふうになって心配させられる前に、若いうちになくなってしまって。ラフィールさんは、あらゆることをなさったのだと思いますよ。適当な仕事を見つけてやるとか、罰金を支払ってやるとか、ですね。でも、やはりあれは大きな打撃だったと思います――もっとも、手紙にはよくあることで、などと事もなげに書いてありましたけれどね。たぶんあなたも村のものからお聞きになることと思いますけど、わたしたちのこの地方では、殺人や暴行ざたがいくつも突発してたんです。ここばかりじゃありません。国中あちらでもこちらでもこんなことが、二十マイルも、時には五十マイルも離れたところで起きてました。警察が疑っている事件の一つ二つは、百マイルも離れたところで起きてるんですね。でも、これがみんな大体この地方が中心になってるようなんですよ。それはともかく、ヴェリティはある日お友だちのところへ行くといって出たまま……ええ、帰ってこなかったんです。そのことをわたしたち警察に届けました。警察は彼女を探して、この地方一帯の捜索をしたんですけど、まったく彼女の行方はわかりませんでした。わたしたちは尋ね人の広告も出しました、警察も出しましたが、警察は彼女がボーイフレンドといっしょに行ったのではあるまいかというのです。そのうち、彼女がマイクル・ラフィールといっしょにいたのを見かけたといううわさが立ち始めました。そのころにはもう警察の方でも、前に起きた何かの犯罪のことで、直接の証拠はないにしても、マイクルにその犯行の可能性があるというので、目をつけていたんです。その衣服やその他のものでヴェリティとわかる女が、マイクルの姿かっこうをした若い男と、マイクルの車の特徴と一致する車にいっしょに乗っていたのを見かけた人があるというんです。でもそれ以上は何の証拠もないまま、六カ月後に彼女の遺体が発見されました。ここから三十マイルほど離れた田舎の林などの多い荒地で、小石や土をかぶせた溝の中だったんです。クロチルドが遺体の確認にまいりましたが……たしかにそれはヴェリティでした。絞殺された上に頭部を粉砕されていたんです。クロチルドはそのショックにはとても打ち勝てませんでした。目じるしになるほくろとか古い傷あとなどもあり、もちろん衣服やハンドバッグの中身も彼女のものでした。ミス・テンプルはとてもヴェリティが好きでした。きっとなくなられる前に、ふっと思い出されたのにちがいありません」

「どうもすみません」ミス・マープルがいった。「ほんとにわたし、何ともほんとに相すみません。どうぞご姉妹にもそうお伝えください、何にも存じなかったもんですから。ほんとに何も知らなくて」

16 検屍審問

ミス・マープルは村の通りをゆっくりとマーケット広場の方へ向かって歩いていた——その広場に、百年来〈晩鐘の紋章〉として知られた古くさいジョージ王朝時代の建物があって、そこで検屍審問が開かれることになっていた。彼女は時計を見てみた。そこへ行かなくてはならないまでには、まだたっぷり二十分あった。店をのぞいて歩いた。毛糸やベビー服などを売っている店の前で立ちどまると、しばらく中をのぞきこんでいた。店の中では若い女がお客の相手をしていた。小さな毛糸のコートを二人の子供が着てみていた。奥のカウンターのところには、ちょっと年寄りの女が一人いた。

ミス・マープルは店へはいっていくと、カウンター沿いにちょうどその初老婦人のすぐ前の席について、ピンクの毛糸のサンプルを取り出した。この特別なブランドの毛糸を切らしてしまって、と彼女は説明した、小さなジャケットを編みあげなくてはならないのに。その毛糸と同じものがすぐ見つかったが、ミス・マープルがほめたほかの毛糸のサンプルがごらんくださいと持ち出されて、やがて世間話へとはいっていった。まず、起きたばかりのいやな事故のことで話が始まった。メリーピット夫人、というのが店の前に書きつけられている名前だが、この人がその本人として、彼女はこんどの事故をたいへん重く見ていて、地方のお役所が人の歩く道の危険や公衆の権利を少しも見てくれなくて困るといった。

「雨のあとではね、泥がすっかり洗い流されちまうもんですから、丸石がゆるんで、落ちてくることになるんですよ。一年に三度も石が落ちてきたことがあったのをおぼえてますからね……事故が三度起きてるんです。男の子が一人、すんでのところで死ぬとこ、それからまたその年、ああ六カ月あとでしたよ、たしか、男の人が片腕を折っちまったんですからね、そして三度目にかわいそうにあの年寄りのウォーカー夫人でした。この人、目が見えなくて、耳もほとんど聞こえない。何があったってこの人には聞こえないし、逃げ出すこともできないんだって、みんながいってました。誰かがね、気がついて大声に呼んだんだそうですがね、遠くだもんで聞こえなかったし、夫人のとこまで駆けつけることもできなかったっていいます。ですからね、夫人は死んじまいましたよ」

「まあお気の毒にね」ミス・マープルがいった。「ほんとに悲しいことですね。なかなか忘れられないお話ですね、ほんとに」

「ほんとですよ。きっと今日も検屍官がそのことをいうと思いますよ」

「そうですね、きっというでしょうね」ミス・マープルがいった。「ひどいお話ですけれど、でも当然自然に起きるようなことだったんですね、でも、もちろん物を押したりなんかして起きる事故も、時にはありますよね。押すだけで石を動かすなんて、そんなようなことですよ」

「ああそうですよ、このごろどんなことでもやりかねない若者がおりますからね。でも、あんな方へ、何かいたずらしに上っていってる連中は見たことありませんけどね」

ミス・マープルはつづいて話をプルオーバーのことへと持っていった。はでな色のプルオーバーのことへ。

「わたしのじゃありませんけれどね、姪の子供のためにね。彼がほしがってますのは、ポロネックのプルオーバーで、すごくはでな色のがいいっていうんですよ」

「はい、このごろの人はみんなはでな色が好きなんですよね」とメリーピット夫人も同意見だった。「ジーンズの方はそうじゃないんですね。ジーンズは黒が好まれます。黒か紺ですね。でも、上の方ははでなのがよろこばれるんです」

ミス・マープルははでなチェック模様のプルオーバーはどうだろうといってみた。ずいぶんたくさんプルオーバーやジャージーのストックがあるらしかったが、赤と黒のチェックは店へ出したことがないようであったし、最近仕入れたこともない様子だった。二、三見本を見てから、ミス・マープルはそろそろ帰り支度にかかって、まずこの地方で前に起きた殺人事件の話を持ち出した。

「しまいには警察がそいつを捕まえましたよ」メリーピット夫人がいった。「とてもかわいい顔の男の子でしたよ、とてもそんなことするとは思えないような。育ちのいい人だったそうで。大学や何かにもみんな行ったんだそうですよ。その父親がすごいお金持ちだってことでした。きっと頭がおかしくなったかなんかでしょうよね。いえね、刑務所行きにはなりませんでしたけどね、わたしはこの男は精神がおかしいにちがいないと思いますね……だって、まだほかに五人も六人も女の子があったって話なんですもの。警察はこのへんの若者で、くさいのを次々に挙げました。ジョフリー・グラントが挙げられました。こいつが第一にあやしいということだったらしいです。この男は少年のころからずっとへんな男でした。学校へ行く途中の女の子をつかまえるんですね。女の子にキャンデーなんかやって、さくら草見にいこうなんていって路地へさそいこんだりするってやつでした。ええ、警察はこいつに深い疑いをかけてました。でも、この男じゃなかったんです。ところが、もう一人おりましてね、バート・ウィリアムスなんですが、二つの場合とも遠くに行っていて……アリバイっていうんですか、それがあったんで、彼ではないってことになりました。そして、しまいにとうとう、この、なんとかいう、今名前を思い出せないんですが、その男が浮かんできたんですよ。ルークでしたかな、その男の名前……いえ、マイク何とかでした。さっきもいいましたが、とてもかわいらしい顔の男なんですけどね、悪い前歴があったんです。ええ、盗みや小切手偽造や何かといったそんなことですね。そして、二回も、ほら、父子事件というのを起こしてるんです、いえ、そうじゃなくて、わたしのいってることおわかりでしょう。女の子に赤んぼができること。慰謝料払わされてるんです。これの前に二人も娘のおなか大きくしちゃってるんですからね」

「この娘さんもおなかが大きくなってたんですか？」

「ええ、そうですよ。はじめ死体が見つかった時、わたしたちはノラ・ブロードかと思ったもんでした。この女の子は粉屋のブロード夫人の姪でしてね。そりゃもう男の子たちを持ってるナンバーワンでしたよ。この娘も同じようなふうにどこかへ行っちまって、わからなくなっちまってるんです。誰もこの娘がどこへ行ったのか知りません。それで、こんど六カ月後に死体が見つかった時に、これはあの娘だとみんなが思ったもんでした」

「でも、そうじゃなかったんですね？」

「ええ、全然ちがうほかの人でした」

「その娘の死体はまだ見つかっていないんですか？」

「いいえ。いつかは見つかると思うんですけどね、でも、警察じゃ、どうやら川へ投げこんじまったらしいと考えてるようですよ。ですけどね、わかりませんよね。耕した畑やなんかから何が出てくるかわかりませんものね。わたしもいっぺんあの宝物を見につれていかれたことがありました。ルートン・ルーっていいましたっけね？　どこか、東部の方ですよ。耕した畑の下から出たんですね。そりゃきれいでした。黄金の舟だとか、ヴァイキング船だとか、黄金のお皿やすごく大きな黄金の鉢なんか。ほんと、わからないもんですよ。いつひょっこり死体が出てくるかしれないし、また黄金の鉢が出てくるかもしれませんからね。そして、あの金の皿みたいに何百年もの古いものかもしれないし、ひょっとすると、三年か四年たった死体かもしれません……ちょうどあのメアリ・ルーカスのみたいに、四年も行方不明だったんだっていいますからね。どこか何でもライゲイトの近くで死体が見つかったそうです。まったく、こんなことがあるんですからね！　いやな世の中ですよ。ええ、まったくいやな世の中ですね。何が起こるかわかりゃしません」

「もう一人ここに住んでた若い娘さんで、殺された人があったんじゃないんですか？」

ミス・マープルがいった。

「あのノラ・ブロードの死体じゃないかって思われたけど、そうじゃなかった、あれのことですね？　ええそう。今ちょっとその女の子の名前が出てこないんですがね。ホープとかいいましたっけね。ホープかチャリティだったかな。何でもそんな名前でしたよ。よくビクトリア女王様時代にあった名前だけど、今じゃあんまり聞かない名前ですよ。あの領主屋敷に住んでました、その女の子。両親が死んだあと、あそこへ来てたんですね」

「その両親は、事故で死んだんじゃなかったかしら？」

「そうなんですよ。スペインだかイタリアだか、何でもそんなとこへ行く飛行機に乗っていてね」

「それからその娘さんはこの土地へ来て住むようになったとおっしゃいましたね？　あそこの人たちはその娘さんの親類なんですか？」

「親類かどうか知りませんがね、今のグリン夫人は、たしかあの娘さんのお母さんの親友かなんか、そんなとこですよ。グリン夫人は、いうまでもないけど、結婚して外国へ行っちゃいましたが、ミス・クロチルドは……一番上の、髪の黒い人ですがね……この人がとてもその娘さんをかわいがってたんです。娘さんをイタリアとかフランスとか、そういった外国へつれていってやったり、それからまたタイプライターとか速記術とか絵の勉強とか、そんなことも習わせてたんですね。このミス・クロチルドって人は、とてもいろんなことのできる器用な人なんですよ。とてもこの娘さんをかわいがってました。ですから、この娘さんが行方不明になると、それはもうたいへんながっかりのしようでした。ミス・アンシアとはまるでちがって……」

「ミス・アンシアというのは、一番若い人でしょう？」

「そうなんですよ。頭が少しお留守だっていう人がおりますよ。少しぱあなんでしょうね。この人が歩いてるのを見てますとね、ひとりごといいながら、何かとてもこう妙なふうに首をふってるんですよ。どうかすると、この人をこわがる子供もいるくらいです。何事につけてもこの人は少しすることがおかしいって、みんながいってますけどね、どうでしょうかね。あなた、村のことあれこれ聞いてませんかね？ ここに前に住んでた大叔父さんというのが、やはりちょっとおかしかったですね。庭でもってピストルの射撃練習をいつもやっていたりね。誰が見たってそんなことする必要ありませんよね。射撃の腕が自慢だっていってたそうですがね、射撃上手なんて何ですかね」

「でも、ミス・クロチルドはおかしくなんかないんでしょう？」

「ええもうあの人は利口な人ですよ、あの人は。ラテン語やギリシャ語なんかも知ってらっしゃるんでしょう。大学へ行きたかったらしいんですけどね、長いこと病気をしていたお母さんの世話をみなきゃならなかったんですね。でも、とてもあの娘さんをかわいがっていて……あの娘さんの名はなんでしたっけね？……フェイスさんだったかしら。とにかくとてもかわいがって、まるでじぶんの娘みたいにしてましたよ。そこへ、あの何とかいう若い男がやって来て、……たしかマイクルっていいましたね……ある日のこと、その娘さんは誰にもひとこともいわずに、どこかへ行っちまったんですね。あの娘さんがおなか大きくなってるのにミス・クロチルドが気がついてたのかどうか知りませんけどね」

「でも、あなたはご存じだったんですね」ミス・マープルがいった。

「ええもう、わたしはずいぶんと経験がありますからね。女の子がおなかに赤んぼ持ってたらすぐわかりますよ。ひと目見れば簡単にわかりますよ。いえ、姿かっこうばかりじゃなくて、目つきや歩きぶり、腰かける様子、それからときどき目まいがするとか吐き気があるとかいったことでもわかるんです。おやおやとわたしは思ったもんでした——またこういう人ができたなって。ミス・クロチルドが死体の確認に出かけていきましてね。ほんとにもうどうかなっちまうんじゃないかと思われたくらいで。そのあと何週間かは、あの人まるでちがった人みたいになってました。そんなにあの娘さんのことをかわいがっていたわけなんですね」

「それで、もう一人の……ミス・アンシアはどうだったんです？」

「それがあなた、おかしいじゃありませんか、なんですかね、うれしいみたいな……そう、ほんとうれしいみたいな顔してるなと思いました。つまり、こまやかな気持ちのない人でしょうかね？　農家のプラマーの娘がよくこんなような顔つきしてますよ。豚が殺されるのをよく見にいくんですね。それがおもしろいんですって。家庭によってはおかしなことがあるもんですよ」

ミス・マープルはさよならをいったが、まだ十分も時間があることがわかって、郵便局へと足を向けた。ジョスリン・セント・メアリ村の郵便局と雑貨店は、マーケット広場からちょっと離れたところにあった。

ミス・マープルは郵便局へはいっていくと、切手を少し買って、絵はがきなど少し見て、それからいろんなペーパーバックの本の方に注意を向けた。郵便事務カウンターのうしろには中年の、ちょっと気むずかしそうな顔をした婦人ががんばっていた。この婦人が、本の並べてある針金細工の棚からミス・マープルが本を取るのを手伝ってくれた。

「ときどきひっかかってしまいましてね、こんなふうに。ちゃんともと通りに返していかない人があるもんですからね」

このころになったら、郵便局の中にはもう誰も人がいなくなっていた。ミス・マープルは本のカバーを不快そうに見ていた――裸の女が顔に血でしるしをつけられ、その上におおいかぶさるようにして兇悪な顔つきの殺人魔が血のついたナイフをふりかざしている。

「ほんとにどうも」と彼女がいった。「このごろのこの恐怖ものはいやですね」

「ちょっと行きすぎですよね、こういうカバーは」気むずかし夫人がいった。「みんながみんなこんなのが好きなわけじゃないんですがね。どうもこのごろ、暴力好みがはやっちまいましてね」

ミス・マープルはもう一冊手にとって、「〝何がジェーンに起こったか〟」と声に出して題を読んだ。「どうもいやな世の中になりましたね」

「ええ、ほんとですね。昨日の新聞でも見ましたよ、ある女の人が赤んぼをスーパーマーケットの前で乳母車のままおいといたんですって、そしたら誰か通りがかりのものが、その乳母車を押して行っちまったんですって。どう考えても、何のためにこんなことするのかわからないんですね。赤んぼは警察が無事に見つけました。いつも同じことといってるみたい、スーパーで物が盗まれても、赤んぼがつれさられても。いったいみんなどうなってるのかわからんなって」

「つまり、誰にもわからないってことですね」ミス・マープルがいった。

気むずかし夫人はよけいに気むずかしい顔をした。

「まったく信じられませんよ、ほんと」

ミス・マープルはあたりを見まわしてみた——郵便局の中はまだからっぽだった。彼女は窓口へ寄っていった。

「あんまりお忙しくなければですけれどね、ちょっとわたしの質問にお答え願えませんかしら」ミス・マープルがいった。「わたしね、とてもばかなまちがいをしてしまいましてね。どうもこのごろまちがいばかりやるようになってしまいました。こんどは、ある慈善施設あての小包で失敗をやってしまったんです。服とか……プルオーバーや子供用の毛糸編みとか、まとめて包んで、宛名を書いて出したんです……ところが今朝になって、突然ふっと思いついたことですけれど、宛名をまちがえて書いてしまってたんです。小包の宛名のリストなんかないと思うんですけれど、……どなたか、ひょっとしておぼえていらっしゃるお方がないものかと思いましてね。わたしが書こうと思った宛名は、〈造船所、テームズ河岸福祉協会〉なんですけれどね」

気むずかし夫人は今やたいへんやさしそうな顔になった、というのはミス・マープル専売の無力さと老衰と身体の震えに同情を感じてのことであった。

「その小包、あなたがここへ持ってきたんですか？」

「いえ、わたしじゃないんです……わたし、実はあの旧領主屋敷に来て滞在しているものなんですけれど……あそこのどなたか、グリン夫人だったと思いますが、ご自身でだか、それとも妹さんが郵便局へ持っていってあげましょうとおっしゃったものですからね、ご親切に……」

「ええと、ちょっとお待ちくださいよ。あれは火曜日のことじゃなかったでしょうか？あの小包を持ってきたのはグリン夫人じゃなくて、一番下のミス・アンシアでしたよ」

「あ、そうそう、そういえばその日でした……」

「わたし、よくおぼえてますよ。割と大きな服入れの箱で……大して重くなかったと思いますね。でも、あなたが今いったその、造船所何とか協会なんかじゃなかったと思いますよ。宛名は、マシュース牧師様、イーストハム婦人子供毛織服援助会になってましたね」

「ああ、そうでした」とミス・マープルは大安心の様子で両手を握り合わせた。「これはまたなんて頭がおよろしいんでしょう……今、やっとまちがいのもとを思い出しました。クリスマスにそのイーストハム協会の編物特別寄付に応じましてね、品物を送ったことがあったんです。きっとそれで宛名をまちがえて書き取っておいたんですね。すみません、もう一ぺんいっていただけません？」と小さな手帳に丁寧に書き取った。

「でも、残念ですが、小包はもう発送済みになってますからね……」

「あ、そうですね、でもわたし、手紙を書いてまちがいの説明をしましょう、そしてその小包は造船所協会の方へまわしてくださるようにって。どうも、ほんとにありがとうございました」

ミス・マープルはとことこおもてに出た。

気むずかし夫人は次のお客へ切手を出してやりながら、わきの同僚に向かってひそひそいった。

「ぼけてきちゃうのね、気の毒に、おばあちゃん。年中あんなことばっかりやってるんだわね、きっと」

ミス・マープルが郵便局から出てくると、ちょうどエムリン・プライスとジョアナ・クロフォードに出会った。

ジョアナはひどく顔色が悪く、何か取り乱している様子だと彼女は見てとった。

「あたしね、証言しなくちゃならないんでしょ」彼女がいった。「あたし、わからないわ……どんなことときかれるのかしら？ あたしとてもこわいわ……いやだな、あたし。あたし警部にちゃんといっといたのに、あたしたちが見たと思ったこと」

「心配するなよ、ジョアナ」エムリン・プライスがいった。「ただの検屍審問じゃないか、ねえ。彼、いい人だよ、きっと、医者でさ。ただ二、三何か質問するだけだから、見たことをしゃべりゃいいのさ」

「あなただって見てるじゃない」ジョアナがいった。

「うん、見てるよ」エムリンがいった。「とにかく誰かが上の方にいるのを見たよ。丸い石やなんかのそばにね。さ、元気出して、ジョアナ」

「警察はホテルのあたしたちの部屋さがしに来たでしょ」ジョアナがいった。「あたしたちに許可を求めはしたけど、ちゃんと捜索令状持ってたでしょ。部屋の中やあたしたちの持ち物までさがしたのよ」

「あれは、きみがいったチェックのプルオーバーをさがし出そうとしたんだと思うんだ。とにかく、きみが心配することなんか全然ないんだよ。もしもだよ、きみが赤と黒のチェックのプルオーバー持っていたら、そんなことしゃべりゃしないだろう、ねえ。赤と黒だったのかい、あれは、え？　ぼくにはわからないんだよ」エムリン・プライスがいった。「ぼくには物の色ってものがよくわからないんだ。あれは何かこう明るい色だったと思うな。それだけだ、ぼくにわかるのは」

「警察は何も見つけなかったわね」ジョアナがいった。「とにかく、あたしたち一行の誰もあんまりいろんなものを持ってきてやしないんですものね。バス旅行なんかにいろんなもの持っていく人なんかないわ。あんなもの誰の荷物の中にもありゃしないわ。あたしたち一行の中の、誰もあんなもの着てるのを見かけたことない。今までのところね。あなたは見た？」

「いや、ぼくも見てないけれどね、……もし見たとしても、ぼくにはわからなかったろうな」エムリン・プライスがいった。「ぼくはずっとこれまでいつも、赤だか緑だかわからなかったんだから」

「そう、あなたってちょっと色覚が異常じゃない」ジョアナがいった。「いつだったか、あたしそれに気づいてたわ」

「それはどういうこと、気がついたってのは」

「あたしの赤いスカーフのことよ。どこかで見かけなかったかってあたしがきいたでしょ。そしたらあなたは緑色のならどこかで見たけどといって、赤いスカーフを持ってきてくれたことがあったわ。あたし食堂にスカーフを忘れてたの。あなた、ほんとにその赤がわからなかったのよ」

「うん、ぼくの色覚が異常ってこと、人にはいわないでくれよ。いやだからね。人が寄りつかなくなるもの」

「男って女より色覚の異常が多いのよ」ジョアナがいった。「例の伴性遺伝のひとつなのね」と物知りぶった。「女性を通過して、男性へ出るのよ」

「まるではしかかなんかみたいにいうね」エムリン・プライスがいった。「さあ、着いたよ」

「あなたって全然気にならないみたいね」ジョアナが入口のステップを上りながらいった。

「うん、別にね。ぼくはまだ一度も検屍審問に出たことないからね。初めてのことって、なにか興味のあるもんだからな」


ストークス医師は中年で、髪は白髪まじりで、眼鏡をかけていた。最初に警察側の証言があって、それから医学上の証言が、死亡原因になった脳震盪について詳細にあった。サンボーン夫人がバス旅行の詳細について、また当日午後に行なわれた遠足見物について、そしてまた災難が起きた詳細について証言した。ミス・テンプルは若くないのに実に歩き方の早い人だった、と彼女はいった。一行はよく知られている人だけ歩ける小道沿いに丘をまわって、もとエリザベス女王朝時代に建てられ、後年修復され増築された古い〈荒地教会〉へ向かってゆっくり登っていた。それにつづく山頂には〈ボナベンチュア記念塔〉といわれているのがあった。ここはなかなか急な登りで、人々はみなそれぞれちがったペースでここを登るのだった。若い人たちはよく駆け出していくか、先頭を歩くかして、ほかの人たちよりずっと楽に目的地へ着く。年とった人たちは、ぐっとゆっくり登った。彼女自身はいつも一行のおしまいにいて、疲れてしまった人があって、必要とあれば、もしよかったらお帰りになってはとすすめることにしていた。彼女の話では、ミス・テンプルはバトラー夫妻と話をしていたという。ミス・テンプルは六十を越しているにもかかわらず、夫妻の足ののろさにいささかがまんならなくなって、夫妻のずっと先へ出ると角をまがって、相当足早に先へ歩いていったが、これは前にも彼女がよくやっていたことだった。彼女はあとの人がなかなかやってこないと、待つのがじれったくなる方で、じぶんのペースで歩くのだった。前方で悲鳴がしたので、サンボーン夫人もみんなも走り出していったが、小道のカーブをまがると、ミス・テンプルが地面に倒れているのが見えた。上の丘の斜面にいくつか同じようなのがあった中の一つの大きな丸石が転落してきて、下の道を歩いていたミス・テンプルに当たったものにちがいない、とみんなは思った。実に不幸な悲しい事故であった。

「事故だという以外には全然あなたは考えられなかったでしょうか？」

「いいえ、まったく。とても事故以外のことなどとは考えもしませんでした」

「上の丘の斜面に誰か見かけませんでしたか？」

「いいえ。この小道は丘をまわっている本道なんですけれど、もちろん上の方をあちこち歩いている人はありますす。あの日の午後には別に誰も見かけませんでした」

次に、ジョアナ・クロフォードが呼び出された。名前や年齢などがきかれたあと、ストークス医師がきいた――

「あなたは一行のあとの人たちといっしょに歩いていたのではないんですか？」

「じゃなくて、あたしたちは小道をはなれて歩いてました。あたしたち、丘をまわった、斜面のちょっと上の方にいました」

「誰か、つれの人と歩いていたんですね？」

「ええ。エムリン・プライスさんとです」

「そのほかには、あなたといっしょに歩いていた人はいなかったんですね？」

「ありません。あたしたち話をしたり、それから花を一つ二つ眺めたりなんかしてました。ちょっと珍しい花だったもんですから。エムリンは植物学に興味を持ってるんです」

「あなたは、一行の人たちからは見えないところにいたんですか？」

「ずっとじゃありませんけど。みんなは本道の小道の方を歩いてました……あたしたちのちょっと下のところを」

「あなたはミス・テンプルを見かけましたか？」

「そう思います。彼女はほかの人たちより先を歩いていて、そのみんなの先の小道の角を彼女がまがるところを見たと思うんですけど、そのあとは丘の稜線の陰にかくれて、彼女はあたしたちからは見えなくなりました」

「誰かあなたたちの上の方を歩いてる人を見かけましたか？」

「ええ。丸石のたくさんある上の方のところでした。丘の斜面にごろごろした丸石の大きな集落がありました」

「そうです」ストークス医師がいった。「あなたのいわれるその場所をわたしも知っております。大きな花崗岩の丸石の集まりですね。この石のことをみんなが〝雄羊〟といったり、時には〝灰色の雄羊〟ともいっております」

「遠くから見ると羊に見えるかもしれませんが、あたしたちはそんなに遠く離れてはいなかったんです」

「そして、あなたは誰か上の方に人がいるのを見かけたんですね？」

「ええ。誰かその石の群の中ほどにいて、その石にのしかかるようにしてました」

「石を押していたようには思いませんでしたか？」

「ええ、そう思いました。そして、どうしてだろうとへんな気がしました。石のうちでも外側の端っこの方にあるのを彼は押していたようでした。石はとても大きいのばかりで、重くて、とても押せるもんじゃないと思いました。だけど、その彼だか彼女だかは押しているうちに、ゆるぎ石みたいに石をぐらぐらさせたようでした」

「あなたは初めに彼といって、今は彼だか彼女だかといいましたね、クロフォードさん。どちらだと思ったのですか？」

「それは、あたし……その……それは男の人だったと思うんですけど、その時にはそうは思いませんでした。その人は……彼だか彼女だかは、ズボンをはいてプルオーバーを着てたんです……ポロネックの男ものらしいプルオーバーだったんです」

「そのプルオーバーは、どんな色でした？」

「相当はでな赤と黒のチェックでした。そして、ベレー帽みたいなのをかぶっていて、そのうしろから割と長い髪がはみ出してましたけど、女の髪らしくもあり、男の髪みたいにも思えました」

「まさに、わからんというわけ」とストークス医師がどっちかといえば冷ややかにいった。「このごろ、その髪で男性か女性かを見わけるのは容易じゃないですからね」とつづけて、「次にはどんなことになったんですか？」

「石がしだいにごろごろころがりはじめました。端からひっくりかえるようなふうだったんですが、そのうちスピードがついてきました。あたし、エムリンにいいました——あ、丘の下へ石がまっすぐ落ちていくわ——って。それからその石が落ちていくすごい音が聞こえました。そして、下の方から悲鳴が聞こえてきたように思ったんですけど、これはあたしの気のせいだったかもしれないんです」

「それから？」

「あたしたち、ちょっと上の方まで走っていって丘の角をまわって、今の石がどうなったか見ました」

「それで、どんなものを見ました？」

「あたしたちが見たのは、下の小道の上に今の丸石があって、人の身体がその下になってました……そして、みんなが角のところをまわってそこへ駆けつけてくるところでした」

「悲鳴をあげたのはミス・テンプルだったんですか？」

「そうだろうと思います。ひょっとすると、角をまわって駆けつけてくる人たちの中の一人だったのかもしれませんけど。ああ、ほんとに……ひどいことでした！」

「そう、まさにその通りですね。あなたが見かけたという上の方にいた人物は、どうなりました？　赤と黒のチェックのプルオーバーを着た女だか男だかは？　まだその人物は石の群の中にいましたか？」

「それはわかりません。あたし、上の方は見なかったんですもの。あたしは……あたしは事故の方を夢中で見ていて、丘を走り降りていきました、何かできることでもあればと思って。ちょっと上の方を見上げてみたとも思うんですけれど、誰も目にはつきませんでした。石の群だけでした。丘の稜線がいくつもあって、人影などすぐかくれて見えなくなるんです」

「それは、あなた方一行の中の一人じゃなかったでしょうか？」

「そんなことはありませんね。あたしたちの中の一人じゃなかったと、あたしははっきりいえます。そうだったらわかったはずです、というのは、着てるものでわかるんですもの。誰も赤と黒のプルオーバーなんか着てた人はいなかったわ」

「ありがとう、クロフォードさん」

エムリン・プライスが、次に呼び出された。彼の話はほとんどジョアナの話の写しみたいだった。

もう少し証言があったが、それはあまり問題にもならないことだった。

検屍官は、エリザベス・テンプルの死をもたらした原因の証拠が充分でなく、検屍審問を二週間延期すると宣告した。

17　ミス・マープルの訪問

検屍審問から〈ゴールデン・ボア〉へみんなが歩いて帰る間、ほとんど誰も口をきかなかった。ワンステッド教授はミス・マープルのわきを歩いていたが、彼女はあまり早い歩き手ではないので、みんなとはちょっとあとに残されることになった。

「次にはどうなりますの？」とうとうミス・マープルがきいた。

「法律的にですか、それともわれわれのことですか？」

「両方ともです」ミス・マープルがいった。「一方が必ずもう一方へも影響するでしょうからね」

「おそらく、あの二人の若い人の証言に現われたことを、警察がさらに深く捜査をするということになるでしょうね」

「はい」

「もっと突っこんだ捜査が必要ですね。検屍審問は延期せざるを得ません。とても検屍官は偶発の事故死という判決はくだせませんからね」

「そうですね、わたしにもそれはわかります」彼女がいった。「あの二人の証言をあなたはどうお考えになります？」

ワンステッド教授は例の崖のように突き出した眉毛の下から鋭い視線をちらりと向けて、

「あなたはこの点について何かお考えがありますか、マープルさん？」さそいをかけるような声の調子だった。「もちろん、わたしたちにはあの二人がどんなことをいうか、あらかじめわかっておりましたね」

「ええ」

「あなたがわたしにきかれたその意味は、わたしが彼ら自身のことをどう思っているか、彼らがこんどのことをどう思っているかということでしょう」

「それはおもしろいことです」ミス・マープルがいった。「たいへんおもしろいですね。赤と黒のチェックのプルオーバー。なかなか重要だとわたしは思いますけど、どうでしょうか？　目をひくことですね」

「そう、その通りですね」

教授はまたも例の眉毛の下から鋭い視線を彼女に向けて、「あなたにはあのプルオーバーのこと、どういう印象です？」

「わたしには……」ミス・マープルがいった。「わたしにはあのプルオーバーの特徴が貴重な手がかりになるのではないかと思われますね」

みんなは昼食にはいる前に〈ゴールデン・ボア〉へ来た。まだ十二時三十分過ぎだったので、サンボーン夫人はみんなにちょっと軽い飲み物でもと考えをいった。シェリー酒やトマトジュースその他の酒などをみんなが飲んでいる間に、サンボーン夫人はみんなへのお知らせをつづけた。

「わたしは、検屍官とダグラス警視両方からの忠告を受けました」彼女がいった。「医学上の証拠が充分にとれましたら、明日十一時に教会におきまして葬儀追悼式が行なわれます。その手筈はこの地区の教区牧師コートニー氏と相談いたします。その次の日からわたしたちの旅行をあらためてつづけるのが一番よろしいかと考えます。日程は、三日間の空白がありましたので、多少変わりますが、いくぶん簡単にして再編成できると思います。わたしたち一行の一、二の人たちからはロンドンへ帰った方がいいとの申し出がございました、たぶん列車になりましょう。このことの裏にあります感じはわたしにもわかりますが、わたしはみなさんを左右するようなことはいたしたくありません。このたびの死亡事件はまことに悲しい出来事であります。わたしはミス・テンプルの死は偶然の結果だったと信ぜざるを得ません。こういうことは以前にもあの小道で起きたことでありますが、こんどの場合は、事故を起こすような地理的、あるいは天候上の原因はなかったのですけれど。もっと徹底的な調査が行なわれなくてはならないと思っております。もちろん、徒歩旅行か何かに来ていたハイカーなどが、ほんの何の気なしに、彼だか彼女がじぶんのやってることが、下を歩いている人に危険だとは気づかずに丸石を押したりしていたのかもしれません。もしそうで、またもしその人が出頭してきましたら、万事はたちまち明瞭となるわけですけれど、現在では考えられないことだとわたしも思います。故ミス・テンプルに敵があったとか、彼女に害を加えようと思っているものがあったとはどうも思えないところです。わたしから申し上げたいことは、もうこれ以上この事故のことについてはわたしたちとしては議論をしあわないことであります。調査は、それが職務でありますこの地方の当局がなすべきことなのです。明日、教会での追悼式にはおそらくみなさまご出席なさることと思います。そしてそのあと、旅行を続行しますれば、わたしたちが受けましたショックも心からぬけるのではないかと期待いたしております。まだまだいくらもたいへんに興味深い、また見るべき著名な邸宅や非常に美しい景色などがございます」

そのすぐあと、昼食の知らせがあったが、この問題はもう話し合われなかった。別のことばでいうと、おおっぴらには話し合われなかったということである。昼食後、みんなはロビーでコーヒーを飲みながら、小さないくつかのグループにまとまって、これからの手筈を話し合っていた。

「あなたはこのまま旅行をつづけられますか？」ワンステッド教授がミス・マープルにきいた。

「いいえ」ミス・マープルがいった。考えこむように話す。「いいえ。わたし……わたし、思うんですけれど……こんど起きたことのために、もう少しわたしはここに残っていたい気持ちです」

「〈ゴールデン・ボア〉にですか、それとも〈旧領主邸〉にですか？」

「それはわたしがさらにご招待を受けて〈旧領主邸〉へもどるかどうかによることだと思います。こちらからわたし自身そんなことを申し出たくありません、といいますのは、旅行の一行がここへもともととまることになっていた二晩だけのご招待だったわけなんですから。まあわたしとしましては、〈ゴールデン・ボア〉に残ったほうがよさそうに思えますね」

「セント・メアリ・ミードにはお帰りになりたくありませんか？」

「いいえ、まだ今のところは」ミス・マープルがいった。「もう一つ二つ、ここでわたしにできますことがあるように思います。一つはもう果たしました」何かききたそうな教授の目に出会った。

「あなたがもしこのまま一行の人たちとおいでになるのでしたら」彼女がいった。「わたしがとりかかっておりますことを申し上げまして、少しは捜査の小さなわき道にお役に立つかもしれない提案をいたしましょう。ここにとどまっていたいもう一つの理由は、いずれあとで申し上げたいと思います。ちょっと捜査をしてみたいことが……この地方のことですが、ございます。これはまったくのむだになることかもしれませんので、今は申し上げない方がよろしいかと思います。それで、あなたはどうなさいます？」

「わたしはロンドンへ帰りたいと思っております。仕事が待っておりますのでね。といっても、ここであなたにお手伝いすることがなければですが？」

「いいえ、もう今のところではないものと思います。これからお始めになりたいいろんな捜査のお仕事がありましょうからね」

「この旅行には、あなたにお会いするためにわたしはまいったのですからね、マープルさん」

「そして、あなたはわたしに会って、わたしの知っていること、わたしの知っていることのほとんどすべてをお知りになったのですし、ほかにもおやりになる捜査がいくつもおありでしょう。よくわかっております。でも、お帰りになります前に、一つか二つ、お役に立つか、何か結果を産むかもしれないと思われることがございます」

「なるほど。何かいいお考えがおありで」

「わたし、あなたのおっしゃったことをおぼえておりますよ」

「悪のにおいをかぎつけられたとおっしゃるんじゃありませんかね？」

「何か雰囲気の中にまちがったことがあるのをはっきりつかむのは、なかなかむずかしゅうございます」

「しかし、雰囲気の中に何かまちがったことがあるのを感じ取っておられるわけでしょう？」

「ええ、たいへんはっきりと」

「そして、それは特に、ミス・テンプルの死があってからのことでしょう。彼女の死はいうまでもなく、サンボーン夫人がどんなに希望しても、あれは事故じゃありませんからね」

「そうですね、あれは事故じゃありませんね。あなたには申し上げなかったかと思いますが、ミス・テンプルはわたしにいったことがありました――彼女は巡礼の旅に出てきたんだと」

「おもしろい」教授がいった。「ええ、おもしろい。何の巡礼の旅で、どこへの巡礼なのか、また誰のためなのかいってませんでしたか？」

「いいえ」ミス・マープルがいった。「もう少し彼女が生きていて、あんなに弱っていなかったら、わたしに話していたかもしれません。しかし、不幸にも死があまりにも早く来てしまいました」

「で、そのことではそれ以上の所感はおありにならないわけですな」

「ええ。しかし、彼女の巡礼の旅は、悪意のたくらみによって終止符を打たれたものだと、わたしは感じとして確信します。何者かが、彼女をその行先へ行かせないようにし、彼女が行きたがっていた人のところへ行かせないようにしたのです。このことを解明するには、ただチャンスと神の摂理に望みをかけるしかありません」

「あなたがここへとどまられるわけは、それなんですね？」

「そればかりではありません」ミス・マープルがいった。「ノラ・ブロードという名の若い娘のことを少し調べ上げたいのです」

「ノラ・ブロード」教授はちょっとわけがわからない様子だった。

「ヴェリティ・ハントが行方不明になったのとほとんど同じころに行方不明になった、もう一人の娘です。あなたがこの娘のことはわたしに話されましたことをおぼえておられましょう。何人もボーイフレンドを持っていて、いつでもいくらでもボーイフレンドを持ちたがっている娘だということでしたね。愚かな娘でしょうが、男性にとってはまことに魅力があるんですね。この娘のことがもう少しわかってくれれば、わたしの捜査の役に立つようになるかと思うんです」

「どうぞお考え通り、ご自由に、マープル警部」ワンステッド教授がいった。

葬儀は次の日の朝に行なわれた。旅行の一行全員が参列した。ミス・マープルは教会の中を見まわしてみた。この土地の人も何人か来ていた。グリン夫人も来ていたし、姉のクロチルドも来ていた。一番下のアンシアは参列していなかった。一人か二人、村の人も来ているようだった。おそらく、ミス・テンプルの知り合いではなく、今や〝へんなこと〟ということばでささやかれていることへの、へんな好奇心からであろう。それから年寄りの牧師さんも一人いた——ゲートルをつけ、七十をはるかに越している、とミス・マープルは思った。白髪が見事なたてがみのようで、肩幅の広い老人だった。ちょっと足が悪く、ひざまずくのも立ちあがるのもやりにくそうだった。なかなかりっぱな顔だちだとミス・マープルは思った——いったいこれは何者かとも思う。たぶん、エリザベス・テンプルの古い友人でこの葬儀に参列するためはるばる遠くからやって来たのでもあろうか？

教会から出てくる時、ミス・マープルはじぶんといっしょの旅行仲間たちと一言二言ことばを交わした。彼女にはもう誰がどうするのかちゃんとわかっていた。バトラー夫妻はロンドンへ帰ることになっていた。

「わたしね、ヘンリーに申しましたの、とてもこのまま旅行はつづける気になれませんって」バトラー夫人がいった。「わたし、四六時中いつでも、道の角をまわって歩いてる時に、何者かが、わたしたちを射撃するかもしれないし、石を投げつけるかもしれないって気がしてならないんですもの。英国の著名邸宅などで誰か待ち受けて襲いかかってくるものがあるかもしれませんものね」

「おいおいメイミー」バトラー氏がいった。「そんなことまで、おまえ想像をたくましくしちゃいかんよ！」

「いいえ、あなたはこのごろのことをご存じないんですよ。ハイジャックだとか誘拐だとか、そのほかいろんなことが起きてるんですもの、どこへ行ってもまるで無防備みたいな気がして」

老ミス・ラムリーとミス・ベンサムは、心配も消えて、旅行をつづけることにしていた。

「わたしたちこの旅行にはとても高いお金払ってるんですからね、こんなたいへんいやな事故なんか起きたからって、あきらめるのは残念ですものね。昨夜、わたしたちとてもいい近所のお方に電話しましてね、わたしたちのネコのことよろしくお願いしておきましたからね、もう心配はいらないんです」

ミス・ラムリーとミス・ベンサムにとってはこの方が事故の心配があったのだ。こうしておけばかえって快適である。

ライズリー・ポーター夫人も、旅行をつづけることにしていた。ウォーカー大佐夫妻は、明後日行くことになっている庭園の特別珍しいつりうき草のコレクションを、何が何でも見ずにはおれないと決心していた。建築家のジェームスンも、彼にとって特に興味のある種々の建築物を見たいという意志に動かされていた。だが、キャスパー氏は列車で帰る、といっていた。ミス・クックとミス・バローは決心しかねているようだった。

「このあたりには歩くのにいいところがあるでしょう」ミス・クックがいった。「もう少し〈ゴールデン・ボア〉にわたしたちおりましょうと思ってますわ。マープルさんもそうなさるんじゃありません?」

「ええ、そう思ってますの」ミス・マープルがいった。「どうもこのまま旅行をつづけたりなんかする気になれませんのでね。あんなことが起きたあとですから、一日か二日休養したいんでございます」

この小さな人の集まりが散り散りになると、ミス・マープルは人の目につかないじぶんだけのコースをとった。ハンドバッグからノートを破いた一ページを取り出した。それには前に記入しておいた二つの住所が書いてあった。その最初のは、ブラケット夫人という人のところだった。道が谷の方へだらだらとくだっていくそのはずれのところにある小ぢんまりした家と庭だった。小柄な、きちんとした女の人がドアを開けた。

「ブラケット夫人ですか？」

「はいはい、それがわたしの名でございますよ」

「ちょっとおじゃまさせていただいて、一分か二分お話がしたいんですけれど。今、わたし、葬儀に行ってきたばかりでして、ちょっと目まいもしますので、ほんの一、二分腰をおろさせていただけないでしょうか？」

「おやおや、それはどうも。それはいけませんね。さ、さ、どうぞおはいりになって。はい、どうぞ。ここへおかけになって。今、おひやを一ぱい持ってまいりますからね……それとも、お茶がよろしいでしょうか？」

「いえ、ありがとうございます」ミス・マープルがいった。「おひやを一ぱいいただければ、大丈夫ですから」

ブラケット夫人は水をコップに持ってきて、病気のことやら目まいのことやら、愉快そうに話を始めた。

「あの、わたしの甥がそれなんですよ。まだそんな年でもないのに、五十を少し出たばかりっていうのに、ときどきいきなり目まいが始まって、すぐ腰をおろさないと……ふしぎですね、どうかすると、そこに倒れて気が遠くなっちまうんですよ。ひどいもんです、ひどいもんですね。そして、お医者さんときたら、何にもしてやれないみたいなんですよね。はい、おひやをどうぞ」

「ああ」ミス・マープルは水を飲みながら、「これで気分がだいぶよくなりました」

「お葬式に行ってらしたんですって、あの、事故とか殺されなすったとかうわさのある女の人の。あれは、いつものことで、事故なんですよ。でも、あの検屍審問とか検屍官ですか、ああいう人たちは何か事を犯罪事件にしたがってしようがありませんね」

「あ、そうですね」ミス・マープルがいった。「よくそんなことがあったって話を聞きますけど、いやですね。わたしね、ノラ・ブロードという娘のことずいぶんいろいろ聞かされました。ノラ・ブロードっていうんですね」

「ええ、ノラですよ、はい。あれはわたしのいとこの娘なんでしてね。はい。あれはもうずいぶん前のことで。どっかへ行っちまって、帰ってこないんです。こういう女の子はおさえがききやしません。よくわたしはナンシー・ブロードに……これがわたしのいとこなんですが……いってやったもんです——あんたは一日中働きに出ているんだが、ノラは何をやってるのかね？　あの子は男好きタイプなんだからね——って。——今にめんどうなことになるよ。めんどうが起きなきゃうそだよ——って。そしたら、ちゃんと、わたしのいった通りになっちゃいましてね」

「とおっしゃると……？」

「例のめんどうですよ。はい、おなかが大きくなったんです。でも、わたしのいとこのナンシーは気がついてなかったらしいですよ。だけど、わたしはもうなにしろ六十五、たいていのことならわかりますよ。女の子は様子でわかりますし、相手が誰だかもわかるんですけれどね、まあたしかなことはわかりませんけど。わたしの見当ちがいかもしれませんけどね、ずっとその男はここに住んでるし、ノラがいなくなった時なんか、そりゃもうえらく悲しんでましたからね」

「どこかへ行ってしまったきりなんですね？」

「そう、誰だか……知らない男にさそわれて車に乗ったんですね。それがあの子を見かけた最後でしたよ。その車がどんな車だったか、もう忘れちまいましたがね。何だかへんな名の車ですよ。オーディトとか何とかそんなような名ですね。とにかく、その車に乗ってるところを一、二度見かけたことがありました。それで、その車に乗っていってしまったというわけ。そして、うわさでは、そのいつも乗っていた車に乗せられて殺されたんだっていうんです。でも、わたしにはノラがそんなことになってるとは思えないんですよ。もしノラが殺されてるんだったら、今ごろは死体が見つかってるはずですよね。そう思いませんかね？」

「そう思えますね」ミス・マープルがいった。「彼女は学校やなんかでよくできたんですか？」

「いいえ、できませんでしたね。怠けもんで、学校の方もよくなかったですね。はい。もう十二の時からずっともっぱら男の子に夢中でしたね。とうとうあの子は誰かとどこかへ行っちまいきりになったと思ってます。絶対誰にも知らせてきません。はがき一枚もよこさないんです。きっと誰かにいいことといわれて、その男と行っちまったんですね。もう一人、わたしの知ってる女がありました……もっとも、これはまだわたしが若かったころなんですがね……アフリカ人のとこへ行っちまったのがありました。男は、じぶんの父親はぞくぞく長だっていっていたんですね。何だかへんなことばですけれどね、たしかぞく長だと思いましたね。なんでも、どこかアフリカとかアルジェとかのどことかだって、はい、アルジェです。そこのどこかです。そして、彼女はすばらしいいろんなものが何でも手にはいるんだってことでした。彼、その男の父親は、六頭もラクダ持ってるんだって彼女がいってました。そして、馬なんか一群れいて、彼女はすごくりっぱな家に住むんだって——どの壁にもじゅうたんがかけてあるんですって。へんなとこにじゅうたんをおくもんですね。それで、彼女行っちまいました。三年したら帰ってきましたよ。はい。それはもうひどい目に遭ったんだそうで。ひどい目にね。二人は泥でできた、きたない小さな家に住んでたんだそうですよ。はい、そうなんですって。そして、食べるものといったら、コスコスっていうのばかりで、ほかのものはめったにないんだそうで、そのコスコスっていうのは、わたしはレタスのことかと思ってたんですけど、どうやらそうじゃないらしいんですね。それと、小麦粉のふるいかすで作ったようなプディングみたいなもの。ひどいもんですね、まったく。そして、しまいには男が彼女に、おまえはもうだめだから離婚するっていったんですって。男がいうには、ただ——じぶんはおまえを離婚する——と三度いいさえすればそれでいいんですって。そして男はそういうと、どこかへ行っちまったそうで、そこの何とか協会みたいなのが彼女のめんどうをみてくれて、故郷の英国へ帰る旅費も払ってくれたんだそうですよ。それで帰ってきたってわけ。ああ、だけどこれはもう三十年も四十年も前の話。そうなんですよ。ところでノラですが、まだ七年か八年ぐらい前の話でしてね。きっとそのうち帰ってきますよ……すっかりこりちゃって、いいことといわれたことがひとつもいいことなしってことがわかれば、帰ってきますよ」

「彼女は、この土地で、お母さん、あなたのいとこのところ以外に、行くところがありますか？　誰か、その……」

「そうですね、あの子に親切にしてくれてた人はたくさんおりますけどね。あの旧領主屋敷の人たちなんか、そうです。グリン夫人はそのころはいませんでしたがね、クロチルドさんは学校の女の子たちにいつもよくしてくださいましたよ。はい、ノラもずいぶんいろいろけっこうなプレゼントなんかもらってました。一度なんか、とてもすてきなスカーフやとてもきれいなドレスなんかくださいましたよ。とってもそのドレス、すてきでした。夏のドレスでフラー絹かなんかでした。ああ、ほんとにあのお方ご親切でしたよ、クロチルドさんは。一生けんめいノラがもっと学校の勉強に興味を持つようにしてくださいました。いろいろそんなことをたくさん。彼女がやってるようなことをやめるように忠告もしてくださいました……といいますのは、こんなことわたしの口からいいたくはないんですよ、わたしのいとこの子なんですからね、もっとも、あれなんですよ、わたしのいとこといっても、わたしのいとこの男と結婚した人だけの人なんですからね……でも、とにかくこの娘が男たちとやってたことはまったくひどかったんですよ。誰でも彼女を手に入れることができたんです。まったくいやになっちゃいますよ。しまいには売春婦になっちゃうよってわたしはいいましたよ。彼女の将来なんてこれしかないって思ったことでしたね。わたしはこんなことといいたくはありませんけれどね、ほんとだからしかたないですよ。それはともかく、あすこの〈旧領主邸〉に住んでいたハント お嬢さんみたいに殺されるよか、まあいいでしょう。まったくひどいことですね。警察でも忙しいもんだから、誰かとどこかへ行ったんだろうなんて思ってたわけなんですね。あっちこっちききまわるばかりで、あの人といっしょにいたことのある若者たちを捕まえて、警察の捜索に協力しろなんていうだけ。ジョフリー・グラントだとかビリー・トムスン、それからラングフォードのハリーだとかいった連中です。みんな無職ですよ……仕事はいくらもあるんですよ、彼らが働こうと思いさえすりゃね。わたしなどが若かったころには、こうじゃありませんでしたね。女の子もちゃんと行儀よかったですよ。また若い男の子たちも、何とかなろうと思えば働かなくちゃならないことぐらい心得てましたね」

ミス・マープルはもう少し話していて、もうすっかり気分もよくなったから、とブラケット夫人にお礼をいって、出てきた。

彼女の次の訪問先は、レタスの植えつけをやっている若い女の人のところだった。

「ノラ・ブロードですかね？　あれはもう何年も前から村にゃおりませんよ。誰かとどっかへ行っちまったんでさ。あの子は、男の子にえらくもてたもんでした。しまいにゃあの女、どうなることかと思ってましたよ。何か特別なわけでもあって、あの子に会いたいってわけですかね？」

「わたしの外国へ行ってる友だちから手紙をもらいましてね」ミス・マープルがほんとでないことをいった。「これはたいへんりっぱな家族でして、それがノラ・ブロードさんを雇い入れたいと考えているというわけなんです。彼女はたいへん困っているらしいですね。ちょっと不良のようなのと結婚すると、その男は彼女を捨てて、別の女といっしょにどこかへ行ってしまい、彼女は子供を育てるために仕事をさがしているというわけです。わたしの友人は、彼女のことはまったく何も知らないんですが、わたしはたしか彼女がこの村の出身だと見当をつけました。それで、どなたか彼女のことを少し話してくださるお方はないものかと思ったわけなんです。たしか、あなたは彼女と同じ学校へおいでになったとか？」

「ええ、わたしたち同じクラスでしたよ、ええ。といってもことわっときますけど、わたしはノラの行動には賛成じゃありませんからね。彼女は男狂いでしたよ、ええ。わたし、そのころ、いいボーイフレンドがいてちゃんとまじめにやっていたんで、彼女にいってやったんですよ――トムともディックともハリーなんかともみんなまんべんなくつきあってちゃよくないって。車に乗せてもらうとか、居酒屋へつれてってもらうとか。居酒屋ではじぶんの年をごまかしていったり。彼女ったら、ほんとよりずっと年とって見えるんで、もうすっかり一人前の女でした」

「髪は黒でしたか、それとも金髪？」

「ああ、彼女は黒い髪してましたね。きれいな髪でした。いつも、こう、よく少女たちがやってるように、ばらっと散らし髪にしてましたね」

「彼女が姿を消した時、警察では彼女のことを一生けんめい探してました？」

「ええ。彼女はひとこともあとへいい残していかなかったんですよね。ある晩出かけていったきり帰ってこないんです。彼女が車に乗るところを見た人がいるんですけど、その車をまた見かけた人もいないし、彼女を見たものもいないんですよ。ちょうどまたそのころ、いくつも殺人事件があったんです。ここらあたりだけじゃなくて、国中あちこちに。警察は青年や少年たちをたくさん追い集めてました。ノラはもう死んでるかもしれないと警察じゃ思っていたようですね。でも彼女は死にゃしませんよ。彼女なら大丈夫ですわ。わたしにいわせりゃ、ロンドンかどこかの大きな町でもって、ストリップかなんかやってお金でもこしらえてると思いますね、彼女ってそんなんですよ。彼女ってそんな女でしたね」

「それじゃ」とミス・マープルがいった。「どうもわたしのいってる人とは同じ人じゃないらしいし、またわたしの友人のところにもあんまり適当な人じゃありませんね」

「どこかに適当に当てはまるには、彼女だいぶ人でも変わらなきゃいけませんよ」その女がいった。

18　ブラバゾン副司教

ミス・マープルが少し息をきらせ、ちょっと疲れて〈ゴールデン・ボア〉へ帰ってくると、受付嬢がその囲いの中から出て、彼女を迎えにきた。

「あの、マープルさん、あなたにお話がしたいとおっしゃるお方がこちらにみえております。ブラバゾン副司教です」

「ブラバゾン副司教？」ミス・マープルはへんな顔をした。

「はい。あなたを探していらしたんです。あなたがこの旅行にいっしょに来ていらっしゃるとお聞きになって、ここを出られるかロンドンへお帰りにならない前に、あなたにお話がしたいとおっしゃってます。わたし、みなさんの中には今日の午後おそく列車でロンドンへ帰る人もあると申しましたが、副司教さんはあなたがお出かけになる前に、ぜひぜひお話がしたいとおっしゃってます。テレビ室の方へお通ししておきました。あの部屋の方が静かですから。ほかのお部屋は今とてもうるさいんです」

ちょっと驚きながらミス・マープルは教えられた部屋へ行ってみた。ブラバゾン副司教は、葬儀の席で目についたあの年寄りの牧師だったことがわかった。彼は立ちあがって彼女の方へやって来た。

「マープルさんで。ミス・ジェーン・マープル？」

「はい、それがわたしの名前ですけれど、何か……」

「わたしは副司教ブラバゾンです。実はわたしのたいへんに古い友人ミス・エリザベス・テンプルの葬儀に参列するため、今朝ほどこちらへまいったものです」

「ああそうですか」ミス・マープルがいった。「どうぞ、おかけくださすって」

「ありがとう、かけさせていただきます。どうも若いころのように頑健じゃなくなりましてね」と用心深くいすへかけた。

「そしてあなたは……」

ミス・マープルは彼のわきへ腰をおろした。

「はい。わたしに会いたいとのことですが？」

「そのわけをお話し申さなくてはなりません。わたしはあなたにとってまったくの未知の人間だということは充分に心得ております。実を申しますと、キャリスタウンの病院の方へわたしまいりまして、こちらの教会へまいります前に看護婦長の話を聞きました。

婦長の話で、エリザベスがなくなります前に、旅行の一行のあるお方に会いたいといったことがわかりました。ミス・ジェーン・マープルというお方に。そしてそのミス・ジェーン・マープルが彼女のところへ来て、エリザベスが死ぬ前、ちょっとの間だがいっしょにいてくだすったと」

と心配そうに彼女を見ていた。

「はい。その通りです」ミス・マープルがいった。「実はわたし、呼ばれて驚いたんです」

「あなたも彼女の古いおつきあいで?」

「いいえ」ミス・マープルがいった。「こんどの旅行でお目にかかっただけなんですよ。ですから、わたし、驚いたわけなんです。わたしたちバスの中でときどき隣合わせに腰かけたりして、お互いの考えなど述べ合ったりしましてね、すっかりお近づきになったんです。でも、あんな重態になってわたしに会いたいとおっしゃったのには驚きました」

「はい。はい、よくわかります。彼女は、前にも申しました通り、わたしのたいへんに古い友人なんです。よくわたしのところを訪ねて、会いにきてくれてました。わたしはフィルミンスターに住んどるんですが、実は明後日、あなた方の観光バスが来てとまることになっている場所です。そして、彼女は都合をつけてわたしのところを訪ね、いろいろ話を聞いてもらって、助けてもらいたいということになったのです」

「わかりました」ミス・マープルがいった。「ひとつ質問をしてもよろしいでしょうか？　あんまり立ち入り過ぎた質問かもしれませんが」

「はい、どうぞ、マープルさん。どういうことでもかまわずおききください」

「ミス・テンプルがわたしに話したことの一つですが、それはこの旅行に加わったのは、ただ単に歴史的な邸宅とか庭園見物のためだけではないということでした。それを彼女は、ちょっと普通にはあまり使わないことばで表わしました——巡礼の旅という」

「そういったのですか」ブラバゾン副司教がいった。「ほんとにそういいましたか？　はい、それは興味深いことです。興味深いし、またたいへん重要なことかと思います」

「で、わたしがおうかがいしたいのは、彼女がいっていた巡礼の旅は、あなたを訪問することであったとお考えでしょうか？」

「そうかと思われます」副司教がいった。「はい、そうと思いますね」

「わたしたちは、若い娘のことについて話をしておりました」ミス・マープルがいった。

「ヴェリティという名の若い娘のことです」

「ああ、はい。ヴェリティ・ハント」

「わたしはその姓を知りませんでした。ミス・テンプルは、たしか、ただヴェリティとだけいったと思います」

「ヴェリティ・ハントは死んどるんです」副司教がいった。「もう何年も前に死にました。そのことをご存じだったのですか？」

「ええ」ミス・マープルがいった。「知っておりました。ミス・テンプルとわたしは彼女のことを話していたんです。わたしの知らないようなことをミス・テンプルはわたしに話しました。ヴェリティはラフィールという人の息子と結婚するため婚約中だったというのです。ラフィール氏というのは、また申し上げておかなければなりませんが、わたしの友人なんです。ラフィール氏がこんどのこの旅行の費用も、ただの親切から支払ってくれたものです。ですけれど、わたしが思いますのに、ラフィール氏はおそらく……実はこのわたしにこの旅行で、ミス・テンプルと会ってほしかった、というより、会うように仕向けたのだと考えます。彼女はわたしにある情報を与えることができるとラフィール氏は思っていたようですね」

「ヴェリティについてのある情報でしょうか？」

「ええ」

「だから彼女はわたしのところへ来ることになっていたわけなんですね。ある事実を彼女は知りたかったわけです」

「彼女が知りたかったのは」ミス・マープルがいった。「なぜヴェリティがラフィール氏の息子との婚約を破棄したかということですね」

「ヴェリティは婚約を破棄してはおりません」ブラバゾン副司教がいった。「そのことはわたし、確信を持っております。絶対確かです」

「ミス・テンプルはそのことを知っていなかったのですか？」

「ええ。彼女はとまどい、いやな気持ちになって、なぜ結婚がとり行なわれなかったのかわたしのところへ問いただしに来る途中だったと思います」

「それで、なぜ結婚はとり行なわれなかったのです？」ミス・マープルがきいた。「どうぞ、よけいなおせっかいなどと思わないでいただきたいのです。わたしをこうさせているのは、ただの好奇心ではありません。わたしも実は……巡礼の旅というほどではないんですけれど……ある使命とでも申しましょうか、使命を持っているんです。わたしも、なぜマイクル・ラフィールとヴェリティ・ハントが結婚しなかったか、そのわけが知りたいんです」

　副司教はちょっとの間、じっとミス・マープルを見ていた。

「だいぶあなたも深入りしておられますね。わたしにはわかります」

「わたしはマイクル・ラフィールの父親の遺志で深入りすることになったのです。こういうことをやってくれと頼まれたわけなんです」

「わたしの知っておりますことをあなたにお話ししないわけにはまいりますまい」ゆっくり副司教がいった。「あなたはエリザベス・テンプルがわたしにきくはずだったようなことをきいておられる。わたし自身も知らないことをきいておられる。あの二人の若者は、マープルさん、結婚するつもりでいたのですよ。わたしがあの二人の結婚をとり行なうことになっていたのです。これは秘密にしての結婚だなとわたしは受け取っておりました。わたしはこの若者を両方とも知ってたんです。ヴェリティはずっと以前、かわいらしい子供のころから知っておりました。彼女の堅信礼もわたしがつとめてやりましたし、いつもはわたし、レントで礼拝式をとり行なっておりますが、復活祭やその他の場合には、エリザベス・テンプルの学校で礼拝式をやっておりました。まことにりっぱな学校でした。またたいへんにごりっぱなご婦人でした、あのお方は、すばらしい先生で、一人一人の女生徒たちの素質を実によく心得ていて……その女生徒にはどんな勉学が向いているかなど、たいへんなセンスがありました。女生徒の将来についても、楽しめるような将来の道をとるようにすすめて、決してじぶんの考えが万全だとして強制するようなことはありませんでした。彼女は女性として偉大で、またたいへんに親しみのある友人でもありました。ヴェリティは、わたしが出会った中でも最も美しい子供、といいますか、少女でした。顔かたちばかりでなく、頭も心も美しい少女でした。すっかり成人する前に両親を失ったのはたいへんな不幸でした。両親は休暇でイタリアへ行く途中のチャーター機で死にました。ヴェリティは学校を出ると、たぶんあなたもご存じの、この土地に住んでいるクロチルド・ブラッドベリースコットさんのところへ来て暮らすことになったのです。ミス・クロチルドはヴェリティの母親の親友でした。クロチルドの姉妹は三人なのですが、二番目のは結婚して外国暮らしをしており、ここに住んでいたのは二人きりでした。一番年上のクロチルドがヴェリティをひどくかわいがりました。彼女に幸せな生活をさせるために、あらゆることをしてやりました。外国へも一、二度つれていってやり、イタリアで絵のレッスンも取ってやったり、あらゆる方法でほんとに心から彼女を愛し世話をしておりました。ヴェリティもまた、だんだん彼女を愛するようになって、おそらくじぶんの母親にも劣らない愛しようでした。すっかりクロチルドに頼りきっていました。クロチルド自身、知性のすぐれた、充分に教育のある婦人でした。彼女はヴェリティに大学生活を押しつけるようなことはしなかったし、またこれはわたしの推測ですが、ヴェリティがあまり大学行きを熱心に希望していなかったからでもありましょう。絵や音楽やそういったことの勉強の方が好きだったのです。

この土地の〈旧領主邸〉に住んでいて、たいへん幸せな生活だったようです。いつも幸せそうに見えました。当然のことですが、彼女がここへ来ましてからは、あまり会うこともなくなりました、と申しますのは、わたしのおります教会のあるフィルミンスターはここから六十マイル近くもあるものですからね。わたしはクリスマスその他の祝祭には彼女にたよりを書いてやりましたが、彼女の方からもわたしをおぼえていてくれて必ずクリスマス・カードなど送ってくれました。しかし、ある日突然に彼女がりっぱな一人前の女性として、たいへんに美しい姿を見せるまで、わたしは何も彼女のことは知らずにおりましたが、その時彼女といっしょだった美男の青年が、わたしもちょっと知っていたラフィール氏の息子のマイクルだったのです。わたしのところへ来たわけは、二人は愛し合っていて結婚したいからというのでした」

「それで、あなたは二人の結婚に、同意なさったのですか？」

「はい、同意いたしました。たぶん、マープルさん、あなたは思っていらっしゃるのではないでしょうか、同意すべきではなかった、と。二人はわたしのところへ秘密にやって来たことは明らかですからね。クロチルド・ブラッドベリースコットはおそらく二人の間のロマンスを冷却させようとしたのだと思われます。それも道理なんです。マイクル・ラフィールは、率直にいいまして、あなたのご親類の娘さんなどに夫としておすすめできない、そういうような男なんです。彼女の方は決心をつけるにはまだほんとは若すぎますし、マイクルときたらまだずっと若いころからめんどうの源だった男です。少年審判廷に出されたことがあり、よくない友人を持っていましたし、いろいろなギャング活動にひっぱりこまれていたことがありますし、ビルや公衆電話ボックスを故意に壊したりしたこともあります。いろんな女と深い関係を持っていたこともあって、扶助料の請求をされたこともありました。そうなんです、女性に関して不良であったように他のことでも不良でしたが、しかし、たいへんに魅力的な男だもんですから、女性たちはまいってしまって、前後の見境いもなくなるといったふうでした。短期の刑務所行きも二度しています。率直にいって、彼は前科者でした。わたしは彼の父親を知っておりましたが、それほどよく交際していたわけではありません。しかし彼の父親は、彼のような性格の人間ならきっと必ずやりそうな、できる限りのあらゆることを息子を助けるためにしたようでした。父親はいつも助けにやってきました。成功しそうな仕事も与えてやりました。息子の借金も払ってやり、損害も賠償してやりました。こういうことを全部彼の父親はやりました。しかし……」

「しかし、もっとやってやるべきだったと、あなたは思っていらっしゃる？」

「いいえ」と副司教がいった。「わたしももうこういうことがわかる年齢になりました——

―それは、人はじぶんの仲間の人間をどんな種類の人間にしろ、そのまま受けとめ、またその人たちの性格をきめている、今のことばでいうなら、遺伝学的な素質を持ったものと受けとめなくてはならない、と。ラフィール氏は、わたしの考えでは、その息子に情愛を持っていたとは思えない――常に大いなる情愛を。たいへんにかわいがっていたというぐらいが関の山です。彼は息子に愛を与えていない。しかし、マイクルがその父親から愛を与えられていたら、もっとましになっていたかどうか、それはわかりません。おそらく、何のちがいもなかったかもしれない。かくて、悲しいことになった。少年は決してばかではなかったのです。ちゃんとした知力と才能を持っていました。彼はりっぱにやっていこう、そしてそれだけの苦労をいとわなかったら、りっぱにやっていけたはずです。しかし、彼は生まれつきの……率直にいって、不良児なのです。彼は人が認めるりっぱないい素質をいくつも持っておりました。ユーモアのセンスがありましたし、いろんな点で寛大であり、親切でもありました。彼は友だちをかばい、困難から救ってもやりました。彼はガールフレンドにひどい仕打ちをして、この土地のことばでいう、厄介なことにしてしまい、そのあげく見捨てるようなことをして、またほかの女とつきあうようなことをしていた。こうして、わたしはその二人と顔を合わせることになり……そう……わたしは二人の結婚に同意しました。わたしはヴェリティにいいました、きわめてあからさまに、いいました——彼女が結婚しようとしている相手の男がどんな種類の人間であるかということを。彼は彼女をだまそうなどとはまったくしていないこともわかりました。彼女に、じぶんがいつも警察やその他いろんな方面に厄介をかけていたことをちゃんと話していたのです。彼女と結婚したら心を入れ替え、生活を一新するとも話していたのです。何もかもすべて変えるというのです。わたしは彼女に警告しました——そんなことにはなりっこない、彼は変わるようなことはないのだ、と。人は変わるものじゃありません。彼は変わるつもりではあったでしょう。それはヴェリティにも、わたしにわかっているようにわかっていたと思います。それはわかっていますと彼女は認めもしました。彼女がいうのです——あたしにはマイクがどんな人間かわかってます。おそらくずっとこんなふうだろうと思ってますけど、でもあたしは彼を愛しているんです。彼のことあたしが助けてあげられるかもしれないし、助けてあげられないかもしれません。でも、あたしは危険をかくごでやります——。そして、こういうことをわたしはマープルさん、あなたに申し上げたいのです。わたしにはわかります……よくわかります。わたしは多くの若者たちに失望しました、多くの若者たちの結婚をとり行ないました、そして悲しみにくれてやってくるのも見ましたし、予期に反してうまくいっているのも見ました……だが、わたしにはこれがわかります、認められます。二人が互いにほんとに愛し合っていれば、わたしにはわかります。といっても、それはただ性的にひきつけられているということではありません。あまりにもセックスについてのことがこのごろいわれすぎてる、あまりにもその方へ目がいきすぎています。ナンセンスです。しかし、セックスは愛にとって代わることはできません。それは愛とともにあるべきものであって、それ自体完成されたものではない。愛するということは、結婚式の誓いのことばを意味します。よきにつけ、悪しきにつけ、富める時も貧しき時も、病める時にもすこやかなる時にもです。愛し合い結婚しようというのならこのかくごが必要です。この二人は愛し合っておりました。愛し、いつくしみ、死がわれらを分かつまでです。そして、これが……」と副司教がいった。「わたしの話の終わりになります。あとはお話しできません、といいますのは、何があったのか知らないからなのです。わたしが知っていることといえば、二人の依頼に同意して、必要な手配をしたことだけです……わたしたちはその日取り、時間、時刻、場所をきめました。秘密のうちに賛同したことが、わたしとしては責められてもしかたがあるまいと思っております」

「二人は誰にも知らせたくなかったのでしょうか？」ミス・マープルがいった。

「はい。ヴェリティは誰にも知られたくないといっていましたし、マイクもまた誰にも知られたくなかったとわたしははっきりいえます。二人はとめられるのをおそれていたのです。ヴェリティにとっては、愛のほかに逃避の気持ちもあったと思われます。彼女の生活環境としては、それも無理からぬことだと思います。彼女はほんとの保護者両親を失って、女学生が誰かに〝夢中になる〟年ごろに達したころ、両親の死後、新しい生活にはいったのですからね。美しい女教師。スポーツから数学まで、みな女の先生、でなければ上級生か年上の少女。そう長くはつづかない状態で、人生の当然の一部にすぎません。それからこんどは次の段階へと進みますね……じぶんの人生に必要なものはじませんじぶん自身で満たさなくてはならないとさとる時代ですね。男と女との間の関係です。そしてじぶんのまわりを見て、相手を求める。じぶんの人生に欠けている相手です。そして、賢明な人間なら、時間をかけて、友だちを作りますが、年とった保母さんがよく子供にいうように、将来のりっぱな夫となるべき人が現われるのを待っている。クロチルド・ブラッドベリースコットはヴェリティに対して特別によくし、またヴェリティは英雄崇拝ともいうべき気持ちを彼女に対して持っていた、とわたしは思うのです。彼女は女性としてりっぱな人格者でした。美人で、教養があって、おもしろい。ヴェリティは彼女をほとんど空想的に崇拝していたのだと思いますし、また、クロチルドはヴェリティをじぶんの生んだ娘のように愛するようになっていたと思われます。こうしてヴェリティは愛慕崇敬の雰囲気の中で成人し、彼女の知性を刺激するような興味深い人物といっしょに興味深い生活を送っていたのですね。それは幸せな生活でしたが、わたしが思うのに、しだいに彼女は意識するようになった……といっても、じぶんでは意識していることに気づかないで……脱出したいという願望を意識しだしていた。愛されることからの脱出ですね。脱出するといっても、彼女は何に、あるいはどこへ向かって脱出していいかわからなかった。しかし、マイクルに会ってからはそれがわかってきた。男性と女性とがいっしょになって、この世における生活の次の段階を創造する人生、そこへ脱出したい、だが、じぶんの感じをクロチルドに理解してもらうのは不可能なことだとわかっていました。彼女がマイクルに真剣な愛を捧げていることにクロチルドがひどく反対することがわかっていました。そして、遺憾ながら、クロチルドの考えの方が正しかったと……今にして、わたしは思います。あの男はヴェリティが夫として選ぶべき男ではなかった。彼女が出発していった道は、生活や幸せをしだいに増していくようなそんな道ではなかったのです。それはショックへ、苦痛へ、そして死へとつながる道でした。マープルさん、わたしは重大な罪を犯した気がしてならないのです。動機としてはわたしはよかったのですが、わたしは知らなくてはならないことを知らずにいた。わたしはヴェリティは知っていましたが、マイクルの方は知っていなかった。わたしはヴェリティが秘密を望んだ気持ちがわかっていた、というのは、クロチルド・ブラッドベリースコットがどんなに強い性格であるか知っていたからです。ヴェリティに強い圧力をかけて説得して結婚をあきらめさせるかもしれなかったのです」

「そうしますと、あなたはクロチルドがそうしたのだとお考えになるわけですか？ クロチルドがマイクルのことをさんざんにヴェリティにいって聞かせて、彼と結婚する考えをやめさせるように説得したのだとお考えになるわけですね？」

「いいえ、そうは思いません。そうは思っておりません。もしそうだったらヴェリティがわたしに話しているはずです。打ち明けるはずです」

「その日は、実際にどんなことになったのですか？」

「まだそのことをお話しししておりませんでしたね。結婚の日取りがきまりました。時刻も場所も、そしてわたしは待っておりました。花嫁花婿を待っていたのですが、来ないのです。伝言もありません。来られないわけも、何にもない、ないのです。どういうわけだか、わたしにはわかりませんでした！ いつまでもわからないことでしょう。今でも信じられないのです。信じられないといいますのは、二人が来なかったことではなくて、それなら充分説明もつきましょうが、二人がひとことも伝言さえしなかったのが信じられないのです。一行の走り書きでもいいのです。そしてそれがわたしにはなぜかとふしぎでならなかったことで、またもしかしてエリザベス・テンプルがなくなる前に何かわけをあなたに話したのではないかと思ったわけです。わたしへの何かの伝言でもあなたに頼んだとか。もし彼女がもうじぶんは死ぬことがわかっているか、そんな気でもしていたのでしたら、わたしへ何か伝言をしたかったろうと思うのですが」

「彼女はあなたからのお話を望んでいました」ミス・マープルがいった。「つまり、そのためにあなたのところへ行くところだったのだと、わたしは確信します」

「はい、はい、おそらくそうだったのでしょう。ヴェリティはじぶんを止めることのできる人たち、クロチルドにアンシア・ブラッドベリースコットには何もいわなかったことでしょうが、しかし、エリザベス・テンプルには日ごろから心からの信頼をおいていたのですから……そしてまたエリザベス・テンプルも彼女にたいへんな影響力を持っていたのですし……おそらく何らかの知らせを書いてやっていたと、わたしには思われますけれどね」

「わたしにもそう思えますね」ミス・マープルがいった。

「知らせをでしょうか？」

「彼女がエリザベス・テンプルに与えた知らせは、こうなんです」ミス・マープルがいった。

「彼女はマイクル・ラフィールと結婚するというのでした。ミス・テンプルはそのことを知っていました。彼女がわたしにいったことのひとつです。彼女がいいました——わたしの知っておりますヴェリティという名の若い女がいますが、マイクル・ラフィールと結婚しようとしているのです——と。こんなことを彼女に話せる人間はヴェリティ本人以外にはありません。ヴェリティは彼女に手紙を書いたのかそれとも伝言したのでしょう。そして、わたしが——どうして彼女は彼と結婚しなかったのです？——ときますと、彼女はいいました——死んだのです、彼女は——と」

「いよいよこれでしめくくりのところへ来ましたね」ブラバゾン副司教がいった。彼はため息をついて、「エリザベスとわたしはこの二つの事実以外には何も知っておりません。エリザベスは、ヴェリティがマイクルと結婚しようとしていることを。そしてわたしは、この二人が結婚しようとしていて、その準備をととのえ、きめた日時に来ることになっていたのを知っていた。そして、わたしは二人を待っていたが、結婚はとり行なわれなかった。花嫁の姿も花婿の姿もなく、伝言ひとつなかった」

「それで、何があったのか、あなたには見当はつきませんか？」ミス・マープルがいった。

「わたしは、ヴェリティとマイクルがはっきり別れたとか、離れたとか、そんなことはみじんも信じられませんね」

「でも、二人の間には何かがあったのにちがいありませんね？　何かヴェリティの目をさまさせるようなこと……彼女がこれまで気がつかなかったか、あるいは知らなかったようなマイクルの性格のある一面がわかったとか……」

「それでは充分な説明にはならないと思いますね、といいますのは、それだったら、やはりわたしにいうと思うのです。神聖な結婚式で二人を結び合わせるために待っているわたしを待たせ放しにはしないと思います。最もおかしい点を申しますと、彼女はたいへんに育ちがよく、礼儀正しいところがあったのですから、ひとことと伝えてくるはずです。そうです。遺憾ながら、何があったか、それはただ一つしかないと思うんです」

「死ですか？」ミス・マープルがいった。彼女はエリザベス・テンプルがこの一語をいった時、それが鐘の音の重々しいひびきのようであったことを思い出した。

「はい」ブラバゾン副司教がため息をついた。「死です」

「愛です」ミス・マープルがしみじみといった。

「とおっしゃると……」副司教がいいよどんだ。

「これはミス・テンプルがわたしにいったことばでした。わたしが――何が彼女を殺したのです？――といいますと、彼女は――愛です――といいました。そしてこの愛ということばは世の中で一番おそろしいことばです。最もおそろしいことばです」

「わかりました」副司教がいった。「わかりました……といいますか、わかったような気がします」

「あなたのご解答は？」

「人格の分裂ですね」とため息をついて、「専門的に性質の格づけをして観察でもしなければ、他人にはそれとはっきりわからないものですね。ジキルとハイドは実在しますね。あれはスティーヴンソンの創作ではないのです。マイクル・ラフィールは……早発性痴呆症だったのにちがいない。彼は二重人格でした。わたしには医学の知識や精神分析の経験もありません。しかし、彼の中には二人の本人がいて、二つの部分に別れていたのにちがいありません。その一つは、善意の、愛すべき少年で、幸せを求めることが主たる目的の少年。しかし、もう一つ第二の人格があって、そのものは何か精神的な奇形、というか何というか、われわれにはまだはっきりとはわかっていないあるものに支配されて、敵を殺すのではなくて、じぶんの愛するものを殺すようになっている……それで、彼はヴェリティを殺した。おそらくなぜ殺さなくてはならなかったのか、あるいはそれがどういうことなのかさえわからずに。われわれのこの世界にはまことにおそるべきものがあります……精神的な奇癖、精神病あるいは脳の欠陥など。わたしの教区民の中にもこれに当てはまるたいへんいやな例がありました。年金暮らしの二人の老婦人がいっしょに生活していたのです。どこかの軍隊内でいっしょに働いていて、友だちだったのですね。たいへん幸せそうな二人でした。それなのに、一方の人がもう一人を殺してしまったのです。彼女は古い友人で彼女の教区の牧師を呼んで、こういったといいます。——わたしはルイザを殺しました。たいへん悲しいことです。でも、彼女の目から悪魔がのぞいているのを見まして、またわたしに彼女を殺せという命令が出ているのも知っていたのです——と。こういうことは、どうかすると、人々に生きてゆくことを絶望させます。いったい、なぜだ、と人はいいます。どうしてこうなんだと。わからないのですね。医師たちは、ただちょっと染色体か遺伝子の変形にすぎないことを発見したり、知るぐらいのものです。何かの腺が過度に働きすぎるとか、働かなくなっているとか」

「つまり、そういうことがあったとお考えなんですね？」ミス・マープルがいった。

「事実、あったのです。死体はだいぶあとまで発見されなかったことをわたしも知っております。ヴェリティは姿を消してしまいました。じぶんの家から出ていって、二度と人の目についていません……」

「でも、その時、あの日に、すでにあったことでは……」

「裁判では、たしかに……」

「遺体が発見されて、警察が遂にマイクルを逮捕したあとのことをおっしゃってるわけですか?」

「彼は、例の警察に来て協力してくれと頼まれた最初の何人かの中の一人でした。彼は問題の少女とよくいっしょにいるところを人が見ていたし、また彼女が彼の車の中にいたのもわかっていました。警察では初めから彼こそ警察が探している男だと確信していました。最初の容疑者であり、彼を疑うことを警察は決してやめませんでした。ヴェリティを知っていた若者たちも尋問を受けましたが、すべてアリバイがあったり、証拠が不充分だったのです。警察はマイクルの容疑をつづけていましたが、ついに死体が発見されたのです。首を絞められ、頭と顔はひどい打撃によってめちゃめちゃになっていました。狂気狂乱の犯行です。このような打撃を加えた時の彼は正常ではなかった。ハイド氏の方が、いうなれば、勝ったわけですね」

ミス・マープルは身ぶるいした。

副司教はつづける。声は低く、悲しげであった。「それでも、今なおわたしは彼女を殺したのはどこかの別の若者だという気がときどきしますし、そうであってほしいと思ったりします。完全に発狂しているのだが、誰もそうとは思ってもいない何者かですね。たぶん、彼女が近所で出会った未知の男でもありましょう。偶然に出会って、彼女を車に乗せてやり、それから……」副司教は首を横にふった。

「それもあり得ることと思います」ミス・マープルがいった。

「マイクは法廷で悪い印象を与えてしまったのです」副司教がいった。「愚かな、意味ないうそをついたり、じぶんの車のあった場所までうそをいっています。じぶんの友人たちに不可能なアリバイをいわせたりしているのです。彼はすっかりおびえてしまっていました。結婚の計画など全然一言もいわないのです。それをいうと彼にとって損になる、と弁護士は考えたらしいんですね……女の方が結婚を迫り、彼は結婚しようと思っていなかった、と。もうずいぶん前のことになりますので、細かな点はおぼえておりません。しかし、証拠は完全に彼に不利でした。彼は有罪とされました……そして、有罪らしく見えたのです。

そういうわけで、マープルさん、わたしはたいへん悲しいみじめな人間になったことがおわかりかと思います。わたしはまちがった判断をしてしまって、たいへんにやさしくてかわいい一人の少女を死に追いやったのです、それというのもわたしが人間性をよく知らなかったがためなのです。彼女が危険を冒していることに気づかなかったのです。もし彼女が何か彼について恐怖を抱くとか、突然何か悪を感じるようなことでもあれば、彼女は彼との結婚の約束を破棄して、わたしのところへその恐怖を、そしてまた彼について新しく知ったことを、わたしに話しにくるものと信じていたのです。しかし、そういうことはまったくありませんでした。なぜ、彼は彼女を殺すようなことをしたのか？　彼女が子供を産むことになったのを知って、そのために彼女を殺したのだろうか？　すでにその時には別の女との関係ができあがっていて、ヴェリティとしかたなく結婚するのがいやだったためだろうか？　そんなことはわたしには信じられません。それとも、何か全然別の理由があったのだろうか。彼女が突然彼に恐怖を感じだしたのか、彼からの危険に気づいたがために、彼とのつながりを断絶してしまったのだろうか？　そのことが彼に腹を立てさせ、激怒させ、暴力にとさそいこんで、彼女を殺すに至らしめたのか？　わかりませんね」

「おわかりにならない？」ミス・マープルがいった。「でも、やはりまだ、わかって信じておられることが一つあるじゃありませんか？」

「いったいその〝信じている〟ということはどういう意味でいっておられるのでしょう？　宗教的な意味からいっておられるのでしょうか？」

「いえ、そうではありません」ミス・マープルがいった。「そういう意味で申したのではありません。わたしが申した意味は、あなたの心の中に、といいますか、わたしがそう感じたと申しましょうか、あの二人は互いに愛し合っていて、結婚するつもりでいたが、何かがあって、それができなくなってしまった、と非常に強く信じておられるように思える、そういう意味です。何かが彼女を死に至らしめたのに、あなたはなお、あの日、結婚するためにあなたのところへ二人が来るものと信じておられたのでしょう？」

「まったくその通りです。ええ、わたしは未だにあの二人の恋人が結婚を希望していたと信じないではいられません……お互いに、よきにつけ悪しき折にも、富める時も貧しき時も、病める時もすこやかなる時も、共にあらんことを願っていたと思うのです。彼女は彼を愛していて、よくても悪くても彼を選んだことでしょう。彼女はその悪い彼を選ぶことになり、それが彼女の死を招いたのです」

「あなたはあなたの信じていらっしゃる通りに信じていらっしゃってください」ミス・マープルがいった。「わたしにも、どうやらそう信じられますね」

「しかし、何をです？」

「まだわかりません」ミス・マープルがいった。「はっきりわかりませんが、エリザベス・テンプルはどんなことがあったのか、知っていたか、それとも知りかかっていたと思われるのです。おそろしいことばだと彼女はいいました、愛ということばが。彼女がこういった時、わたしはヴェリティが愛のゆえに自殺をしたのだという意味にとったのでした。マイクルについて何かを彼女が新しく発見したためか、あるいは、マイクルについての何かが彼女を驚かせ、いや気を起こさせたためにですね。でも、自殺ではなかったわけでしょう」

「ええ、あり得ません」副司教がいった。「法廷でその傷害の模様が詳細に発表されております。じぶんの頭部にひどい打撃を加えて自殺をするわけがありません」

「いやですね！」ミス・マープルがいった。「いやですね！　たとえ〝愛のため〟殺さなくてはならないにしても、愛するものにそういうひどいことが、できますか？　もし彼が彼女を殺したのだとしても、そんなことはできなかったと思いますね。首をしめるぐらいのことは……でも、じぶんの愛するものの頭や顔をたたきつぶすなんて、できることではありません」と小声になって、つぶやいた。「愛、愛……おそろしいことばです」

19　別れの言葉を交わす

その翌日、バスは〈ゴールデン・ボア〉の前にとまっていた。ミス・マープルも出てきて、あれこれの友だちにさよならをいっていた。ライズリー・ポーター夫人がたいへん憤慨状態なのが目についた。

「まったく、このごろの若い娘ときたら」といっている。「元気がない。スタミナがない」

ミス・マープルが不審そうにその顔を見ていた。

「いえ、ジョアナのことでして、わたしの姪の」

「おや、おかげんでもお悪いんですか？」

「そういってるのですがね。わたしが見たところでは、どこも何ともありゃしません。のどが痛いとか、熱が出てきたとかいっておりますけれどね。みんな意味ないです」

「ああそれはいけませんね」ミス・マープルがいった。「何かわたしにできることでも？　看病など？」

「ほっとけばよろしいんです」ライズリー・ポーター夫人がいった。「なに、みんな口実ですから」

ミス・マープルはもう一度不審そうに夫人の顔を見た。

「若い女の子はまったくばかですよ。すぐ恋に落ちてしまって」

「エムリン・プライスですか？」ミス・マープルがいった。

「あら、それじゃあなたもお気づきになってましたの。そうなんです、もうでれでれと二人でいちゃつきまわってる段階になっておりましてね。どうもわたしはあの男はあまり気に入りませんね。いまふうの長髪の学生の一人なんです。いつもデモかなにか、そんなことばっかりやってる連中ですね。なぜきちんとデモンストレーションといえないんでしょうね？　わたしは略語がきらいです。いったいわたしはどうやって暮らしたらいいんでしょう。誰も世話してくれるものがいなくて、すべてわたしが払ってるとか、持ち出すとか、持ちこむとか。この旅行の全費用やなにか、すべてわたしが払ってるというのに」

「わたしにはあのお嬢さん、たいへんにこまかく気をくばってやっていらっしゃるように思えますけど」ミス・マープルがいった。

「いいえ、いよいよ最後の一日や二日になってだめなんでございますよ。人は中年になったら誰でもちょっと手伝ってくれるものがいなくてはやっていけないことを、このごろの若い娘はわかっていないんです。あの二人……姪とプライス坊やですが、とんでもないことを考えてますようで、何でもどこかの山だか境界標だかまで行ってくるというんです。往復歩いて七マイルも八マイルもあるところをですよ」

「でも、お嬢さんはのどが痛くて熱もあるのでは……」

「見ていてごらんなさいませよ、このバスが出ていったらたちまちのどの痛いのはよくなるし、熱も下がってしまうにきまってます」ライズリー・ポーター夫人がいった。

「おや、もう乗りこまなくては。さよなら、マープルさん、お会いできて楽しかったです。わたしたちみんなとごいっしょにおいでになれないのが残念ですわ」

「わたしもたいへん残念なんです」ミス・マープルがいった。「でも、わたし、あなたのように若々しくて元気いっぱいじゃございませんものですから、この二、三日あんなショックなことがあったりなんかしてのあとでしょう、わたし、まるまる二十四時間はどうしても休養が必要なんです」

「いずれまた、どこかでお目にかかりましょうね」

二人は握手を交わした。ライズリー・ポーター夫人はバスに乗りこむ。

うしろからミス・マープルの肩越しに声がした——

「ごきげんよう、そして、いい厄介払いだ」

ふり返ってみると、エムリン・プライスだった。彼はニヤニヤ笑っていた。

「今のはライズリー・ポーター夫人に向かっていったんですか？」

「そう。ほかの誰さ」

「今朝ジョアナさんはおかげんが悪いって聞きましたけど、お気の毒に」

エムリン・プライスはもう一度ミス・マープルに向かってニヤリとしてみせて、

「彼女、オーケーなんだ。あのバスが行っちまえばね」

「まあ、よくも！」ミス・マープルがいった。「まさかあなた本気では……」

「ああ本気だよ」エムリン・プライスがいった。「ジョアナはもうあの叔母さんにゃあきあきしてるんだ、年中あれこれボスぶってさ」

「じゃ、あなたもあのバスでは行かないことにしたんですね？」

「ああ。二日ばかりここにいようと思って。ちょっとね、みんなと離れて小旅行でもやろうと思うんだ。マープルさん、そんないやな顔しないでくださいよ。まるで、いやな顔を絵にかいたみたい」

「わたしだってね」ミス・マープルがいった。「若いころにはそういうこともありましたよ。口実はちがっていたかもしれませんがね、今のあなた方みたいにやたらと何からでも逃げるようなことはしませんでしたね」

ウォーカー大佐夫妻がやって来て、ミス・マープルと暖かい握手を交した。

「お知り合いになれて、ほんとに楽しゅうございました。そしてすばらしい園芸のお話も」大佐がいった。「いよいよ明後日にはすばらしい楽しみがあります、別に何事もなければですが。まったくこんどのあの事故はまことにいたましい悲しいことでした。わたし、やはりあれは事故だと考えざるを得ませんね。このことであの検屍官は感情的に少し行きすぎだと思いますよ」

「どうも何ですか、たいへんおかしなことですね」ミス・マープルがいった。「誰も申し出てこないのがおかしいですね、もし丘の上にいて岩や石などゆさぶったりしていた人があったら、そういいに出てくるはずなんですがね」

「とがめられると思ってのことでしょうよ、それは」ウォーカー大佐がいった。「じっとだまっていようというわけでしょうな。では、さよなら。あのハイダウンネンシス木蓮とそれからマホニア・ジャポニカの切り枝もそのうちお送りいたしましょう。もっとも、あなたの住んでおられる土地でうまく育ちますかどうかわかりませんがね」

みんなは一人一人バスへ乗りこんでいった。ミス・マープルはうしろを向いてバスから離れた。すると、ワンステッド教授が出発しようとしているバスへ向かって手をふっているのが見えた。サンボーン夫人が出てきて、ミス・マープルにさよならをいうとバスへ乗りこんでいった。ミス・マープルはワンステッド教授の腕を取った。

「あなたにご用があったんです」彼女がいった。「どこかお話のできるところへおいでいただけません？」

「はい。いつかわたしたちがすわっていたところ、あそこはいかがです？」

「ここをまわったところに、たしかたいへんけっこうなベランダがあると思いましたけど」

二人はホテルの角をまわっていった。陽気な警笛の音がしてバスは出ていった。

「いや実はですね」ワンステッド教授がいった。「あなたがあとに残っておられなければいいがと思っていたんですよ。あのバスで何事もなく出かけていかれたらと思っていました」と鋭い目つきで彼女を見ながら、「どうしてここへ残られたんです？　神経の極度の疲労かそれとも何かほかのことで？」

「その何かほかのことでです」ミス・マープルがいった。「別にわたし、疲れてなぞおりませんのですけれど、わたしのような年ごろのものにとりましては、まったくかっこうな口実となります」

「わたしは何としてもあなたを見守っているためにここにとどまらねばと思いました」

「いいえ、そんなことをなさらなくてもけっこうでございますよ」ミス・マープルがいった。「ほかにぜひしていただきたいことがありますの」

「どういうことです？」教授が彼女の顔を見て、「何か思いつかれたことか、それともわかったことでもありましたか？」

「わかったことがあると思うんですけれど、それの立証をしたいんです。わたしにはできないことでございます。あなたは、わたしの申します当局筋との接触を持っておられますので、その立証を手伝っていただけると思いますが」

「とおっしゃるのはロンドン警視庁とか警察本部長、刑務所の所長などのことで？」

「ええ。そのうちの一つか、あるいはみんなです。たぶん内務大臣ともお親しいんでしょう？」

「何かいよいよ思いつかれたことがありますな！　さて、わたしに何をしろとおっしゃいますかね？」

「まず第一に、この宛名をお受け取りください」

手帳を取り出すと、その一ページを破いて取って教授に手渡した。

「なんです、これは？　ああ、有名な慈善団体ですね？」

「なかなかいい団体の一つだと思っております。いろいろよいことをやっております。

みんながここへいろいろな衣類を送ります。子供のや婦人用の。コート。プルオーバーやなんか、なんでもです」

「ここへ、わたしにも寄付をしろとおっしゃるわけですか？」

「いいえ、これは慈善事業への援助お願いで、わたしどもがやっていることにちょっと属することなんです。あなたとわたしがやっていることに」

「どういうふうにです？」

「あなたにこの団体で一つの小包の調査をしていただきたいのです。その小包は二日前ここから出されて、ここの郵便局から送り出されたものなんです」

「誰が送ったのです……あなたですか？」

「いいえ」ミス・マープルがいった。「いいえ。しかし、わたしが、その小包に責任があるかのようによそおってあるのです」

「いったい、それはどういうことなんです？」

「実はこういうわけなんです」ミス・マープルはちょっとにっこりして、「わたしはこの郵便局へまいりましてね、少々頭がぱあみたいな様子をして……いえ、ほんとにわたしもぼけてますようで……実はある人にうっかり小包を郵便で出してもらうように頼んだんだけど、宛名をまちがえて書いてしまったものだと説明しました。たいへんにわたし、あわてて。女性郵便局長さんがたいへん、親切に、その小包ならおぼえているけれど、宛名はわたしが申したのとはちがっていたといってくれました。その宛名は、ただ今わたしがあなたにあげたものです。どうもたいへんうっかりしてしまって、まちがった宛名を小包に書いてしまったのだ、とわたしは説明しました……ときどき物を送っている別の宛名のところと混同してしまって、と。局長さんは、もうその小包は当然のことだけれど送り出されてしまっているので、今となっては手遅れでどうしようもないというのです。わたしは、それでかまいません、その小包を送った慈善団体へ手紙を出して、実はまちがった宛名を書いてしまったのですと説明するから、と申しました。その慈善団体では、親切にわたしが送りつけようと思った慈善団体の方へその小包を転送してくれるでしょう、と」

「だいぶ話がまわりまわっているようですね」

「でも、何とかいわなくてはならなかったんです。わたしは何もこんなことしたくはありません。あなたに事を処理していただきたいのです。あの小包の中に何がはいっているか、それをわたしたちとしては知らなくてはなりません！　何とかあなたの方で方法を見つけてくださると信じております」

「小包の中には誰がこれを送ったのか、わかるような何かはいっていないでしょうかね

「はいっていないように思われますね。ちょっと紙片か何かに〝友だちより〟とか、あるいは架空の名や住所などが書いてあって……たとえば、ピピン夫人、ウェストボーン・グローブ十四番地などといったぐあいに。そして誰かがそこへ問い合わせると、そんな人は住んでいないということになるような」

「何かほかには？」

「ひょっとすると、たいへんありそうにもないことですけれど、あるかもしれないのは、紙片は〝ミス・アンシア・ブラッドベリースコットより〟と書いたのがはいっているかもしれません……」

「あの人が……？」

「彼女がその小包を郵便局へ持っていったのです」ミス・マープルがいった。

「あなたが持っていってくださいと頼まれたんですか？」

「いえいえ」ミス・マープルがいった。「わたしは誰にも郵便局へ何か持っていってくれなどと頼んだことはありません。最初わたしがその小包を見たのは、あなたとわたしが〈ゴールデン・ボア〉の庭で話をしていた時、アンシアがその小包を持って通った時のことです」

「しかし、あなたは郵便局へおいでになって、その小包はじぶんのものだといわれたわけでしょう」

「そうです、まったくこれは不実なことです。しかし、郵便局というところは用心深いところですからね。なのに、わたしとしては、その小包がどこへ送られたのかを知りたかったわけですからね」

「あなたとしてはそういう小包が差し出されたかどうか、またそれはブラッドベリースコット姉妹の一人、あるいは特にミス・アンシアが差し出したものかどうか、それを知ろうとなさったわけですね？」

「たぶんそれはアンシアだろうとわたしにはわかっておりました、といいますのは、彼女をわたしたちが見ていたのですからね」

「さてと？」教授は紙片を彼女の手から受け取って、「はい、さっそく活動を開始させましょう。この小包が興味あるものだとお考えのわけですね？」

「その中身がたいへん重要なものだとわたしは考えております」

「秘密にしておいた方がよろしいとおっしゃる？」ワンステッド教授がいった。

「いえ秘密というほどのこともありません。わたしがさぐりを入れている見込みにすぎませんから。もう少し明確なことがわかるまでは、確言しない方がいいようです」

「何かほかにおっしゃることは？」

「そうですね……これらのことを担当なさるお方がどなたであるにせよ、第二の死体が発見されることになるかもしれないということを警告しておいていただきたいのです」

「とおっしゃると、今わたしたちが考究中のこの犯罪に関連して第二の死体があるというわけですね？　十年も前に起きた犯罪の？」

「そうです」ミス・マープルがいった。「わたしは確信しております、ほんとに」

「もう一つの死体。誰のです？」

「それは……」ミス・マープルがいった。「まだわたしの思いつきにすぎませんので」

「その死体がどこにあるのか、何かお考えは？」

「ああ！　はい、どこにあるか、わたしにははっきりわかっております。が、申し上げられるまでには、もう少し時間がほしいのです」

「死体の種別は？　男のですか？　女のですか？　子供の？　少女の？」

「行方不明になっているもう一人の若い娘があります」ミス・マープルがいった。「ノラ・ブロードという名の若い娘です。ここから姿を消して以来、まったく消息がないのです。その娘の死体がある場所にあるかもしれないと思っています」

ワンステッド教授が彼女の顔を見て、

「いろいろお話をうかがえばうかがうほど、ここにあなた一人を残してはおけない気がしてきました。このようないろいろな考えをお持ちだし……何かおかしなことをされたりしているし……いずれにしても……」で話を切った。

「いずれにしても、みなナンセンスだとおっしゃる？」ミス・マープルがいった。「いえいえ、そういうわけじゃありません。しかし、いずれにしても、あなたはあまりにも多くのことを知りすぎていらっしゃる……それは危険なことになるかもしれません……わたしはやはりここにいて、あなたの監視にあたるべきだと思いますね」

「いえ、それはいけません」ミス・マープルがいった。「あなたにはぜひともロンドンへ行っていただいて、活動を開始させてくださらなければいけません」

「しかし、あなたのお話ではもう充分いろいろなことがおわかりになってるようじゃありませんか、マープルさん」

「わたしも、もういろいろ充分に知っているつもりです。でも、確実でなくてはなりませんのでね」

「それはそうですが、あまりにも確実になさろうとすると、それがあなたの最後の確定ということになりかねませんよ！　われわれとしては、第三の死体などごめんですからな。あなたの」

「あ、そんなことなんか思ってもみませんでした」ミス・マープルがいった。

「もしあなたの見込みが正しいとすると、危険があるかもしれませんよ。誰か特定の人物に疑いをかけてはおられませんか？」

「わたし、ある一人の人物についてあることを知っております。ぜひそのことをさぐりださなければなりません……それで、ここにぜひ残っていなくてはならないのです。あなたはわたしに一度きかれたことがありましたね……悪の雰囲気を感じはしないかと。その雰囲気がここにあります、悪の雰囲気が……あなた流にいえば危険の雰囲気……大きな災いの、恐怖の雰囲気です……これは何とかしなければなりません。わたしにできるだけのことを。ですが、わたしのような年をとった女にはあまり多くのことはできないのです」

ワンステッド教授は小声で数をかぞえていた。「一、二、三、四……」

「何をかぞえておられるんです？」ミス・マープルがきいた。

「バスへ乗りこんでいった人たちです。あなたとしてはおそらくあの人たちには興味なしなんでしょう、というのは、行ってしまうままにしておかれたのだし、あなたはここへ残っておられるんですからね」

「あの人たちに、なぜ興味を持たなくてはいけないんでしょう？」

「といいますのは、あなたはいっておられましたね——ラフィール氏がある特別なわけがあってあなたをこのバスに乗りこませた、そして、ある特別のわけがあってこの旅行に送り出し、またある特別の理由があってあなたを〈旧領主邸〉へとよこした。さてそれでと、エリザベス・テンプルの死はバスの中の誰かと関連がある。あなたがここに残られたのは、〈旧領主邸〉と関連がありますね」

「その通りとはいえませんね」ミス・マープルがいった。「その二つの間には関連があります。誰かに事情をききたいのです」

「誰かに事情を話させることができると思っておられるんですかね？」

「だろうと思ってます。早くお出かけにならないと列車に間に合わなくなりますよ」

「じゃ、お気をつけくださいよ」ワンステッド教授がいった。

「じぶんのことはじぶんでいたします、と申しておきましょう」

ロビーへはいるドアが開いて、二人の人が出てきた。ミス・クックとミス・バローだった。

「やあ」ワンステッド教授がいった。「バスで行ってしまわれたのかと思ってましたが」

「わたしたち、いよいよ最後になって思いなおしたんですの」ミス・クックが朗らかにいった。

「なんでもこのへんには、歩くのにとてもすてきなところがあることがわかったものですからね、それにもう一、二ヵ所ぜひ見物したいところもありましてね。たいへん珍しいサクソン人の洗礼盤のある教会など。ほんの四、五マイルのところだそうで、土地のバスですぐ行けるらしいんです。わたしね、邸宅や庭園ばかりでなしに、教会の建物にもたいへん興味を持っておりましてね」

「わたしもそうなんですの」ミス・バローがいった。「それから、ここからあまり遠くないところに、たいへんりっぱな園芸植物のあるフィンリ公園もございますしね。わたしたち、もう一日二日ここへおりました方が、ずっとおもしろいことがあると思ったものですからね」

「〈ゴールデン・ボア〉におとまりになるんですね？」

「ええ。ほんとに運よくたいへんけっこうな二人部屋が手に入りまして。この二日間おりました部屋よりもずっといいお部屋なんですよ」

「あなたは列車におくれてしまいますよ……」もう一度ミス・マープルがいった。

ワンステッド教授は、「どうもあなたのことが……」

「いいえ、わたしのことは大丈夫ですから」ミス・マープルがせきたてた。「ほんとにご親切なお方で」と彼女は教授が建物の角をまわって姿が見えなくなると、いった。「わたしのこと、ほんとによく気をつけてくだすって……まるで、わたしはあのお方の大叔母かなにかみたい」

「あんなことがあって、ほんとにすごくショックだったですね」ミス・クックがいった。「わたしたちがグローブのセント・マーチン教会へまいります時にはごいっしょにおいでになりますでしょう」

「どうもありがとう」ミス・マープルがいった。「今日はわたし、ちょっと遠出をするだけの元気がなさそうなんですよ。もし何かおもしろい、見物するものがありましたら、明日にでも」

「じゃ、わたしたちだけでまいりましょう」

ミス・マープルは二人へにっこり笑ってみせて、ホテルへはいっていった。

20　ミス・マープルに考えあり

食堂で昼食をとったミス・マープルは、コーヒーを飲むのにテラスへと出た。ちょうど二はい目のコーヒーを飲んでいる時、背の高いやせぎすの人物が、ステップを大またに駆け上がってきて、彼女に近づくと、息を切らせて話し出した。それはアンシア・ブラッドベリースコットだった。

「あ、マープルさん、わたしたちね、たった今あなたがバスで行かれないってこと聞いたんですよ。旅行団の人たちとあなたもいっしょに行かれるんだとばかり思ってたんです。ずっとここにいらっしゃるとは思っていなかったんですよ。クロチルドもラヴィニアも二人でもってわたしにここへ行って、あなたに〈旧領主邸〉へもどってわたしたちといっしょにいてくださいって伝えてこいっていうんです。あちらの方がきっとぐあいよろしいと思いますよ。ここだといろんな人が、特に週末や何か、大勢出たりはいったりするでしょう。ですから、わたしたちのところへもどってくだされればほんとうにうれしいんですけれどね」

「まあそれはほんとにご親切に」ミス・マープルがいった。「どうもほんとにご親切に……でも、きっと……あの実は、ここには二日間だけの滞在だったんです。つまり、もともとはバスといっしょに行くはずだったんです、つまりその二日間のあとは。あんな、とんでもない悲しい事故でもなかったら……いえその、わたし、この先をつづけていく気になれなくなったんです。どうしてもわたし、少なくとも、一晩休養をとらなくちゃと思いましてね」

「でも、わたしたちのところへおいでになった方がずっといいと思うんですけどね。わたしたち、気持ちよくしてさしあげますから」

「そのことでしたら、ほんとになんにも申すことはありません」ミス・マープルがいった。「あなた方のところではほんとに気持ちよくしていただきました。ええとても楽しゅうございました。とてもきれいなお宅で。いろんなものがみなすてきで。お宅のグラスや家具や陶器具なんか。ホテルでなくて、あのようなお宅にいられるなんて、ほんとにありがたいことです」

「それじゃ、さっそくごいっしょにまいりましょう。ええ、ぜひどうぞ。わたし、お部屋へ行ってお荷物をまとめてさしあげましょう」

「それはご親切に、どうも。じぶんでやれますから」

「じゃ、お手伝いさせてくださいません？」

「どうもほんとにご親切に」ミス・マープルがいった。

二人はミス・マープルの寝室へ行くと、アンシアは少々荒っぽいやり方でミス・マープルの持ち物をまとめた。ミス・マープルは物をたたむにしてもじぶん流のやり方を持っているので、満足そうな顔をするのに一生けんめいの始末だった。いやまったく、彼女は物をきちんとたたむことさえ知らないな、とミス・マープルは思った。

アンシアはホテルのポーターをつかまえてきてくれ、そのポーターがスーツケースを持ってホテルの角をまがり、通りを〈旧領主邸〉へとやってきた。ミス・マープルはポーターに適当なチップをやって、その上になお感謝とうれしさのことばを大げさに述べながら、姉妹たちと再びいっしょになった。

〝三人姉妹か！〟そんなことを考えていた。〝またここへ来ましたよ〟応接室のいすに腰をおろして一分間ほど目をつぶり、早い息遣いをしていた。だいぶ息切れがしている様子だった。彼女の年ではそれも無理なかった。アンシアとホテルのポーターが急ぎ足に歩いてきたのだから。しかし彼女が目をつぶって捕らえようとしているのは、再びこの家へやって来た感じはどうかということであった。何か家の中に不吉な感じはないか？　不吉というほどの感じはないが不幸な感じである。深い不幸。何かこわいような感じである。

目を開けて、この部屋にいる二人の人間を見た。グリン夫人は、台所からいまはいってきたばかりで、午後のお茶の盆を持っていた。いつものとおりの様子であった。おだやかで、特別な感動や感情がない。ひょっとすると感動や感情がほとんど欠落しているのかもしれない、ミス・マープルは思った。彼女は何か重圧と苦労の生活をとおして、外部には何も表わさず、彼女の心の中の感情がどうなるのか自制して誰にもわからないよう、じぶん自身を慣らしているのではなかろうか？

彼女からクロチルドへと目を移してみた。前にも思ったことだったが、彼女はクライティムネストラのような顔つきをしていた。もちろん夫殺しをするわけはなく、殺すべき夫を持ったこともなし、また極度にかわいがっていたというあの少女を彼女が殺すなどとは、とても思えない。ひどくかわいがっていたということについては、ミス・マープルもほんとだという確信がある。ヴェリティの死のことが話に出た時、クロチルドの目からは涙が溢れ出たのを前に見ている。

では、アンシアはどうか？　アンシアはあのボール箱を郵便局へ持っていっている。アンシアが彼女をつれにやってきた。アンシアは……アンシアはどうもひどく怪しく思えてならない。頭が弱い？　彼女の年齢にしてはあまりにぼけすぎている。目がいつもキョロキョロと動いて、人の顔を見る。ほかの人には見えないような何かを、肩越しに見る。彼女はおびえている、とミス・マープルは考えた。何かを恐れている。彼女が恐れているのはなんだろう？　ひょっとするとある種、精神がおかしいのかもしれない。何か、彼女が一時過ごしたことがあったかもしれない施設かそれとも病院かへもどされるのを、ひょっとすると恐れているのかもしれない。彼女の二人の姉たちが、彼女を自由にしておくのはよくないと思っている、それを恐れているのだろうか。二人の姉たちは、妹のアンシアが、何をするのか、いうのか、それが不安なのでもあろうか？

　ここには、ある雰囲気がある。彼女はお茶を飲みほしながら気になってきた——ミス・クックとミス・バローはいったい何をやっているのだろう。二人はほんとにあの教会見物に出かけたのか、それともあれはすべて口先だけ、意味のない口先だけのことだったのだろうか。どうもおかしい。二人がセント・メアリ・ミードへやってきて、バスに乗った時にわかるように彼女を見にきたあのやり方、そしてまた彼女を以前に見かけたことも会ったことも認めようとしないこと、どうもおかしい。

　どうもいろいろむずかしいことばかりである。やがてグリン夫人がお茶の盆を片づけ、アンシアは庭へと出ていき、残されたのはミス・マープルとクロチルドだけになった。

「あの」とミス・マープルがいった。「あなた、ブラバゾン副司教をご存じと思いますが？」

「ええ、はい」クロチルドがいった。「昨日の葬儀にみえておりましたね。あなた、あのお方をご存じで？」

「いいえ」ミス・マープルがいった。「でも、〈ゴールデン・ボア〉へわざわざおいでになりましてね、わたしにお話をなさいました。病院へおいでになって、かわいそうなテンプルさんの死のことをたずねにおいでになったようでした。もしかしてテンプルさんが副司教に何か伝言を残されたのではないかと思ってるとのことでした。どうやら、彼女は副司教のところを訪ねようとしていたらしいですね。でも、もちろん、わたしは何かできることでもあればと病院へまいりましたが、何もしてあげられるようなことはなくて、ただテンプルさんのベッドわきにすわっていただけ、と申したことでした。彼女には意識がありませんでした。わたしにはお手伝いできることは何もありませんでした」

「何か、その……どんなことが起きたか、何かその説明など彼女はしなかったのでしょうか？」クロチルドがきいた。

別にたいして興味を持ってきいたわけではなかった。ミス・マープルは、彼女のことばの感じよりも実はもっと興味を持ってくるのではなかろうかとも思ったが、やはりそうではないと思う。何かクロチルドはまったく別のことを考えるのに忙しいらしい。

「あれは事故だったとあなたはお考えになります？」ミス・マープルがきいた。「それとも、ライズリー・ポーター夫人の姪の人がいっていた話に何かがあるとお考えでしょうか……何者かが丸石を押しているのを見たという」

「そうですね、あの二人が見かけたといってるんでしたら、きっと見たのでしょうね」

「そうなんです、二人ともそういってるんですものね」ミス・マープルがいった。「もっとも、二人のいい方はまったく同じではありませんけれど。でも、それが実は自然なんでしょうね」

クロチルドがさぐるように彼女を見た。

「そのことに興味をお感じになってるようですね」

「なんですか、とてもありそうにもないことのように思われるんです」ミス・マープルがいった。

「ありそうもない話で、ただ……」

「ただ何です？」

「ただ、どうもなんだかへんな気がするのです」ミス・マープルがいった。

グリン夫人が再び部屋へはいってきて、

「何が、へんだとおっしゃるんですか？」ときいた。

「わたしたち、例の事故のことを、というか事故でないことというか、その話をしてるの」クロチルドがいった。

「でも、誰か……」

「あの二人の話はどうもたいへんにおかしな話のように思えてなりません」再びミス・マープルがいった。

「この家には、どうも何かあるんです」突然、クロチルドがいいだした。「ここの雰囲気の中にも何かがあります。それをここから追い払うことができないのです。どうしてもできない。どうしてもできません……ヴェリティがなくなってからずっとです。もう何年にもなるのに、それは行ってしまってくれません。何か影があります、ここには」とミス・マープルを見て、「あなたも、そう思われませんか？ ここで、何か影のようなものを感じられませんか？」

「わたしはよそ者ですからね」ミス・マープルがいった。「ここに住んでいて、なくなられたあの娘さんのことを知っておられるあなたや妹さん方とはちがいます。とても彼女は、ブラバゾン副司教もそういっておられましたが、とてもチャーミングで美しい人だったそうですね」

「美しい少女でした。また愛らしい子供でもありました」クロチルドがいった。

「もっとよく彼女と知り合いになればよかったと思います」グリン夫人がいった。「ちょうどわたしは海外で暮らしていたものですからね。主人といっしょに休暇で本国へ一度帰ったことはありましたが、ほとんどロンドンの方におりましたので。ここへはあまりまいりませんでした」

アンシアが庭からはいってきた。手に大きなユリの花の束を持っていた。

「お葬式のお花よ」彼女がいった。「今日はこれを飾るべき日よ、ね？　大きな花びんに入れとくわ。お葬式のお花」と突然笑い出した。異様な、ヒステリックなひきつるような笑いだった。

「アンシア」クロチルドがいった。「いけません……そんなこといけませんよ。そんなの……そんなことするもんじゃないわ」

「わたし、行って、これ、水に入れとくわ」アンシアがうれしそうにいった。部屋から出ていった。

「まったくね」グリン夫人がいった。「アンシアったら！　きっと彼女は……」

「だんだん悪くなるばかりね」クロチルドがいった。

ミス・マープルは聞いてないような、聞こえないようなふりをしていた。小さなエナメル塗りの箱を取り上げて、感服したように眺めていた。

「きっと彼女花びんを壊すかもしれないわ」ラヴィニアがいった。

そして部屋を出ていった。

「お妹さんのことがご心配でしょう、アンシアのこと？」ミス・マープルがいった。

「ええまあ、どうもちょっと異常でしてね。姉妹の中で一番若いし、少女のころには、ちょっとひ弱かったんです。ところが、最近ではどうもはっきり悪くなってきてますようで。彼女には物事を厳粛に考えるというものがないようなんですね。よくああした病的な興奮状態の無分別な発作がありますの。当然、まじめであるべきことに対して、ヒステリックな笑いをいたします。わたしどもとしましては、彼女を……どこへも、……どんなところへもやりたくはありません。医療の手当てを受けさせるべきだとは思うんですけれど、でも、彼女は家から離れたがらないと思うんです。とにかく、ここが彼女の家なんですから。とは申しますものの、時には、……何とも、やりきれなくなることもございます」

「すべて人生は時としてやりきれないことがあるものですね」ミス・マープルがいった。

「ラヴィニアはよそへ行ってしまうと申しますし」クロチルドがいった。「また海外へ出かけて暮らすのだと申します。そこで長いこと彼女の主人といっしょに暮らしていて、たいへん幸せだったのです。もうここへ来まして、わたしどもといっしょに暮らすようになってからもだいぶ年がたっておりますが、やはりどこかへ旅する願いがあるんでございますね。ときどきわたし思うんです……ときどきわたし思うんですけれど、彼女はアンシアと同じ家にいるのがいやではないかと思うんです」

「ほんとにね」ミス・マープルがいった。「そう、わたしもこのような難問が起きた場合のことを聞いたことがあります」

「彼女はアンシアがこわいのです」クロチルドがいった。「ひどく彼女をこわがってます。ですからわたしはいつも、こわがることなんか何もないといいつづけてるんですけれどね。ただアンシアはときどきちょっとおかしくなるだけなんですから。何かおかしなことを考えたり、おかしなことをいったり。でも、別に何の危険もないと思っております……いえ、つまりその……何といいますか。何か危険なことや、異様なこと、おかしなことをするというようなことですね」

「そういうようなことは、今までには一度もなかったのでしょうか？」ミス・マープルがきいた。

「いいえ、そんなことはまったく何ひとつありませんでした。ときどきかんしゃくの発作を起こしたり、突然に人ぎらいになることがございます。また、何事にもたいへんねたみ深いんです。ねたみ深いもんですから……いろいろなお方につまらないご心配をおかけしたりしましてね。どうしていいか、わたしわからなくなります。ときどき、この家を売り払ってみんなでどこかへ行ってしまった方がいいと考えたりもいたします」

「おつらいことでしょうね」ミス・マープルがいった。「あなたにとっては、過去の思い出といっしょにここに住んでいらっしゃるのが、さぞおつらいことだろうとわかるような気がいたします」

「おわかりいただけましょうか？　そう、あなたにはおわかりいただけると思います。どうしようもないんです。どうしても、あの愛するかわいいあの子のことに心が向いてしまうんです。彼女はわたしにとって、ほんとのじぶんの娘のようでした。彼女はわたしの親友の娘だったのです。とても物わかりのいい子でした。頭のいい子でした。絵も上手でした。絵の勉強でもデザインの勉強でも、たいへんに成績がようございました。デザインの方も一生けんめいやっていたんです。わたしは彼女のことがたいへんほこりでございました。ところが……このいまわしい愛情、この頭のおかしいひどい男です……」

「ラフィール氏の息子マイクル・ラフィールのことですね？」

「そうなんです。ここへあの男が来さえしなければよかったんです。たまたまあの男がこの方面へ来ていて、父親からわたしたちのところへちょっと顔を出すようにといわれてやってきて、わたしたちといっしょに食事をしました。それはもうとてもチャーミングな男でした。でも、ずっと手におえない不良で、悪い前歴がありました。二度も刑務所にはいっておりましたし、女性関係でもひどい前歴があったのです。でも、まさかヴェリティが……あんなに夢中になるとは思ってもみなかったのです。あの年ごろの少女にはよくあることでございましょう。彼女はもうまったく彼に夢中で、ほかのことはいっさい考えず、彼に対する悪い話など全然耳に入れようともしません。彼についていろいろなことがあったのは、彼の罪ではないといい張るのです。よくこんな時少女たちがいいますように——みんなが彼のこと悪くいうんだ——といったぐあいなんです。実際、みんなが彼のことを悪くいいました。誰一人彼のために弁護するものはいないのです。聞きあきるほど数々の悪いうわさでいっぱいでした。少女には正しい分別を持たせることができないものでしょうか？」

「もともと少女たちには分別というものがあまりないのですね」ミス・マープルがいった。

「彼女はまったく何も聞き入れようとしません……わたし、それで……あの男をこの家へ近づけないようにしたんです。わたしは男にいってやりました、今後このうちへ来てほしくないって。これは、申すまでもなく愚かなことでした。あとでそうさとりましたけれど。ただこれは、彼女がうちから出て、家の外で彼と会うことになっただけでした。どこで会っていたのかわかりません。あちこちに会う場所があったようです。よく彼は予定の場所でじぶんの車に彼女を呼び寄せ、夜おそくなってうちまで送ってきておりました。一、二度彼は明くる日まで彼女を送ってこないことがありました。わたしは、そんなことはやめなさい、やめてほしいと申したのですが、二人は聞き入れません。ヴェリティが聞き入れませんでしたし、もちろん男など聞き入れるわけもありません」

「彼女は結婚するつもりだったのですね？」ミス・マープルがいった。

「そこまではまだいっていない、とわたしは思っておりました。あの男が彼女と結婚しようなどとは、とても考えてもいないことだと思っていたんです」

「あなたこそお気の毒に、さぞご心配だったことでしょう」ミス・マープルがいった。

「はい。中でも一番いやだったことは、死体の確認にまいらねばならなかったことです。あれはもうだいぶ経ってからのことでした……ここから彼女が姿を消しましてから。わたしどもでは、彼女がもちろんあの男といっしょに駆け落ちしたものだと思っておりましたし、そのうちきっとたよりがあるだろうと思っておりました。警察の方はもっと重大に考えている様子でした。警察では署へマイクルを呼んで、捜査に協力させたわけですが、彼の話は、土地の人たちがいっていることと食いちがっていました。

すると、死体が見つかったのです。ここからずいぶん離れたところでした。三十マイルも離れたところです。ほとんど人も通らないような小道の先の、やぶかげの溝のようなところでした。はい、わたし、やむなくまいりまして、死体仮置場で死体を見なければなりませんでした。それはもうひどい有様で。まったくむごたらしい、暴力ざたでした。あの男は彼女をこんな目に遭わせて、いったいどうしようというつもりだったのでしょう？　首を絞めるだけでは満足できなかったとでもいうのでしょうか？　男は彼女のスカーフで首を絞めていました。わたし、……もう、これ以上はお話しいたしかねます。とてもたまりません。とてもたえられません」

涙が突然顔を流れ落ちた。

「どうもお気の毒なことで」ミス・マープルがいった。「ほんとに、何といっていいか、ほんとにお気の毒に思います」

「そう思ってくださいますね」とクロチルドは突然彼女の方を見て、「でも、そのあなたでさえ、もっと悪いことはおわかりいただけないと思います」

「それはどういうことで?」

「わからないのです、アンシアのことがわからないんです」

「アンシアのことって、どういうことです?」

「あの当時のアンシアはとてもへんでした。とても彼女はねたみ深くなってました。突然ヴェリティに向かって反抗するようなんです。まるで憎んでいるような目つきで彼女を見ているのです。ときどきわたしは思ったことでした……ひょっとすると……いえ、考えるだけでもいやなことで……じぶんの妹のことをそんなふうに思うなんて……彼女は一度、誰だったかに襲いかかったことがあったのです。妹ははげしく怒り狂うことがよくありました。ひょっとすると、そんなことになりかねない……いや、こんなことは、いっちゃいけませんでした。そんな疑いなんか別にありませんでした。どうぞ今申したことはお忘れになってください。別に何の意味もありません。まったく。しかし……ですけれど……彼女は決して正常とは申せませんのです。あからさまに申すべきでしょう。まだ彼女が若かったころ、一、二度へんなことがありました……動物相手でしたが。わたしたちのところにオウムが一羽いたんです。いろんなことをしゃべるオウムでした。オウムですからつまらないことをしゃべります。すると彼女はその首をひねってしまいました。それ以来、わたしは妹をそれまでのようには思えなくなったのです。彼女を信用する気にはなれなくなりました。絶対に、絶対に……これはどうも、わたしとしたことが、少しヒステリックになってしまって……」

「まあま」ミス・マープルがいった。「そうあまり思いつめないで」

「ええ。ヴェリティが死んだことがわかった時の……わかった時のつらさというものはありませんでした。あの男からは無事でした。あんなむごたらしい死に方をして。でも、とにかくほかの女たちはあの男は終身刑になりました。今も刑務所にいます。彼を刑務所から出して、また誰かに何かをするようなことにしてはいけません。でも、なぜ、このごろよくいわれておりますように、なぜ責任能力喪失といったような精神障害と決定できないのでしょうね。ああいう男は精神病院へ入れるのがほんとです。あの男はじぶんのしたことにまったく責任など持てる男では絶対にないのですから」

クロチルドは席を立つと、部屋から出ていった。グリン夫人がもどってきて、入口のところで彼女とすれちがった。

「あまりあのクロチルドのいうことに注意なさらない方がよろしいですよ」彼女がいった。「もう何年も前のあのいやな恐ろしいことから、まだよく気持ちがなおっていないのです。彼女はヴェリティをあまりにも深く愛しすぎてました」

「妹さんのことも心配しておられる様子でしたが」

「アンシアのことをですか？　アンシアなら大丈夫です。あれは……ご存じのように、ちょっと頭が弱いものでして。ちょっとヒステリックになることもあります。すぐ興奮したり、時にはへんなことを考えたり妄想するようなこともあります。でも、何もクロチルドが心配するようなことはございません。あら、誰でしょう、フランス窓からはいってくる人？」

二人の人物があやまりながら突然フランス窓からはいってきた。

「ほんとにごめんなさい」ミス・バローがいった。「わたしたち家のまわりをまわって、マープルさんを探してたもんですから。こちらへマープルさんが来られたということを聞きましたものですから、もしかして……ああ、マープルさん、そこにいらっしゃいましたか。実は、今日の午後は例の教会行きはだめになったことを申し上げようと思いましてね。清掃中なので閉門中なんです。それで、わたしたち今日一日の見物はもうやめにして、明日行くことにいたしましたの。こんな方からお宅へはいりこんで、すみません。玄関のベルを鳴らしたんですけど、どうも鳴らなかったみたいなんです」

「あれはときどき鳴らないことがありまして、申し訳ありません」グリン夫人がいった。「どうも気まぐれなんですね。鳴るかと思うと鳴らなかったり。でもまあ、どうぞおかけになって、少しお話しください。バスでみなさんとごいっしょにおいでになったのじゃなかったんですね」

「ええ、わたしたちこのあたりで少し見物して歩きたいと思いましてね、まあここまで来たんですし、それにあのバスで先へ行くのが、どうも……その、ちょっと何ですか心苦しくて、一両日前にあんなことがあったあとでしょう」

「みなさん、シェリー酒でも召しあがっていただきますわ」グリン夫人がいった。

部屋を出ていくと、間もなくもどってきた。アンシアがいっしょで、もうおとなしくなっていて、コップやシェリー酒のびんなど持ってきた。そして、みんながいっしょに腰をおろした。

「わたしね、知りたくてしかたがないんですけれど」グリン夫人がいった。「こんどのこと、ほんとにどうなるんでしょうかしらね。あのお気の毒なミス・テンプルのことですけれど。つまり、警察がどんなふうに考えているのか、それを知るのは不可能みたいなもんですものね。まだ捜査をつづけているらしいですし、また検屍審問が延期されたのも、明らかにまだ満足な結果が出ていないということでしょうね。傷の状態について何かあるんじゃないでしょうかね」

「わたしにはそうは思えないわ」ミス・バローがいった。「つまり頭に打撃が加えられて、ひどい脳震盪を起こしたんでしょう……つまり、それは丸石に当たったことから来てるというわけ。ただ問題は、ねえマープルさん、あの丸石がじぶんで転落してきたものなのか、それとも誰かがころがしたのかということでしょう」

「でも」とミス・クック。「そんなこと考えられないでしょう……あんな丸石なんか転落させたり、そんなようなことする人が、いったいいるものかしら？　そりゃ、不良少年なんかがよくうろついてますよね。それに、若い外国人とか学生とか。まさか、そんな……」

「とおっしゃるのは、その誰かがというのはわたしたちといっしょの旅行団の中の一人じゃないかというわけでしょう」ミス・マープルがいった。

「いえ、そんなわたし……そんなことといったんじゃないんです」ミス・クックがいった。

「でも」ミス・マープルがいった。「やはり、わたしたちとしては、そういうことも考えざるを得ませんね。つまり、それにはちゃんとした説明がつかなくてはなりませんね。もし警察が、あれは事故ではなかったと考えてるようだったら、誰かがやったということにならざるを得ませんね……そして、テンプルさんはこの土地ではまったく知られていない人です。とすると、そんなことのできる人はいない……いや、この土地にはそんなことのできる人はいないということになりますね。そこで、話はもとへもどって……つまり、あのバスの中にいたわたしたち全部へもどることになりますね。そうじゃないでしょうか?」

ミス・マープルは老婦人らしい、ひそやかな、やさしい笑い声をあげた。

「ああ、たしかにそうなりますね!」

「こんなこと、わたし申すんじゃなかったと思います。でも、犯罪ってそれは興味深いものですからね。時にはまったくとんでもないことだって起きますものね」

「何かマープルさんははっきりした感じをお持ちでしょう? お聞かせくださるとおもしろいんですけど」クロチルドがいった。

「いえ、ただあり得ることを考えただけのことなんです」

「あのキャスパーさん」ミス・クックがいった。「わたしどうもあの人の様子が、はじめから気に入りませんね。どうもわたしには——何かこう、スパイか何かに関係があるんじゃないかってふうに、見えるんですけれどね。ひょっとすると、原子爆弾の秘密か何かをさぐるためにこの国へ来てるんじゃないでしょうかね」

「このあたりには原子爆弾の秘密などはないと思いますけれど」グリン夫人がいった。

「もちろん、ありませんよ」アンシアがいった。「たぶん、それはあの人をずっと尾行してきた何者かですよ。きっと、彼女がある種の犯人か何かで、それをその何者かがずっと尾行してきてたのよ」

「ばかばかしい」クロチルドがいった。「あの人はね、あるたいへんに有名な学校の校長だったお方で、引退してるの。そして、とてもりっぱな学者でもあるのよ。そういう人を、いったい何で尾行したりするの？」

「ああ、わたしにはわかんない。頭がへんになったかなんかかもしれないじゃない」

グリン夫人がいった――「きっとマープルさんには何かお考えがあると思いますけれどね」

「ええ、わたしにもちょっと考えがあります」ミス・マープルがいった。「わたしが思いますのは……一人の人だけ……あ、もう、こんな話ってとてもしにくいものですね。ですけれど、理屈の上で可能性のある人として頭に浮かんでくる人が二人ありますね。ですけれど、ほんとは全然そうじゃないと思うんです、といいますのは、その二人はたいへんにちゃんとした人たちなんですもの。でもわたしが申したいのは、理屈の上でほんとに疑える人となったら、ほかにはないといいたいですね」

「誰のことをおっしゃってるんでしょう？　たいへんこれはおもしろいですね」

「そんなことは申し上げるべきことでないと思います。ただの、……つまり一種のでたらめな当てずっぽうにすぎないんですよ」

「いったい、あの丸石を転落させたのは、誰だとお考えなんです？　あのジョアナとエムリン・プライスが見かけたという人物は、誰だとお考えでしょう?」

「わたしが考えているのは……その、たぶん、あの二人は誰も見かけなかったのではなかろうかということです」

「わたしには何のことかちっともわからないわ」アンシアがいった。「二人は誰も見かけなかったって?」

「まあ、たぶんあの二人は話をこしらえあげたのでもありましょうか」

「何をですか……誰かを見かけたということをですか?」

「ねえ、ありそうなことでしょう」

「つまり、冗談か何かそれとも冷酷な考えからだっておっしゃるの? ほんとにどういうことなんです?」

「あの、わたしが思いますのは……このごろ、若い人たちがとんでもないことをする話をよく聞きますね」ミス・マープルがいった。「馬の目に何か物を詰めこむとか、公使館の窓ガラスをたたき割るとか、人を襲うとか。人に石を投げつけたり、そして、これはたいてい若い人たちがやってますね? そして、あの二人もやはり若い人たちでしょう?」

「つまりエムリン・プライスとジョアナがあの丸石を転落させたっておっしゃるわけ

？」

「だって、あの二人だけでしょう、しらじらしくて慎みのない人といったら、そうでしょう？」ミス・マープルがいった。

「驚きましたね！」クロチルドがいった。「そんなこと考えたこともありませんでした。でも、なるほどわかりました……はい、あなたのおっしゃることはもっともだというこ とがわかりました。もちろん、わたしはその二人がどんな人か知りませんけれど。いっしょに旅行していたわけではありませんので」

「ああ、それがたいへんいい人たちなんですよ」ミス・マープルがいった。「ジョアナなんか、わたしから見ますと、特に、その……有能な若い女性のように思われますね」

「何をやるのも有能ってわけ？」アンシアがきいた。

「アンシア、だまってらっしゃい」クロチルドがいった。

「ええ、とても有能ですよ」ミス・マープルがいった。「とにかく人を殺すような結果になることをするには、人から見られたりしないように工夫する有能な手腕がなくてはいけませんからね」

「でも、二人はいっしょだったにちがいありませんね」ミス・バローが思いつきをいった。

「ええ、そうですね」ミス・マープルがいった。「二人はいっしょにいて、だいたい話も同じことをしゃべってます。あの二人は……まあ、あの二人は明白な容疑者だということだけはいえますね。二人はほかの人たちから見えないところにおりました。ほかの人たちはすべて、下の小道にいました。二人は丘の頂上まで行くこともできたし、あの丸石を動かすこともできたはずです。おそらく二人は特にテンプルさんを殺そうなどというつもりはなかったのでしょう。二人はただ……ちょっとした反抗がやってみたかったのか、……それともただ何かを誰かを……誰でもいいわけです……誰かにぶち当ててみたかっただけなんでしょう。あの石を転落させたわけですね。そして、いうまでもなく、誰かを見かけたというような話をした。何か少し変わった服装かなんかの人物で、ひどくへんな感じの……いえあの……わたし、こんなお話するんじゃなかった……ただそんなことを、わたし、考えてたものですから」

「でも、わたしにはとても興味深いお考えのように思えますわ」グリン夫人がいった。

「ねえ、クロチルドはどう思う？」

「わたしもあり得ることだとは思います。でもわたしには思いつけないことでした」

「それではと」ミス・クックがいって、いすから立ちあがった。「わたしたち、もう〈ゴールデン・ボア〉へ帰らなければなりません。マープルさんもごいっしょにおいでになりますか？」

「あ、いえ」ミス・マープルがいった。「あ、まだご存じありませんでしたわね。お話しするの忘れてました。ブラッドベリースコットさんがご親切に、こちらへもう一晩か……二晩、お泊まりくださいとおっしゃってるもんですからね」

「ああ、そうですか。それはけっこうでした。こちらの方がずっとよろしいですわ。〈ゴールデン・ボア〉の方は、なんですか今晩騒々しい連中がやってきてるみたいですから」

「どうぞ、夕食のあと、コーヒーを飲みにでもいらしてくださいません？」クロチルドが申し入れた。

「今晩は暖かいようでございますね。ほんとなら夕食をさしあげたいんですけれど、家に用意がございませんので、でも、どうぞいらしてください、ごいっしょにコーヒーでも……」

「それは何ともおそれいります」ミス・クックがいった。「はい、ご親切を無にしては失礼でございますので」

21 大時計三時を打つ

I

ミス・クックとミス・バローは早々に八時四十五分にはやって来た。一方はベージュのレース、もう一方はオリーブ・グリーンの服だった。夕食の時に、アンシアがミス・マープルに、この二人の婦人のことをきいた。

「あの人たち、とてもへんてこみたい。あとに残ってるなんて」

「そうでもないでしょう」ミス・マープルがいった。「当然のように思いますけど。お二人でちゃんとした計画を持ってらっしゃるようですしね」

「計画とおっしゃいましたけど、どういうことでしょう？」グリン夫人がきいた。

「それはその、あのお二人はきっと将来起こるかもしれないいろいろなことに対していつもちゃんと心構えができていて、それに対処するだけの計画をお持ちなんだと思いますよ」

「とおっしゃると」アンシアが興味を示して、「それじゃ、あの人たち、殺人事件にも対処するだけの計画持ってたとおっしゃるわけ？」

「そんなことというもんじゃないわ、あなた」グリン夫人がいった。「あのお気の毒なテンプルさんの死を、殺人事件だなんて」

「でも、あれはもちろん殺人よ」アンシアがいった。「ただわたしにわからないのは、誰があの人を殺そうなんて思ったのか、それよ。わたしはたぶんあの人の学校の生徒で、ずっとあの人を憎んでいて、その恨みを晴らしたんじゃないかって思うんだけど」

「そんなに憎しみというものは、長くつづくものでしょうか？」ミス・マープルがきいた。

「ええ、わたしはそう思うわ。何年でも、わたし、人は人を憎んでいられると思う」

「いいえ」ミス・マープルがいった。「わたしは憎しみは消えるものだと思いますね。ことさら人為的に憎しみを持ちつづけようとしても、持ちつづけられるものではないと思いますよ」そしてつけくわえた。「憎しみは愛の力ほど強いものではありません」

「じゃ、ミス・クックかミス・バローか、それとも二人いっしょに殺人をやったって考えられないかしら？」

「なんで、あの人たちが？」グリン夫人がいった。「アンシア、何てことというの！　あのお二人、とてもいい人たちじゃない」

「でもわたしには、何となくあの二人あやしいみたいに思えるんだけど」アンシアがいった。

「そう思わない、クロチルド？」

「そうかもしれませんね」クロチルドがいった。「ちょっとあの人たち不自然なところがあるようだけど、わたしのいってる意味わかるでしょう」

「わたしはあの二人に何かとても陰険なところがあるような気がしてならないわ」アンシアがいった。

「アンシアったらいつでも想像が多すぎるのよ」グリン夫人がいった。「それはともかく、あの二人は下の小道を歩いてたんでしょう？　あなたがごらんになってたんでしょう？」とミス・マープルに向かっていった。

「わたし、特にあの人たちに気をつけていたとは申せませんね」ミス・マープルがいった。「実際のところ、気をつけている機会もありませんでした」

「とおっしゃると……」

「マープルさんは向こうへ行っていなかったのよ」クロチルドがいった。

「このわたしたちのお庭にいらしたの」

「ああそうだったわ、わたし、忘れてた」

「今日はとても静かないい日でしたね」ミス・マープルがいった。「ほんとに楽しゅうございました。明日の朝は、庭へ出て、庭の隅のあの盛り土の山みたいなところの近くにありました咲き始めの白い花の集まりを、もう一度見たいものですね。先日、ちょうど咲き始めたばかりのところでしたね。今はもういっぱいの大盛りになってましょうね。こちらへうかがったことの一部として、いつまでも忘れられないものになることでしょう」

「わたし、あの花きらい」アンシアがいった。「あんなもの取りのけちまいたいわ、わたし。あすこのところに温室をまた建てたいの。あたしたちお金いっぱい貯めたら、建てられるわね、クロチルド？」

「あのままにしておけばいいの」クロチルドがいった。「手をつけないでほしいわ。今のわたしたちに、いったい温室なんか何の役に立つんです？　またブドウなどが実をつけるようになるには何年もかかるのよ」

「さあそんなことといつまであれこれいってるもんじゃないわ」グリン夫人がいった。「応接室の方へ行ってましょう。もうお客様がコーヒーにみえるころよ」

ちょうどそこへそのお客様がやってきたのだった。クロチルドがコーヒーの盆を運んできた。それぞれのカップへコーヒーをついで、みんなにくばった。お客さんの前に一つずつカップをおいてから、ミス・マープルにも一つ持ってきた。ミス・クックが身を乗り出して、

「マープルさん、ちょっとごめんなさい。でも、あの、わたしでしたらもういただきませんわ。いえあの、コーヒーのことですけど、夜のこんな時間にはね。よく眠れませんですよ」

「あら、そうでしょうか？」ミス・マープルがいった。「わたしは、夜コーヒーを飲むのに慣れてますの」

「はい、でも、これはとても上等のコーヒーで、強うございますよ。お飲みにならないようにおすすめしますわ」

ミス・マープルはミス・クックの顔を見た。ミス・クックの顔はたいへん真剣で、そのじぶんのでないらしい髪が片方の目の上へかぶさっていた。もう一方の目をちょっとかすかにぱちぱちさせてみせた。

「はい、わかりましたよ」ミス・マープルがいった。「あなたのおっしゃる通りなんでしょうよ。きっとあなたは食事療法のことをよくご存じなんでしょうね」

「はい、だいぶ勉強もいたしましたの。看護法の研修も受けましたし、そのほかにもいろいろ」

「そうですか」とミス・マープルはカップをちょっと前へ押しやって、「あの、この娘さんの写真はないようですけれど?」ときいた。「ヴェリティ・ハントでしたか、それとも、何て名前でしたっけ? 副司教さんが彼女のこと話してました。副司教さんもたいへんこの娘さんをかわいがっておられたようですね」

「そうだろうと思います。あのお方は、若い人なら誰でもかわいがっておられますから」クロチルドがいった。

彼女は立ちあがって部屋を横ぎり、デスクのふたを持ちあげた。そこから一枚の写真を取り出すと、それをミス・マープルのところへ持ってきて見せた。

「これがヴェリティなんです」彼女がいった。

「美しい顔ですね」ミス・マープルがいった。「とても美しくて、並はずれた顔だちですね。かわいそうに」

「この節、こわいですね」アンシアがいった。「こんなことが年中起きてるんだもの。

若い女たちがどんな若い男とだっていっしょに出かけちゃうでしょう。そして誰もこういう人たちのめんどうみてくれる人もいなくて」

「じぶんでじぶんの始末はしなければならないのよ、このごろでは」クロチルドがいった。「そして、かわいそうに、どうやって始末をしていいのか知らないでいるのよ！」と彼女は手をのばして、ミス・マープルから写真を受け取ろうとした。そうした時、彼女のそでがコーヒーカップにひっかかって、床の上へカップがころがり落ちてしまった。

「あら！」ミス・マープルがいった。「わたしがやったんでしょうか？　あなたのお手を押したかしましたか？」

「いえ」クロチルドがいった。「わたしのそでなんですよ。少しぶらぶらしすぎるんです、このそで。コーヒーを避けていらっしゃるんでしたら、熱いミルクでもいかがでしょうか？」

「それはどうもご親切に」ミス・マープルがいった。「寝る時に熱いミルクを一ぱいいただきますとね、たいへんよく眠れますんですよ」

それからまたしばらく雑談のあと、ミス・クックとミス・バローは帰っていった。どうも何となくばたばたと騒々しい帰り方で、一人がもどってきたかと思うと、またもう一人が忘れ物を取りにもどってくるといったぐあいであった。スカーフやらハンドバッグやらハンカチやら。

「ばたばたばた」二人が行ってしまうと、アンシアがいった。

「どうやらわたしもクロチルドのいったことに賛成だわ」グリン夫人がいった。「あの二人はどうもほんものではないみたい、わたしのいってることおわかりでしょ」とミス・マープルに向かっていった。

「そうですね」ミス・マープルがいった。「わたしもやはりあなたのおっしゃる通りだと思います。あの二人、どう見てもほんものじゃないようですね。わたしもあの二人のことはずいぶんとあれこれ考えてみたんですよ。考えたといいますのはね、いったい何であの二人はこの旅行に来たのか、そしてほんとに旅行を楽しんでいるのかどうか。そして、出かけてきたわけは何でしょう、と」

「それで、そういうことへの答えが見つかりましたの？」クロチルドがきいた。

「と思っておりますけれど」ミス・マープルがいった。ため息をついて、「いろいろたくさんのことの解答も見つけております」といった。

「これまでのところ、お楽しみだといいんですけど」クロチルドがいった。

「わたしね、あの旅行団から離れてよかったと思っております」ミス・マープルがいった。「もうこれ以上あの旅行では楽しいこともなかったと思われますのでね」

「そうですね、それはわたしにもわかります」

クロチルドは台所から熱いミルクを一ぱい持ってきてくれて、ミス・マープルのおともをして彼女の部屋へと上がってきた。

「何かほかにお持ちするものはありませんか？」彼女がきいた。「何でもおっしゃってください」

「いいえ、ありがとうございます」ミス・マープルがいった。「必要なものはみなございますから。ここに小さなナイト・バッグも持っておりますので、もう荷物の方を解くこともありません。どうもありがとうございます。ほんとにあなたもお妹さんの方もご親切に、今夜ここでまた泊めていただくなんて」

「どうもあまり何もしてさしあげられませんで、せっかくラフィールさんからお手紙もありましたのに。あのお方は、ほんとに考えの深いお方でした」

「はい」ミス・マープルがいった。「何から何まで考えているような人でした。頭がよかったのだ、と思います」

「たいへんりっぱな金融家だったのでしょうね」

「財政的なことであれ、ほかのことであれ、あのお方はよく考えの行き届く人でした」

ミス・マープルがいった。「あ、それでは、ベッドへはいらせていただきましょう。おやすみなさい、ブラッドベリースコットさん」

「朝食はこちらへお運びしましょうか、ベッドで召しあがりますか？」

「いえ、いえ、そんなことしていただきませんように。いえ、いえ、下へおりてまいります。ほんの紅茶一ぱいでけっこうで、お庭の方へ出たいと思っておりますので。あの盛り土の上にすっかりかぶさるように咲いておりますあの白いお花がぜひ拝見したくて、とてもきれいで、とても勝ち誇ったようなすてきな感じで……」

「おやすみなさい」クロチルドがいった。「よくおやすみになれますように」

II

〈旧領主邸〉玄関ホールの階段下に立っている大時計が、二時を打った。家中の柱時計が一斉には時を打たないで、中にはまったく時を打たないのもある。家中の古時計をきちんと動かすのは楽なことではない。三時には、二階の踊り場にある大時計が柔らかなチャイムの三時を打った。ドアのちょうつがいのすき間に、かすかな光のすじが見えた。

ミス・マープルはベッドの上に身を起こして、ベッドのわきの電灯のスイッチに指をかけていた。ドアがまことにそっと開いた。部屋の外の光はもうなくなっていたが、軽い足音がドアから部屋の中へとはいってきた。ミス・マープルが電灯のスイッチを入れた。

「ああ、あなたでしたか」彼女がいった。「ブラッドベリースコットさん。何か特別なことでもございました?」

「何かまたご用でもないかと思って、まいりました」ミス・ブラッドベリースコットがいった。

ミス・マープルがじっと彼女を見た。クロチルドは長い紫色のローブを着ていた。なんというきれいな婦人だろう、ミス・マープルは思った。髪が額をきれいにふちどっていて、悲劇的な顔だ、ドラマの中の顔だ。再びミス・マープルはギリシャ劇を思い起こしていた。また、クライティムネストラだった。

「何かもうお持ちするものはございません?」

「いいえ、ありがとう」ミス・マープルがいった。「わたし、悪いけど」と申し訳なさそうに、「わたし、あのミルク飲みませんでした」

「あら、どうしてでしょう?」

「あまり身体によろしくないと思いましてね」ミス・マープルがいった。

クロチルドは突ったっていた——ベッドの足もとのところに、彼女をじっと見て。

「衛生的ではありませんのでね」ミス・マープルがいった。

「それはどういうことでしょうか？」クロチルドの声がとげとげしくなっていた。

「わたしのいっていることがあなたにはおわかりだと思いますが」ミス・マープルがいった。

「今晩ずっとよくおわかりになっていたかと思いますけれどね。いいえ、もっと前から」

「いったいなんのことをおっしゃっているのか、まったくわたしにはわかりませんけれど」

「そう？」と聞き返した単音節語に、かすかな皮肉があった。

「そのミルク、もう冷たくなっておりましょう。それは取りさげまして、熱いのを持ってまいりましょう」

クロチルドが手をのばして、ベッドのわきからミルクのコップを取った。

「どうぞおかまいなく」ミス・マープルがいった。「また持ってきてくだすっても、わたしは飲みませんよ」

「あなたのおっしゃってますことは、まったくわたしには何のことですか、わかりません、ほんとに」クロチルドが彼女をじっと見ながらいった。「あなたって、ほんとにとんでもないお人ですね。いったいどういう女？　なんでそんな口をきくんです？　いったい、あなた、だれ？」

ミス・マープルは頭のまわりにまきつけていたピンクの毛糸のかたまりをひっぱりおろした——かつて西インド諸島で彼女が身につけていたのと同じ種類の毛糸編みのスカーフであった。

「わたしの名の一つはね」彼女がいった。「ネメシスっていうの」

「ネメシス？　それはどういう意味？」

「あなたはご存じのはず」ミス・マープルがいった。「あなたはたいへんりっぱな教育を受けられた婦人です。ネメシスは、たいへん遅れてくることもありますけれど、しまいにはちゃんとやってくるものです」

「いったいなんのことをいってるんです？」

「あなたが殺したたいへんにきれいな娘さんのことですよ」ミス・マープルがいった。

「わたしが誰を殺した？　それは何のことです？」

「ヴェリティという少女のことですよ」

「なぜわたしが彼女を殺さねばならないんです？」

「それは、あなたが彼女を愛していたから」ミス・マープルがいった。

「もちろん、わたしは彼女を愛していました。心から彼女を愛していました。そして、彼女もわたしを愛していました」

「ある人が、あまり遠くない前にわたしにいったことがありました、愛はとてもおそろしいことばだと。まさに、おそろしいことばです。あなたはヴェリティをあまりにも深く愛しすぎていた。彼女はあなたにとってこの世のすべてであった。彼女はあなたを全身全霊愛していた——彼女の人生の中にある何か別のものがはいってくるまでは。彼女の人生の中に、ちがった種類の愛がはいりこんできた。彼女はある男の子と、……ある若い男と愛し合うようになった。決してふさわしい男でもなければ、あまりいい人物でも、よい前歴を持った男でもなかったが、彼女は彼を愛し、彼は彼女を愛し、彼女は脱出を望んだ。あなたとともに住んでいての愛の束縛の重荷から脱出したかった。彼女は正常な女性の生活を望んだ。じぶんで選んだ男とともに暮らし、その男との子供を持ちたかった。彼女は結婚を願い、通常の状態の幸せを求めたのです」

クロチルドは移動した。いすへ来て、すわりこむと、ミス・マープルをじっと見つめた。

「そう」といった。「あなたおわかりになっていたんですね、とてもよく」

「ええ、わかっていました」

「あなたがおっしゃったことは、その通り真実なんです。わたしは否定などいたしません。わたしが否定しようとしまいと、どうでもいいことですが」

「そう」ミス・マープルがいった。「その点あなたのいう通り。どうでもいいこと」

「あなたには、どんなにわたしが悩んでいたか、おわかり……いいえ、想像できますか？」

「ええ、想像できます。わたしはいつも物事を想像することができます」

「あなたには、この世の中で一番愛していたものを失いかかっていることがわかった時の苦しみ、失いかかっていると考えた時の非常な苦しみを、想像したことがありますか？　そして、その愛をわたしは一人の卑しい堕落腐敗した不良によって失わされようとしていたのです。わたしの美しい、すばらしい少女の男としてまったく価値のない男です。何としても、これは止めさせなくてはなりません。何としても……何としてもです」

「そう」ミス・マープルがいった。「あの少女を手離すよりは、あなたは殺したのだ。愛すればこそ、殺した」

「わたしにそんなことができると思いますか？　じぶんの愛する少女の首をわたしが絞

められると思いますか？　わたしが彼女の顔を打ちつぶし、彼女の頭をめちゃめちゃに打ち砕くことができると思うんですか？　そんなことができるのは、極悪の、堕落した男にしかできないことです」

「そう」ミス・マープルがいった。「あなたはそんなことはしなかった。あなたは彼女を愛していて、とてもそんなことはできなかった」

「それでは、あなたがいってることは、まったく意味をなさないじゃありませんか」

「あなたは、彼女に対してそんなことはしなかった。そんな目に遭った少女は、あなたが愛していた少女ではなかった。ヴェリティは、今もここにいる。そうでしょう？　彼女は、ここ、庭にいる。あなたは彼女の首を絞めたのではないと思う。彼女に、苦痛のない睡眠薬を過量に、コーヒーかミルクに入れて与えたのでしょう。そして、彼女が死ぬと庭へ運び出し、崩れ落ちている温室のれんがをわきへどけ、そこの床の下にれんがで彼女の墓穴をこしらえ、またもとのようにかぶせておいた。そして、そこにポリゴナムを植え、それ以来ずっとそれは花を咲かせ年とともに大きく強く育っている。ヴェリティは、ここにずっとあなたといっしょにいたのだ。絶対にあなたは彼女を手離さなかった」

「このばか！　この気狂いばか！　そんな話をして、ここからのがれられるとでも思ってるの？」

「思ってますね」ミス・マープルがいった。「もっとも確実にできるかどうか自信はありませんけれどね。あなたは強い女だ、わたしなどよりはるかに強い」

「それがおわかりとはうれしい」

「そして、あなたはどんなことでもはばからずやれる人だ」ミス・マープルがいった。「人は人殺しを一度やると、それだけでは止まらない。わたしの生涯の中で、また犯罪を見てきた中で、わたしはそれを見、知っている。あなたは、少女を二人殺している。そうでしょう。愛している少女を殺し、また別のもう一人の少女を殺している」

「わたしはばかな浮浪者で、若い淫売婦を殺した。ノラ・ブロードという。どうしてあの女のことがわかった？」

「わたしは不審に思っていた」ミス・マープルがいった。「あなたのことを見ていて、じぶんの愛していた少女の首を絞め、顔の形を変えてしまうようなことに耐えられるとは思えなかった。でも、ちょうど同じころに、もう一人別の少女が行方不明になったまま死体がまったく発見されないのがあった。だが、わたしはその死体は発見されていると考えた。ただ、その死体がノラ・ブロードだとわかっていないだけ。それはヴェリティの衣服を着せられ、まず最初に問い合わされた人物によって確認されました、ヴェリティを誰よりもよく知っている人物によってね。あなたは、発見された死体がヴェリティの死体であるかどうかをいうために、出かけていった。あなたは、それを認めた。その死体はヴェリティのだといいましたね」

「そんなことなぜわたしがしなくちゃいけないんです？」

「それは、あなたからヴェリティを奪い去った若者を、ヴェリティが愛し、ヴェリティを愛した若者を殺人罪で裁判にかけるためだったわけ。そしてあなたは、第二の死体は容易には発見されないところへ隠した。あの死体が発見された時、別の少女とまちがわれるおそれがあった。あなたはじぶんの望み通りの確認ができるようにしておいた。死体にヴェリティの衣服を着せ、彼女のハンドバッグを置き、手紙も一、二通、腕輪、くさりのついた小さな十字架も置いた……そして、その顔を、形のないまでに打ちつぶした。

一週間前には、あなたは第三の殺人、エリザベス・テンプルを殺した。あなたが彼女を殺したのは、彼女がこの地方へ来るからだった。そして、ヴェリティが彼女にいったか手紙で知らせたかで、彼女が何かを知っているかもしれないと恐れてのことであったし、またもし、エリザベス・テンプルがブラバゾン副司教と出会って、二人が知っていることからして、真実の究明にとりかかると思ったからだった。エリザベス・テンプルを副司教と会わせてはならない。あなたはなかなか腕力のある女だ。あの丸石を丘の斜面へ転落させることもできる。ちょっとたいへんな仕事であったにちがいないが、あなたは腕力の強い女だ」

「あなたをかたづけるぐらい充分の力がある」クロチルドがいった。

「しかし」とミス・マープルがいった。「そんなことむざむざとさせはしませんよ」

「それはどういう意味？　このみすぼらしい、しぼんでしまったような女が？」

「そう」ミス・マープルがいった。「わたしは年寄りのよぼよぼ、腕にも足にももう力なんかありません、どこにも、力なんかありません。でも、わたしは正義の使者だと自認してますからね」

クロチルドは笑い出した。「それで、あなたを殺してやろうというこのわたしを、誰がとめるの？」

「たぶん」ミス・マープルがいった。「わたしの守護天使でしょうね」

「守護天使なんか、あなた信じてるの？」クロチルドがいって、また笑った。

ベッドへと彼女が近よってきた。

「たぶん守護天使は二人ですよ」ミス・マープルがいった。「ラフィールさんはいつでも何でもけちなことはなさいませんでしたからね」

彼女の手が枕の下へすべりこんで、再び出てきた。手の中には呼子《よぶこ》の笛、それを唇へ持っていった。呼子の笛がとんでもない音を立てた。通りのはずれの警官の注意さえ引きつけるほどのけたたましさだった。二つのことがほとんど同時に起きた。部屋のドアが開いた。クロチルドがふりむいた。戸口のところにミス・バローが立っていた。同時に、大きな衣裳戸棚の戸が開いて、そこからミス・クックがとび出してきた。両人とも、この夜の早目のころに示していたさわやかな社交的態度とくらべると、きわめてきびしい職業的な特有の様子が見られた。

「二人の守護天使さまですよ」とミス・マープルが楽しそうにいった。「ラフィールさんは、よく人がいいますように、やっぱり、ぜいたくなことをなさいますね！」

22 ミス・マープルその次第を語る

「いったい、あなたはいつ発見されたのですか」ワンステッド教授がきいた。「あの二人の女性が私立探偵で、あなたの護衛のため同行していたということを?」

教授は、じぶんと向かい合ったいすに背をまっすぐにした姿勢ですわっている白髪の老婦人を、前へ乗り出すようにして、じっと見ていた。二人は、ロンドンのある〝機関〟のビルの中にいて、ほかにも四人の人たちがそこにいた。

検事局の官吏、ロンドン警視庁副総監ジェームス・ロイド卿、マンストン刑務所所長アンドリュー・マクニール卿。四番目の人は内務大臣であった。

「昨晩までは存じませんでした」ミス・マープルがいった。「それまではははっきりとはわかりませんでした。ミス・クックはかつてセント・メアリ・ミードへ来たことがあって、その時は彼女がいっているような人物でないことは割とすぐにわかりました。その話では、彼女には園芸の知識があって、村の友だちの家へ園芸の手伝いに来ているとのことでした。それで、わたしは彼女のほんとの目的がなんなのか見きわめればいいことになりました。それは、わたしの様子やかっこうを一度見ておこうという以外にないことが明白です。わたしが再び彼女をバスの中で見つけた時、いったい彼女は護衛の役でいっしょに旅行に来たのか、それともこの二人の婦人は、わたしの申します向こう側に協力している敵なのか、見きわめなくてはならなくなりました。

それがはっきりわかりましたのは、やっと昨晩のことで、ミス・クックがたいへんはっきりしたことばで、わたしの目の前にクロチルド・ブラッドベリースコットがおいてくれた一ぱいのコーヒーを飲むなと警告してくれた時のことでした。彼女はたいへんことば遣いに気をつけていってくれましたが、はっきり警告とわかりました。そのあと、この二人にわたしがおやすみなさいと申します時に、一人のお方がわたしの手を両手で持って、特別に親しみのある情愛のこもった握手をされました。そして、その握手中に何かをわたしの手に渡されましたが、あとであらためてみますと、それは高性能の呼子笛でした。その呼子笛はベッドへ持ちこみまして、女主人がぜひとすすめてくれるミルクのコップを受け取って、親しそうな、何も知らない態度を変えないように注意しながら、おやすみなさいをいいました」

「そのミルクはお飲みにならなかったのですね？」

しゃるの？」

「もちろん飲みませんでした」ミス・マープルがいった。「わたしをばかとでも思っていらっ

「失礼いたしました」ワンステッド教授がいった。「あなたが部屋のドアに鍵をかけておられなかったのには驚きました」

「これはまちがったやり方だったかもしれませんが」ミス・マープルがいった。「でも、わたしはクロチルド・ブラッドベリースコットに部屋へはいってきてほしかったのです。彼女がどんなことをいったりしたりするか、それが見たかったのです。充分に時間が経過したころ、彼女は必ずやってくるものとわたしは思っておりました。それは、わたしがミルクを飲んで、おそらく二度とは目をさますことのない眠りに落ちて無意識になっているのを確かめにやってくるにきまっていました」

「あなたはミス・クックがあの衣裳戸棚へかくれるのを手伝っておやりになったんでしょうか？」

「いいえ。あれにはほんとにびっくりいたしました、彼女が突然あそこから出てきた時には、たぶん……」とミス・マープルはじっと思い返すふうであったが、「たぶん、わたしが、その……廊下へ出て、……おトイレへ行ってます間に、彼女がそっとはいりこんだのでしょう」

「二人の婦人が家の中にいることをあなたはご存じだったのですか？」

「あの呼子笛をわたしに渡してくだすったあと、お二人はどこかすぐ手近なところにいるものと思っておりました。あの家は、はいりこもうと思えば困難なところではなかったと思います。窓にはシャッターなどありませんし、盗難警報器といったものもまったくないようでしたから。一人の人は、ハンドバッグとスカーフを忘れたふりをしてもどってきました。二人の間できっと窓の掛け金をはずしたままにすることができていたのでしょう。そして、二人は帰るとすぐ家の中へもどり、その間、家の人たちは二階の寝室へ行ってしまった、とこんなふうに思いますね」

「マープルさん、あなたはたいへんな冒険をなさいましたよ」

「わたしは最上の結果を期待していたのです」ミス・マープルがいった。「必要とあればある程度の危険のかくごなしでは人生は送れません」

「ところで、あなたから教えていただいた、例の慈善団体向けに送られた小包のことですが、あれは完全に成功でした。あの中には、まったく新しいはでな赤と黒のチェックの男物のポロネックプルオーバーがはいっておりました。ひどく目につきます。あの小包にあなたが思いつかれたのは、どういうことからでしょう？」

「あれはほんとに簡単なことからなんです」ミス・マープルがいった。「エムリンとジョアナが見かけたという人物の様子が、ひどくはでな色柄で目につく服だったということから、これはわざと人の目につくようにしたものにちがいないと思いましたし、それなら、その服はこの土地にかくすとか、あるいは誰かの持物の中においておかないのが大切なことにちがいないと思ったわけです。あるいは誰かの持物の中においておかないのがです。そして、何かを処分するのにまちがいなくやれる方法は、一つしかありません。それは郵便によることとです。何か衣類であれば、慈善団体へ送るのが一番簡単です。考えてみればわかりましょう、〝失業母親〟のために冬用衣類を集めているような人たちにとって、あるいはまたどんな名の慈善事業にせよ、ほとんど新品の毛織りのジャンパーが届けられれば、これはよろこばれます。わたしがやらなければならなかったことといえば、それがどこへ宛てて出されたか、その宛名をさぐりだすことでした」

「それで、あなたは郵便局できかれたわけですか？」内務大臣がちょっと驚いた様子だった。

「直接きいたわけではありません、もちろん。と申しますのは、わたし少々あわてたふりをしまして、小包の宛名をまちがえてしまったこと、その小包は慈善団体へ送るために、わたしの泊まっている家の親切な女主人がここへ持ってきたものだが、その小包がもう送り出されてしまったのかどうか、お聞かせ願えませんか、と説明をいたしました。

そうしますと、郵便局のたいへんやさしい女の人がたいへんよくしてくれまして、その小包にはわたしが届けようと思った先の宛名ではない宛名が書いてあったことを思い出してくれまして、彼女が気づいていたその宛名を教えてくれたんです。その人は、わたしが求めている情報のことなどにはまったく何の疑念も持っていなかったようでした……ただ、うすぼんやりの年寄りがじぶんの古着の小包の送り先ばかり気にしているものとばかり思っていたことでしょう」

「いやどうも」ワンステッド教授がいった。「あなたは復讐者としてだけではなく、りっぱな女優さんということがわかりましたよ、マープルさん」そして、「あなたが最初に、十年前に起きたことに気づかれたのは、いつだったのですか？」

「まずはじめに申し上げたいのは……」ミス・マープルがいった。「わたしは、問題がたいへんむずかしくて、ほとんど不可能だと思いました。わたしは心の中で、ラフィール氏がわたしに問題をはっきりいってくれなかったことを恨みました。でも、今になってみますと、ラフィールさんがそうされなかったのがたいへんに賢明なことだったことがわかりました。実際、ご存じの通り、あのお方は無類に頭のいい人でした。あのような大金融家としてあのような巨大な富を易々と築かれたのも道理だと思います。実によく計画がたてられてありました。そのつど、情報資料を小分けにしてわたしに与えました。いうなれば、わたしは指図されていたわけです。第一、わたしの守護天使たちは、わたしがどんな様子の人間なのか、ぬけ目なく調べさせられています。それから、旅行に行くよう、そしてその旅行の人たちへと指図によって導かれたのです」

「その旅行団の中の誰かを、あなたははじめあやしい……ということばを用いればですが、思われましたか？」

「ただ、あり得ることとしてだけ考えました」

「悪の感じがなかったわけですね？」

「ああ、それをあなたはおぼえておられましたね。ええ、はっきりした悪の雰囲気がバスの中にはない感じでした。バスでわたしに接触連絡してくれる人が誰なのかわたしは知らされておりませんでしたが、向こうから彼女がわたしにわかるようにしていました」

「エリザベス・テンプルですね？」

「そうです。まるでサーチライトみたいに」ミス・マープルがいった。「暗夜に物を照らしているようなふうでした。それまで、わたしは暗やみの中にいたんですからね。何か問題がなくてはならない、何か論理的必然なことがなくてはなりません、ラフィール氏の指図があるのですからね。どこかに被害者がいて、どこかに殺人犯人がいなくてはなりません。そうです、殺人犯がいるという指示なんです、といいますのは、それがラフィール氏とわたしとの間にあった過去の唯一のつながりなんです。西インド諸島でも殺人事件がありました。氏とわたしが、ともにその事件にまきこまれたのでしたが、氏がわたしのことを知っていることといえば、その殺人事件との関連においてのことです。それで、問題は他の種類の犯罪ではないことがわかります。そしてまた、何でもないような犯罪でもないはずです。よくよく考えられた犯罪にちがいありません。また、それは何者であるか、悪を受け入れ信じているもののしわざにちがいありません。善でなく悪を認めた人間。犠牲者はどうやら二人と指示されているようでした。殺された人が一人に、不当な犠牲者が一人いなければなりません。彼あるいは彼女がじぶんで犯したことのない犯罪のために告発されている犠牲者ですね。わたしはこれらのことをあれこれ考えていましたが、ミス・テンプルと話をするまでは、まったく何の光明も見出すことができませんでした。彼女はたいへんに熱心で、また強引でした。ここで、わたしとラフィール氏との間をつなぐ最初の一節が出てきました。彼女は、かつて知っていた少女で、ラフィール氏の息子と婚約していた娘のことを話しました。ここにわたしとしては光明の最初の輝きを見たわけです。やがて、彼女は、その娘が彼と結婚はしなかったと話しました。わたしが、どうして、とききますと、――それは彼女が死んだから――といったのです。そこでわたしは、どうして彼女は死んだのです、何で死ぬことになったのです、とききますと、彼女はとても強く、押しつけるように……今でも彼女のその時の声が聞こえるようです、重々しい鐘の音のようなひびきでした……彼女は、愛だといいました。そしてそのあとに、こういいました——最も恐ろしいことばというものがあるなら、それは愛です——と。その時には、わたしにははっきりその意味がくみとれませんでした。実のところ、最初にわたしの頭に浮かびましたことは、その娘さんは不幸な恋愛の結果、自殺をしたのだと思ったのです。よくあることですし、またそういうことになればたいへんに悲しい悲劇です。これがその時としてはわたしの知り得た最高であったのです。それと、彼女自身旅行をしているのは、ただの楽しみの観光旅行ではないということでした。彼女は巡礼の旅に出ているのだというのです。誰かのところへ、あるいはどこかへ行くところだったのですね。その時にはわたしはその人が誰なのかわかりませんでしたが、あとになってわかりました」

「ブラバゾン副司教ですね？」

「そうなんです。その時にはわたしは副司教のことには考え及びませんでした。しかし、その後しだいに、わたしはドラマの中の主要人物……主役たちといいますか、それはこの旅行団の中にはいないと思うようになりました。主役たちは、バス一行の人々でない。

しかし、ちょっとわたしはためらいました。ある特別な人たちのことでためらいました。ジョアナ・クロフォードとエムリン・プライスのことで思い迷いました」

「なぜ彼らに注意を向けられたのでしょう？」

「それは彼らの若さのためでした」ミス・マープルがいった。「若さは往々にして自殺とか暴力とか、はげしい嫉妬や悲劇的な恋愛と結びつくからです。男がその女を殺す……よくあることです。はい、わたしの頭は彼らの方へ向きましたが、どうも何の関連もなさそうに思えてきました。悪や、絶望や、不幸の影がありません。わたしは、後であの二人のアイディアをあの〈旧領主邸〉での最後の夜、シェリー酒を飲む時に、一種の偽りの暗示として使いました。あの二人がエリザベス・テンプルの死について、どんなに簡単に容疑者とみなされるかを指摘しました。またあの二人に会うことがありましたら……」とミス・マープルがきちょうめんにいった。「わたしのほんとの考えから注意をそらせるための有益な人物として二人を使わせていただいたことをお詫びしなければなりません」

「それでは、次にエリザベス・テンプルの死のことですね？」

「いえ」ミス・マープルがいった。「実はその次のことは、わたしがあの〈旧領主邸〉へ行ったことでした。懇切な歓迎と、彼女らの手厚いもてなしのもとでのわたしの滞在のことです。これまたラフィール氏によって手配されたことでした。ですからわたしとしては行かなければならないことはわかっておりましたが、どのような理由であそこへ行かねばならないのかわかってはいなかったのです。それは単にこれからのわたしの探求を押し進めるための情報が得られる場所にすぎないかもしれなかったのです。……でも、ごめんなさい……」ミス・マープルが突然いつもの申し訳なさそうな、ちょっとどうしていいかわからない様子になって、「わたし、すっかりどうもたいへんな長話になってしまいまして。わたしが考えたことなどであなた方を悩まし申し上げてはいけませんので……」

「どうぞおつづけください」ワンステッド教授がいった。「あなたはお気づきになっていないかもしれないが、あなたのお話はわたしにとって格別に興味のあることなんです。それは、わたしのやっております仕事の中で見たりわかったりしていることとたいへんによく関連しているからです。どうぞあなたのお感じになったことをおつづけくださ い」

「ええ、おつづけください」アンドリュー・マクニール卿がいった。

「それは感じだったのですよ」ミス・マープルがいった。「それは、ほんとのところ、論理的な推理ではなかったのです。一種の感情の反応といいますか、感受性といいますか……それに起因するものでした。まあ、わたしとしては、ただ雰囲気と申すよりほかありません」

「そうですね」ワンステッド教授がいった。「雰囲気というものがありますよ。家の中の雰囲気、いろんな場所の雰囲気、庭の中、森の中、居酒屋の中、田舎の家の中」

「三人姉妹。これが、わたしがあの〈旧領主邸〉へはいっていった時にわたしが感じたこと、思ったこと、ひとりごとをいったことでした。ラヴィニア・グリンがたいそう親切にわたしを迎え入れてくれました。何かこの、……三人姉妹……ということばは頭の中に不吉なものを芽生えさせますね。ロシア文学の中の三人姉妹を連想させ、マクベスの中のヒースの荒野の三妖婦と結びつきます。わたしの感じでは、ここには悲しみの雰囲気がありました。不幸の深刻な感じ、また恐怖の雰囲気もありました。それに、さまざまの雰囲気がごちゃごちゃにせめぎあっていて、なんといいますか、常態の雰囲気というよりいいようがない雰囲気もありました」

「その最後のことばが、わたしには興味がありますね」ワンステッドがいった。

「それは、グリン夫人のせいだったと思うんです。この人が、バスが着いた時にわたしを迎えに出てくれて、招待のことを説明してくれた人なんです。この人はまったく尋常正常な気持ちのいい人で、未亡人でした。あまり幸せそうではありませんでしたが、今わたしが幸せそうでないと申しましたのは、悲しみや深刻な不幸とはなんの関係もなくて、ただ彼女はじぶんの性格とは合わない雰囲気の中にいるので幸せそうでなかったという意味です。彼女がわたしを家に案内してくれ、もう二人の姉妹と会いました。明くる朝、わたしに朝のお茶を持ってきてくれた年とったお手伝いさんから、過去の悲劇の話、ボーイフレンドに殺された娘の話などを聞かされました。また、この付近の娘が何人か暴行といいますか強姦の犠牲者となっている話も聞かされました。わたしはここで考え直さなければならなくなりました。わたしはバスの人たちのことをわたしの探求に関係ないものとして念頭から取り去っていました。やはりしかしどこかに殺人犯がいる。わたしが行くことを指図されたこの家に、この家に殺人犯の一人がいることもあり得る。わたしはは自問してみました——クロチルド、ラヴィニア、アンシア、三人の異様な姉妹の三つの名……三人の幸せな……不幸な……悩みのありそうな……おびえている……いったいこの人たちは何だろう？　わたしは最初にクロチルドに注意をひかれました。背の高い、きれいな女です。個性的です。ちょうどエリザベス・テンプルが個性的であったのと同じ感じでした。わたしはここで舞台の範囲が限られたと思いました。少なくとも三人姉妹について人物を見なければならない。三つの運命。誰が殺人犯たり得るか？　どんなタイプの殺人犯か？　殺しの手口は？　すると、ゆっくり、ゆっくりとですが、ちょうど沼から立ち昇る毒気のように、ある雰囲気が感じられるようになってきました。それを悪と表現する以外にわたしはことばを知りません。決してその三人のうちの誰かというわけではありません、しかし、たしかにこの人たちは悪が起きた雰囲気の中で暮らしている。その悪が残していった影か、それともその悪に今でもまだおびやかされている。一番年上のクロチルドがわたしの考察の最初でした。彼女はきれいで、強健で、はげしい情感を持った女だとわたしは思いました。クライティムネストラになり得る女だとわたしははっきり見ました。実は……」とミス・マープルはここで日常的な語調に返って、「最近、わたし、自宅からあまり遠くないところにあります有名な私立の男子高等学校で演じられましたギリシャ劇見物に、ご親切にも招かれたことがございましてね。アガメムノン（トロイヤ戦争のギリシャ軍総指揮官）役の演技にほんとに感心いたしましたが、中でも特にクライティムネストラの演技者には感服しました。ほんとにすばらしいお芝居でした。わたしにはクロチルドの中に、夫を浴室で殺す計画をたて、それを実行するような女を想像することができました」

しばらくはワンステッド教授はただ笑いをこらえるのに懸命だった。それはミス・マープルのあまりにもまじめくさった真剣な話しぶりのせいだった。彼女はちょっと教授をじろりと見て、「そうなんです、ばかばかしいとお思いになるでしょう、こんなふうにお話ししますとね？　でも、わたしにはクロチルドがそんなふうに見えました。つまり、あの役ができる人だ、と。まことに残念なことに、彼女には夫がありませんでした。一度も夫を持ったことがなく、またそれですから夫を殺したこともないわけです。次に、わたしはこの家へ案内してくれた人のことを考えました。ラヴィニア・グリンです。とてもやさしくて、健康的で、気持ちのいい婦人でした。でも、どうでしょう、人殺しをしたような人はじぶんのまわりに、よくこのような印象を与えているものです。たいへんに魅力ある人間として。多くの殺人犯は愉快な気持ちのいい人間だった場合が多く、人々をびっくりさせます。わたしはこういうのを、りっぱな人殺しということにしています。まったく功利的な動機から殺人を犯す人たちです。感情ぬきで、必要とする結果を獲得する。これはどうにも当てはまりませんし、もしそうだったらわたしは仰天せざるを得ませんが、それにしてもやはりグリン夫人をすっかり除外する気にはなれませんでした。彼女には夫がありました。未亡人で、もう何年もその未亡人を通しています。可能性があります。わたしは、まずこのへんにしておきました。次は、三番目の妹です。アンシアです。彼女は不安定な人柄でした。まとまりのない、考えの散漫な、そしてある感情的な状態にある。それは、要するに恐怖だとわたしは思いました。何かに彼女はおびえているのです。ひどく、何かにおびえている。これは何かに当てはまるかもしれない。彼女が何か犯罪を犯したとする。もうすっかりかたづいてしまって、すぎさった犯罪と思っているけれど、ひょっとするとまた再燃するかもしれないと思っている——何かエリザベス・テンプル事件の捜査と関連のある古い問題が持ち出されたりしやしないか、古い犯罪が生き返るか、発覚するかもしれない恐怖を感じている。何か異様な目つきで人を見るし、肩越しに、まるで何かがじぶんのうしろに立っているような感じでひょいひょいとふりむく。何かが彼女を恐れさせている。そこで、彼女もやはり、あり得る解答としておかねばならない。精神的に少し乱れのある殺人犯もあり得るのです。じぶんが迫害されていると思いこんで、人を殺す。それは、彼女がおびえているからでした。でもこれらはただの考えにすぎません。これらのことはわたしがすでにバスに乗っている時によく考えた可能性の判然とした評価にすぎませんでした。そんなことより、この家の雰囲気がぐっとわたしに迫ってきたのです。その明くる日、わたしはアンシアと庭を歩いていました。芝生の小道の本道のはずれに、小さな丘がありました。もと温室だったのが崩れ落ちてできた小さな丘でした。戦争の終わりごろ、修理もできず、庭師も手にはいらずで、温室は使えなくなり、だんだんばらばらになって、れんがなど積み重なり、その上に泥や芝土がおおいかぶさって、その上にある種のつたかずらが植えてありました。これはよく知られているかずらで、庭にあるきたない小屋などに這《は》わせからませて、かくすために使われるものなのです。ポリゴナムという名のかずらです。灌木の中でも最も育ちの早いものの一つで、これが茂りはびこると、何でも飲みこみ、殺し、枯らしてどかしてしまいます。どんなものの上にも茂ります。ある意味で、こわい植物といえましょう。きれいな白い花をつけて、なかなか見事です。まだ咲き始めておりませんでしたが、もうすぐ咲きそうでした。わたしはアンシアとそこのところに立っていましたが、彼女は温室がなくなったことをものすごく悲しんでいるようでした。彼女は温室にすてきなブドウがあったというのです。これは彼女が子供だったころの庭についての最も大きな思い出のようでした。そして、彼女の非常な望みは、お金をたくさん貯めて、この小さな土の丘を掘り起こし、地ならしをして温室を再建し、マスカット種のブドウや、モモを昔通りに植えておきたいということでした。これは彼女の感じている過去に対する恐ろしいほどの病的なあこがれです。それ以上のものがありました。再び、わたしはきわめてはっきりと恐怖の雰囲気を感じました。あの小さな丘が彼女に何かを恐れさせている。その時は、それが何なのか、わたしは考えつくことができませんでした。次に起こったことは、ご存じの通りです。それはエリザベス・テンプルの死で、エムリン・プライスとジョアナ・クロフォードの話から、疑いもなく、ただ一つの結論しかないことがわかりました。それは、事故ではないということです。よく考えられた殺人でした。

そのころから、やっとわたしにもわかってきました」ミス・マープルがいった。「わたしの結論は、殺人が三つあったということです。わたしはラフィール氏の息子の話をたっぷり聞かされておりました——不良少年、前科者や何かたしかにそういうような男だったと思いましたが、誰も彼のことを人殺しとか、人殺しもしかねない男とはいわなかった。あらゆる証拠が彼には不利でした。誰の頭にも、わたしがそのころヴェリティ・ハントという名を知ったその娘を彼が殺したものと思って疑わなかった。ですが、ブラバゾン副司教が、この事件に、いうなれば、最後の冠をのせました。副司教はこの二人の若者を知っていたんです。二人は副司教のところへ結婚したいという話を持ちこんで、副司教もまた二人を結婚させるつもりでいたのですね。副司教は、これはあまり利口な結婚とは思えないが、二人が互いに愛し合っているということで、りっぱな結婚だと思ったそうです。女は男を、副司教がおっしゃるには、真実の愛で愛していたというのです。彼女の名前(ヴェリティには真実という意味がある)の通り真実の愛だったんです。そして、男の方も、その女関係の悪評にもかかわらず、真に女を愛していて、彼女に誠実であることを強く志し、またじぶんの悪い性向を改めようとしていたそうです。副司教は決して楽観的ではありませんでした。わたしが思いますのに、副司教はこの結婚を決して幸せな結婚とは見ておられなかったのでしょうが、そういっておられるように、必要な結婚だったのです。必要というのは、それほどにも愛しているのならば、その代価を払うべきで、たとえその代価が失望であり、少々の不幸せであっても、ということです。しかし、わたしが確信を持ったことが一つありました。それは、あの打ちつぶしてしまって形のわからなくなった顔、たたきつぶした頭です。女を真に愛していた男の行為ではあり得ないということです。これは性的暴行の話ではありません。この恋愛では、その愛はいともやさしい感情に根ざしているのです。わたしは副司教のことばをそのまま受け入れるものです。でも、またわたしは正しい手がかりを得たことがわかりました――それはエリザベス・テンプルからわたしが得た手がかりでした。彼女はいっていました、ヴェリティの死の原因は、愛である……この世にあることばの中で、最もおそろしいことばの一つだ、と。

「すると、すっかりはっきりしてきました」ミス・マープルがいった。「もっと前にそれとさとるべきでした。小さなことだけがまだ符合せずにいたのですが、それももう当てはまりました。エリザベス・テンプルがいった通りに当てはまりました。ヴェリティの死の原因です。はじめに一語〝愛〟とだけいったものでした。それから〝愛ということばほどおそろしいことばはありません〟といっているのです。すると、万事まことにはっきりとしてきます。この少女に対して持っていたクロチルドの異常に強烈な愛ですね。少女の彼女に対する英雄崇拝的な気持ち、彼女への信頼、ところが、すこし年を取るにつれ、彼女の正常な才能が働き出したのです。彼女は愛を求めた。愛する自由、結婚する自由、子供を持つ自由を求めたのです。そこへ、彼女の愛し得る男性が現われた。彼女は彼が信頼できない男だとわかっていた。彼は専門家のいう不良であった。しかしです……」とミス・マープルはいくらか普通の声の調子になって、「そんなことで女が男から離れられるものではありませんね。ええ。若い女性は不良が好きです。いつもそうでした。若い娘たちは不良と恋に落ちます。きっと不良をよくしてみせると思っているのです。やさしくて、親切で、しっかりしていて、頼りがいのある夫は、わたしの若いころには、解答を持っていたものでした——それは、〝夫の妹〟とはなることができても、夫は全然満足するものではない、ということです。ヴェリティはマイクル・ラフィールと愛し合うようになり、マイクル・ラフィールはすっかり改心してこの女と結婚し、絶対に二度とほかの女には目もくれないつもりであった。そしてそのあと、めでたしめでたしになるだろうとは申しません。しかし、副司教がはっきりおっしゃっているように、それは真実の愛だったのです。それで二人は結婚すべく計画をたてたのでした。そして、ヴェリティはエリザベスに手紙を書いて、マイクル・ラフィールと結婚することを伝えたのだと思います。事は秘密のうちに取り運ばれていたのだと思いますのは、ヴェリティはじぶんのしていることが、事実上、脱出だということを知っていたからです。もうこれ以上そういう生活をつづけようとは思わない、そういう生活からの脱出、じぶんがたいへんに愛し、そしてマイクルを愛したのとはちがった愛し方をしたある人からの脱出でした。そして、そんなことをするのは許されないことだったのです。許可などはとうてい望めなかったし、二人の行手にはあらゆる障害がおかれたことでしょう。そこで、ほかの若者たちと同じように、二人は駆け落ちすることにしたのです。何も二人はグレトナ・グリーン（スコットランドの境にある村。昔、イングランドの駆け落ち者が、ここへ行って結婚した）までとんでいく必要はなく、結婚するための充分な成人年齢に達していたのでした。そこで彼女はじぶんの堅信礼もとり行なってくれた知り合いの……真の友人であったブラバゾン副司教に頼みこんだのです。そして、結婚式の手配がされました——日時がきめられ、おそらく彼女はひそかに結婚式用の服も買い求めていたことでしょう。二人はどこかで落ち合う約束だったことは疑う余地もありません。別々に約束の場所《ランデブー》へ行ったことでしょう。わたしは、彼は来たと思うのですが、彼女は来なかったと思います。彼はおそらく待っていたことでしょう。待っていて、それからおそらく、なぜ彼女が来ないのかさがしだそうとしたことでしょう。すると、そこへ伝言が、あるいは手紙が届けられ、それには偽の筆跡でもって、彼女が心変わりしたことが書いてあったのでしょう。……すべてもう終わりで、彼女はそのことを忘れるため、しばらくよそへ行く、とでもあったのでしょうか。しかし、彼は彼女がなぜ来なかったのか、ひとことも理由をなぜいわなかったか、その真の理由は夢想だにしなかったことと思います。彼女が綿密に考えられ、残酷に、まるで気が狂ったように殺されたなどとは、まったく彼はちらとさえ思わなかったにちがいありません。クロチルドはじぶんの愛するものを手離したくなかった。彼女に脱出をさせたくなかった、彼女自身憎悪していた青年のところに彼女をやりたくなかった。彼女はヴェリティを持ちつづけていたい……じぶんの思う方法で持ちつづけていたかったのです。しかし、わたしが信じられなかったことは……わたしは彼女が少女の首を絞めてからその顔をめちゃめちゃにしたことが信じられませんでした。とてもそんなことをするなど耐えられるとは思えません。わたしの考えでは、彼女は崩壊した温室のれんがを整理しなおして、その上に泥と芝土とをほとんどいっぱいに積み上げた。少女にはすでに、おそらく過量の睡眠薬入りの飲み物が与えられていた。いうなれば、ギリシャ風の伝統とでもいいましょうか。たとえ毒ニンジンでなかったにしても、やはり一ぱいの毒ニンジンというべきでしょうか。そして、彼女は庭の例のところに少女を葬り、その上にれんがや泥や芝土を積み重ねた……」

「ほかの二人の姉妹はなんの疑いも持たなかったのでしょうか？」

「グリン夫人は、当時あの家にはいなかった。また彼女の夫はまだ、死んでいなかったのですから、海外にいたわけです。しかし、アンシアはあの家にいました。アンシアはどんなことがあったのか、何か知っていたろうと思われます。はじめは死の疑いなどは持たなかったと思いますが、クロチルドが庭の隅の小さな丘を掘り起こして、美しい場所にするため、花の咲くかずらでおおっていたのは知っていたはずです。たぶん、真実が少しずつ彼女にもわかっていったのだと思います。それからのクロチルドは、悪を受け入れ、悪を行ない、悪に降服した彼女は、次に何をするにしても、何の良心のとがめもなくなったのです。彼女は悪の計画をたてるのを楽しんでいたのだと思います。彼女はあるこずるくてセクシーな村の小娘にときどき小遣いなどやって、相当にその娘を左右する力を持っていました。ですから、ある日その娘を相当に遠いピクニックにさそい出すなどは容易なことだったと思います。三十マイルから四十マイルも。前もって彼女は場所を選んでおいたのだと思います。彼女はその娘の首を絞め、顔をめちゃめちゃにして、土を掘って木の枝や枯れ葉の下にかくした。どうして誰一人、彼女がこんなことをしているのを疑うものがなかったのでしょう？　彼女はヴェリティのハンドバッグをそこへ置き、いつも彼女が首にかけていた小さなくさりもそこへ置き、おそらくヴェリティのであった服をその娘に着せておいたのでしょう。この犯行がしばらく発覚しないことを望みながら、彼女はその間、ノラ・ブロードがマイクルの車に乗っていたのを見たとか、マイクルといっしょにあちこちへ行っていたなどというわさをふりまいたのですね。おそらく、ヴェリティが婚約を破棄したのは、男とこの娘との不実の事情があったためだというような話も彼女がふりまいたことでしょう。彼女はまたいろいろなことをいいふらしたでしょうが、じぶんのいっていることを楽しんでいたのだと思われます。あわれな迷える魂ですよ」

「どうして〝あわれな迷える魂〟などとおっしゃるんです、マープルさん？」

「それはですね」ミス・マープルがいった。「ずっとこの間……もう十年間ですよ……永遠の悲しみの中に暮らしているクロチルドの苦しみの大きさというものは、ほかにないと思うのです。いっしょに住まなければならないものと住んでいるのですからね。彼女はヴェリティを持ちつづけていました。〈旧領主邸〉の庭に永久に持ちつづけていなければならなかったのです。はじめは、それがどんなことなのかよくわかっていなかった。もう一度生き返ってくれという情熱的な願望はあったでしょう。良心の呵責に悩まされることもなかったと思われます。心の慰めさえもなかったと思います。彼女は、ただ苦しみました……年とともに苦しみつづけます。そして、今こそ、エリザベス・テンプルのいった意味がわたしにはわかってくるのです。おそらく彼女自身にわかっていた以上によくわかります。愛はまことにおそろしいものです。それは悪になりやすい。それは世の中でも最も悪いものの一つになりやすい。そして彼女はその愛と毎日毎日、毎年毎年いっしょに住んでいなければならない。アンシアはそれにおびえていたとわたしは思います。彼女は、クロチルドがどんなことをしたか、ずっともっとはっきりと知っていたのだと思います。そして、彼女が知っていることをクロチルドが知っていると思っていた。そして、クロチルドがどんなことをするかもしれないと思ってこわがっていた。クロチルドはアンシアに、例のプルオーバーのはいっていた小包を郵送させるために渡した。彼女はわたしにアンシアのことをあれこれ悪くいった——頭がおかしいとか、迫害されたり、ねたみをおぼえたりしたら、アンシアはどんなことでもやりかねない、と。わたしは……そうです……あまり遠くない将来に……アンシアに何事かが起こる……と思っていました……良心の呵責にたえかねてという名目の仕組まれた自殺……」

「それなのに、あなたはあの女をあわれだとおっしゃる？」アンドリュー卿がきいた。

「悪性の悪はがん、悪性腫瘍のようなものです……たいへんな苦痛をもたらします」

「申すまでもありません」ミス・マープルがいった。

「あの夜どんなことがあったか、お聞き及びのことと思いますが」ワンステッド教授がいった。

「あなたの守護天使があなたを連れ去ったあとのことです」

「クロチルドのことでしょうか？　彼女はわたしのミルクのカップを手に取り上げたことをおぼえております。ミス・クックがわたしの部屋の外へ連れ出す時までは、まだそのコップを手に持っておりましたね。たぶん、それを彼女は……飲んだのでしょう、そうですか？」

「そうです。そういうことになるだろうとわかっておられたのでしょうか？」

「いいえ、あの時は、そんなこと思いもしませんでした。そのことに考え及んでいましたら、当然わかっていたのですけれどね」

「誰も止めることができなかったのです。あまりにも手早く彼女は飲みましたし、誰もあのミルクに悪いものがはいっているなどとは知らなかったわけですから」

「それで彼女あれを飲んだのですね」

「驚かれましたか？」

「いいえ。それが彼女にとっては当然やるべきことだったのでしょう、疑うべくもありません。いよいよこんどこそ、彼女は脱出がかなったわけです……彼女がいっしょに住んでいなければならなかったすべてのものから。ちょうどヴェリティがあの家で送っていた生活からの脱出を望んだようにです。おかしなものじゃありませんか、報復をもたらしたものが、その報復の原因になったものとぴったり合うとはね」

「あなたは、あの死んだ少女を気の毒に思われるよりも彼女の方をよけいに気の毒に思っておられるようですが？」

「いえ」ミス・マープルがいった。「それは気の毒さの種類がちがうんです。わたしがヴェリティのことを気の毒に思うのは、彼女が失ったもの、もうすぐにも手に入れられそうになっていたものをすべて失ったことです。彼女が真に愛し選んだ男に対する奉仕と献身と愛の生活。誠実に、そして全真実をもって愛した男。彼女はそのすべてを失い、そして彼女に返ってくるものは何もないこと。わたしが彼女を気の毒に思うのは、彼女が持てなかったもののためです。でも、彼女はクロチルドが苦しまねばならなかったことから脱出しました。悲しみ、悩み、恐怖、そして、しだいに増してくる悪の受容と培養。クロチルドはこれらのすべてとともに暮らしていなければなりませんでした。二度と取りもどすことのできない満たされざる愛と悲しみ。疑惑を持ち、彼女を恐れている二人の姉妹とともに暮らしていなければならなかったし、家の中に持ちつづけているあの少女とともにいっしょに暮らさなければならなかったのですからね」

「ヴェリティのことですね？」

「そうです。庭に葬られ、クロチルドが用意した墓へ葬られた。彼女は〈旧領主邸〉の中にいました。そして、クロチルドは彼女がそこにいるということをよく心得ていたと思います。彼女を見ることさえあったかもしれませんし、見たと思っていたかもしれない……ときどきポリゴナムの花の一枝を取りにいった時に。そんな時彼女はヴェリティを非常に身近に感じたにちがいありません。彼女にとってこれ以上の悪いことというものはあり得ないでしょう？　これ以上の悪いことは……」

23　終　曲

I

「あの老婦人を見ていると身の毛がよだつよ」と、アンドリュー・マクニール卿がいった。ミス・マープルにさよならとありがとうをいったあとのことであった。

「たいへんやさしくて……たいへんに冷酷ですな」警視庁副総監がいった。

ワンステッド教授はじぶんの車へミス・マープルをつれていってから、少し最後の話を交わそうともどってきた。

「彼女のこと、どう思うね、エドモンド？」

「今までに会った最高のこわい女だね」内務大臣がいった。

ついた。

「冷酷かね？」ワンステッド教授がきいた。

「いやいや、そうは思わないが……ま、たいへんにこわい女だね」

「ネメシスだよ」ワンステッド教授がしみじみといった。

「あの、ほら二人の女性」と検事局員がいった。「彼女の監視をしていた警備会社の探偵、あの二人があの晩の彼女のことをたいへんによく表現しておったな。二人は簡単に家の中へはいりこんで、家人がみな二階へ行ってしまうまで階下の小部屋にかくれていた。それから、一人は寝室へ、そして衣裳戸棚へ。もう一人は部屋の外で見張りをしていた。寝室へはいりこんだ方のがいっていたが、彼女が衣裳戸棚の戸をぱっと押し開けて出てきてみると、あの老婦人はベッドの上にすわりこんで、首にはピンクのふわふわしたショールをまきつけて完璧に落ちつき払った顔をして、まるで年寄りの学校の先生みたいにぺちゃくちゃしゃべっていたそうだ。二人はほんとにぎょっとしたといっていたよ」

「ピンクのふわふわしたショールか」ワンステッド教授がいった。「そう、そう、おぼえてるよ……」

「何をおぼえてるって？」

「老ラフィールだ。彼が彼女のことを話してくれたんだがね、彼はそして笑っておったよ。生涯忘れられないことが一つあるというんだな。それは、かつて会ったこともないおかしな、頭いかれのオールド・ミスが、西インド諸島でのことだが、彼の寝室へ、ふわふわしたピンクのスカーフを首にまいて、堂々はいりこんでくると、彼に向かっていったそうだ、起きて、何か人殺しを防ぐことをしてください、とね。それで彼がいってやったそうだ——いったいぜんたいあんたは何をやっとるつもりかね？——と。すると、彼女は、わたしはネメシスといったそうだ。ネメシスだよ！　それよりひどいもの考えたこともないと彼がいっとったよ。わたしは、ピンクの毛糸のスカーフの手ざわりが好きだな」ワンステッド教授がしみじみいった。「わたしはあれが好きだ、たいへん」

II

「マイクル」とワンステッド教授がいった。「きみのためにたいへん活躍してくださったミス・ジェーン・マープルをきみに紹介したい」

三十二歳ぐらいの青年が、白髪でちょっとよぼよぼした老婦人を、ちょっと不審そうな顔つきで見ていた。

「ああ、どうも……」彼がいった。「いや、その話は聞いたみたいですよ。どうもありがとうございました」

彼はワンステッドを見て、

「ほんとですかね、ぼくを赦免《しやめん》してくれるとかなんとか、そういうばかばかしいこと？」

「そう。間もなく釈放だろう。もうすぐ自由の身になれる」

「へえ」マイクルはちょっと信じられないふうにいった。

「自由の身にはちょっと慣れるまでひまがかかりそうですよ」ミス・マープルがやさしくいった。

彼女はマイクルをしみじみと見ていた。十年かそこらさかのぼって、彼のことを見ていた。まだ充分に美しい……が、苦労の様子がいっぱいだった。美しい、そう。かつては非常に美しかったろうと彼女は思う。そのころは陽気さがあったであろうし、魅力もあったであろう。今はもうそれがないが、またきっともどってくることだろう。弱々しい口もと、そして美しい形の目。人をまともに見て、おそらく人をほんとに信じさせるうそをつく時にきわめて有効だったであろう。たいへんに似ている……誰だったかな？……過去の思い出の中に彼女はとびこんでみた……そうだ、ジョナサン・バーキンよ。

彼は聖歌隊でうたっていた。ほんとにすてきなバリトンだった。そして、どんなに女の子たちが彼に夢中だったことか！　彼はガブリエル商会の事務員としてりっぱな職についていた。かわいそうに、小切手のことで、ちょっとした問題が起きた。

「ああ、あの」とマイクルがいった。ますますどぎまぎしながら、「ほんとにご親切に、たいへんなお手間をおかけしてしまって」

「そういわれるとうれしいです」ミス・マープルがいった。「あなたに会えてうれしゅうございましたよ。さよなら。これからよいことがうんとありますように。今、この国はちょっと悪い方に向いているみたいですけれどね、やりがいのある仕事だってたぶん見つかりますよ」

「はい、どうも、ありがとうございました。ぼく……とても感謝してますよ」

声の調子がまだきわめて不安そうだった。

「感謝なさるのはわたしにではなくて、あなたのお父さんに感謝なさらなくてはいけませんよ」ミス・マープルがいった。

「おやじですか？　おやじはちっともぼくのこと思ってくれませんでした」

「あなたのお父さんは、死が迫っている時、あなたに正義があることをはっきりさせようと決心されたのですよ」

「正義ですか」マイクル・ラフィールは考えていた。

「そう、あなたのお父さんは、正義が大切だと思っておられました。お父さんはたいへんにまっすぐなお方だったとわたしは思います。わたしに手紙で、この仕事をやってくださいと頼まれました。そして一つの引用句を示されました――

正義を洪水のように
恵みの業を大河のように
尽きることなく流れさせよ――」

「ああ！　それはどういうことです？　シェイクスピアの文章ですか？」

「いいえ、聖書の句です……考えてみなければならないことです……わたしもです」

ミス・マープルは持っていた包みをひろげた。

「みんながこれをわたしにくれました」彼女がいった。「わたしがよろこぶだろうと思ってくれたのですね……それはわたしがほんとにあったこととの真実を見つけだすお手伝いをしたからなんです。でも、わたしは、あなたこそ、これをまず最初に要求すべきお人だと思います……というのは、あなたがほんとにこれがほしければのことですけれど。

でも、ひょっとすると、あなたはほしくないかもしれない……」

彼女はヴェリティ・ハントの写真を彼に手渡した——それはかつて〈旧領主邸〉の応接室で、クロチルド・ブラッドベリースコットが彼女に見せた写真であった。

彼はその写真を受け取って……それを持って立ちあがると、じっと見つめていた……彼の顔が変わった……顔の輪郭がやわらいで、それから堅くなった。ミス・マープルは物もいわずにじっと彼を見つめていた。沈黙がしばらくつづいた。ワンステッド教授も見つめていた……両方を見つめていた、老婦人と青年と。

これはある意味で一つの危機だ、と彼は思った……人生のまったく新しい道に影響を与える瞬間だと思った。

マイクルはため息をついて……手をぐっとのばすと、写真をミス・マープルへ返した。

「はい、あなたのいわれる通り、ぼくはこれはいりません。あの人生はみんな去ってしまったのです……彼女も行ってしまいました……ぼくは彼女をじぶんといっしょに持ちつづけることはできません。ぼくが今やらなくてはならないことは、新しくなるということ……前へ進むということです。あなたに……」といいよどんで、彼女を見ながら、「あなたにわかっていただけますか？」

「ええ」ミス・マープルがいった。「わかります……あなたのいわれる通りだと思います。あなたがこれから始めようとしている人生に幸運あれと祈ります」

彼はさよならをいって出ていった。

「どうも」とワンステッド教授がいった。「あまり熱狂的な青年じゃありませんね。彼のためにあなたがなさったことに対して、もう少し熱狂的に感謝すべきですよ」

「いや、いいんですよ」ミス・マープルがいった。「そんなことしてもらいたくないのです。そんなことしたら、もっともっと彼を当惑させたことでしょう。ご存じの通り……」とつけくわえた。「人に感謝し、人生のやり直しのスタートをし、万事すべて新しい角度から見なければならない時に、これはたいへんに当惑させられるものです。きっと彼はうまくやっていくと思いますね。彼はつらそうでなかったですね。これはたいへんなことです。あの少女が彼をなぜ愛したか、わたしにもよくわかってきました……」

「こんどこそ彼もまともになることでしょう」

「人はそれを疑うことでしょう」ミス・マープルがいった。「彼が自由にじぶんでやっていけるようになるかどうかわかりませんね……ただ、もちろん、彼がほんとにすてきな女性に出会うことを大いに期待するだけです」

「いや、わたしがあなたの好きな点といえば、あなたのすばらしい実際的な頭ですよ」ワンステッド教授がいった。

III

「もう間もなく彼女が来ます」ブロードリブ氏がシュスター氏にいった。

「ええ。万事たいへんに異常なことでしたね？」

「はじめは信じられなかった」ブロードリブ氏がいった。「あの老ラフィールが死にかかっていた時、こんなことは……いやまったく、彼のもうろくのせいかと思っていたんだ。まだもうろくの年じゃなかったけれどね」

ブザーが鳴った。シュスター氏が受話器を取り上げた。

「あ、こちらへみえたかね？　ご案内してくれ」そして、「今、彼女が来ます」といって、「どうもわからん。これまで聞いたこともないへんな話ですよ。老婦人に田舎まわりをさせて、その彼女が知りもしないことを探し歩かせるなんてね。警察ではあの女が、一人じゃなくて三人も人殺しをやってると思ってるらしい。三人とは！　ほんとかね！　ヴェリティ・ハントの死体は、あの老婦人がいった通り、庭の土まんじゅうの下にあったそうだ。首を絞められてるんでもなく、顔もめちゃめちゃにされてはいなかった、と」

「よくまあの老婦人が殺されちまわなかったもんだと思うよ」ブロードリブ氏がいった。「とてもじぶんの身体を守れるような年じゃないからね」

「探偵が二人、しっかり彼女を見守っていたのですよ」

「何？　二人も？」

「そう。わたしもそれは知らなかった」

ミス・マープルが部屋へ案内されてきた。

「おめでとうございます、マープルさん」ブロードリブ氏が立ちあがって、彼女を迎えた。

「お祝いを申し上げます、すばらしいお仕事で」シュスター氏が握手をしながらいった。

ミス・マープルはデスクの反対側にでんと落ちついて腰をおろした。

「お手紙で申し上げました通り」彼女がいった。「わたしに申し入れのありました提案の諸条件をわたしは履行いたしたものと考えております。わたしに依頼のありました仕事を、わたしは成しとげました」

「はい、承知いたしております。わたしどももすでに話をうけたまわっております。ワンステッド教授からも、法務省からも、また警察当局からも聞いております。はい、たいへんごりっぱなお仕事で、マープルさま。お祝いを申し上げます」

「実は」とミス・マープルがいった。「わたしに要求されておりましたことは、わたしにはできないことかと思っておりました。たいへんに困難で、はじめはほとんど不可能とも思われました」

「まことにさようでした。わたしにも不可能かと思われました。どうやってやりとげられましたのか、わかりません」

「いえなに」ミス・マープルがいった。「ただもう忍耐あるのみでございますよ、すべて物事を達成いたしますにはね」

「さて、わたしどもがお預りしております金額のことでございますが、もはやいつなりとあなたさまの御意のままにいたします。あなたの銀行へ振りこませていただくなり、あるいはまた、その投資につきましてわたしどもへご相談をいただいてもけっこうでございますが？　なかなか金額が大きいものですから」

「二万ポンドですね」ミス・マープルがいった。「はい、わたしの考えでもなかなかの大金です。まったくたいへんですよ」とつけくわえた。

「もしわたしどものブローカーへ紹介させていただけましたら、彼らがご投資につきましてはご相談に応じますが」

「あ、わたしは全然投資する気持ちなぞございませんよ」

「しかし、必ずその……」

「わたしの年になりますと、もう貯金などしてもしかたありませんからね」ミス・マープルがいった。「このお金の目的のことですが……きっとラフィールさんはこう考えておられたと思うんですよ……それだけのお金などとても持てないので味わえないと思っていた二、三のことを楽しむためだと思うんです」

「はい、お考えはわかりました」ブロードリブ氏がいった。「それでは、あなたさまのご指示は、この金額をあなたの銀行へ振りこむことでございますね？」

「セント・メアリ・ミード村、ハイ・ストリート一三二、ミドルトン銀行」ミス・マープルがいった。

「貯蓄預金勘定をお持ちでございましょうね。その貯蓄預金勘定へ振りこまさせていただきます」

「いえ、そうではありません」ミス・マープルがいった。「わたしの当座預金へ払いこんでください」

「まさか……」

「わたしの当座預金へ払いこんでください」

彼女は立ちあがると握手をした。

「マープルさま、一度どうぞあなたの銀行の支配人にご相談になってくださいませ。まったくのお話……雨の日のための用意が、いつ必要かわかりませんですからね」

「雨の日にわたしが必要なものはただ一つ、それはコーモリ傘です」ミス・マープルがいった。

彼女はもう一度彼ら二人と握手をした。

「たいへんありがとうございました、ブロードリブさん。それから、あなたも、シュスターさん。たいへんご親切に、わたしが求めていた情報をすべて提供してくだすって」

「ほんとにあなたさまはあの金額を当座預金へ振りこめとおっしゃるんで？」

「はい」ミス・マープルがいった。「わたしはそのお金が使いたいのですよ。それでひとつおもしろいことがしたいんです」

彼女はドアのところでふりかえって、笑ってみせた。ほんの一瞬、シュスター氏は、ブロードリブ氏よりもちょっとばかり想像力のある人なので、田舎のガーデン・パーティで教区牧師と若い美しい女性とが握手をしている場面をぼんやり見た気がした。それは、一瞬のあと、じぶん自身の若者時代の思い出ということがわかった。しかしほんのすこしの間、ミス・マープルはあの若くて幸せでおもしろ楽しくしていた少女を彼に思い起こさせたのであった。

「ラフィールさんは、わたしにおもしろ楽しくしてもらいたかったのだと思いますよ」ミス・マープルがいった。

彼女は外へと出ていった。

「ネメシスだよ」ブロードリブ氏がいった。「ラフィールは彼女のことをいっていた。ネメシスね！　あれほどネメシスらしいのを見たことないね、どうだね？」

シュスター氏が首を横にふった。

「きっとこいつはまたラフィール氏の冗談にちがいないよ」ブロードリブ氏がいった。

合言葉は「ネメシス」

書評家
南波　雅

陽光降り注ぐ、カリブ海。本来ならば、持病のリューマチを治すためにその日差しを一身に浴びて、怠惰な毎日を過ごすことにしていたはずだったのに……。しかし、その滞在先で突然起こった退役軍人殺害事件のために、ミス・マープルは療養そっちのけで、忙しく動きまわることになり、結果みごと事件を解決します。

本書『復讐の女神』は、そんな『カリブ海の秘密』の続篇、というか、後日談として、一九七一年に刊行されました。ミス・マープルものの十一番目の長篇です。このシリーズには、全部で、十二作の長篇があり、一九七六年に発表された『スリーピング・マーダー』が最後の作品となりますが、この作品が実際に書かれたのは、一九四〇年代でした。つまり本書は、ミス・マープルものとしては、最後に書かれた作品なのです。

『復讐の女神』は、そもそも始まりからして奇妙な事件でした。新聞の死亡記事を読んでいたミス・マープルは、とある記事を見つけます。それは、『カリブ海の秘密』事件で、ミス・マープルのよきパートナーとなった、大富豪ラフィール氏の死亡記事でした。やがて彼の弁護士から、ラフィール氏直筆の手紙を渡されます。そこには、多額の財産をミス・マープルに遺す代わりに、イギリス庭園めぐりのバス・ツアーに参加して、ある事件を解決してほしい、という旨が書かれていました。いったいどういうことが起こるのだろうと、好奇心を刺激されたミス・マープルは、バス・ツアーに参加することにします。そこで彼女は、過去の少女殺害事件の謎に挑むこととなるのですが……。

本書『復讐の女神』のメイン・ストーリーは、「愛憎劇」です。この作品に限らず、ミス・マープルものは、「愛」がテーマとなっている作品が多くあります。複雑に縺《もつ》れた愛情、理不尽な愛情、切羽詰った恋人たちの逃避行、そして、やがては訪れる、静かな死。そんな愛情がらみの事件の謎を解くことこそが、ミス・マープルの得意技です。なぜなら、彼女は庭いじりのかたわら、道に行き交う人々を横目で見て、絶えず「人間ウォッチング」をし、その結果、推測される人々の生活ぶりなどを見てきたからです。そういう老練で、人生のありとあらゆることを知っているミス・マープルにかかれば、そのへんで起きる犯罪など、ありきたりなことに過ぎません。事件がおきる背景には自然の摂理、というものがあるとミス・マープルは考えています。しかし、そういう背景の中でも、人――犯人なり、被害者なり、関係者なり――の思惑は働きます。それをうまく読み取るのが、ミス・マープルの資質なのでしょう。

今回の事件では、ミス・マープルは、バス・ツアーに参加した婦人たち、もしくは老紳士とともに、にぎやかなおしゃべり会を満喫したり、旧領事館でのふかふかなベッドで寝るという楽しみを享受しています。けれども、ミス・マープルは、ラフィール氏の遺言のために、このツアーに参加したのですから、こうしたおしゃべり会&人間ウォッチングはほんの事件解明のための材料探しに過ぎません。彼女は、何らかの不正を暴くために、故人となったラフィール氏から、わざわざ派遣された「復讐の女神」なのですから。

最終的にマープルが、掘り起こした真相は、極めて苦いものでした。それは、「愛」ゆえに生み出された罪、という二律背反とも言える犯罪だったのです

このメイン・ストーリーを支えているのが、多種多様な登場人物です。バス・ツアーという性格上、それまで出会ったことのない人物が一ヵ所に集まって、各地を巡りなが

ら、物語は展開されます。日本でも人気のある「トラベル・ミステリ」の体裁をとっているものの、さすがはクリスティー、単なる旅ものとは一味も二味も違います。それは、個性豊かな登場人物が、メイン・ストーリーを補強するドラマを展開してくれるからです。いわゆる、グランド・ホテル形式（いろいろな人々がある一定の時期に一カ所に集まり、入れ替わり立ち替わり、騒ぎを起こすドラマ形式）の、醍醐味が味わえるのです。

こうしてドラマは進み、紆余曲折の末、真相にたどりついたミス・マープルはクライマックスで、こう言います。

「わたしの名の一つはね、ネメシスっていうの」

単なる編み物好きな田舎婦人ではなくて、正義の履行者としての、彼女の本質を描き出している言葉です。

このネメシスというのは、ギリシャ神話に登場する「復讐の女神」のことですが、『カリブ海の秘密』で、故ラフィール氏とミス・マープルの間で使われた暗号のようなものでした。再びそれを使うことになろうとは、ミス・マープル自身も、神ならぬ身故、わからなかったことでしょう。

本作は、『カリブ海の秘密』と合わせて、三部作の二作目となるはずでしたが、作者クリスティーの死去によって、第三作として予定されていた *Woman's Realm* は、ついに発表されることはありませんでした。想像するより他はありませんが、きっと、愛と正義、そして欺瞞に満ちた物語なのでしょう。

最晩年になってもなお、気のいいおばあさんではなく、「復讐の女神」を気取る、小柄な老婦人の物語を、ぜひ一度手にとってほしいと思います。

訳者略歴　1906年生，1930年青山学院商科卒，作家，翻訳家　訳書『ロアルド・ダールの幽霊物語』ダール，『バートラム・ホテルにて』クリスティー，『チャイナ・オレンジの秘密』クイーン（以上早川書房刊）他多数

復讐《ふくしゆう》の女神《めがみ》

〈クリスティー文庫 45〉

二〇〇四年一月十五日　発行
二〇二〇年一月十五日　七刷
（定価はカバーに表示してあります）

著者　アガサ・クリスティー
訳者　乾《いぬい》信《しん》一《いち》郎《ろう》
発行者　早川浩
発行所　株式会社早川書房
郵便番号一〇一-〇〇四六
東京都千代田区神田多町二ノ二
電話　〇三-三二五二-三一一一
振替　〇〇一六〇-三-四七七九九
https://www.hayakawa-online.co.jp

乱丁・落丁本は小社制作部宛お送り下さい。
送料小社負担にてお取りかえいたします。

印刷・三松堂株式会社　製本・株式会社明光社
Printed and bound in Japan
ISBN978-4-15-130045-5 C0197

本書は活字が大きく読みやすい〈トールサイズ〉です。